W0287277

Ulrich Völkel

Die entlaufene Leiche vom Zeughof

weimarer verlagsgesellschaft

Ulrich Völkel

Die entlaufene Leiche vom Zeughof

Ekke Ponte ermittelt

Band 1

Kriminalroman

weimarer verlagsgesellschaft

MIX
Papier aus verantwortungsvollen Quellen
FSC® C006701

Impressum

Ulrich Völkel

Die entlaufene Leiche vom Zeughof
Kommissar Ponte ermittelt, Band 1

ISBN: 978-3-7374-0211-8

Alle Rechte, auch die der Übersetzung, Vervielfältigung und Verbreitung (ganz oder teilweise) für alle Länder vorbehalten.

© 2014 Weimarer Verlagsgesellschaft
in der Verlagshaus Römerweg GmbH

info@verlag-weimar.de | www.verlag-weimar.de

Umschlaggestaltung: Olga Bétoux
Umschlagfoto: Constantin Beyer

Lektorat: Silke Wehrmann-Fischer, Weimar
Marianne Eppelt, Weimar
Gesamtherstellung: CPI books GmbH, Leck – Germany

Printed in Germany

Nie wieder Weimar! Nie wieder Provinz! Nie wieder Kleinstadtmief! Diese Behäbigkeit – komm' ich heut nicht, komm' ich morgen. Diese Protzerei mit den toten Dichtern. Aber wer hat die „Wahlverwandtschaften" wirklich gelesen? Wer den „Demetrius"? Vom „Oberon" und den „Ideen zur Philosophie der Geschichte der Menschheit" ganz zu schweigen. Zugegeben, ganz freiwillig habe ich mich auch nicht an die Lektüre dieser schwierigen Texte gemacht.
Da stand nämlich mein Vater hinter mir, der über viele Jahre die Herzogin-Anna-Amalia-Bibliothek geleitet hat, die durch einen furchtbaren Brand im Jahre 2004 schwer in Mitleidenschaft gezogen wurde und zusätzlich zu ihrem Ruhm noch eine traurige Berühmtheit erlangt hatte. Aber da war mein Vater längst nicht mehr Chef des Hauses, sondern in den Vorruhestand geschickt worden, wie die euphemistische Umschreibung für Rausgeschmissen – oder in der Sprache der neuen Macher „evaluiert" – lautete. Nur über seinen langjährigen Freund und Mitarbeiter Rolf Winter, den ich von Kindesbeinen an nur als Onkel Rolf kannte, hatte er noch seinen „Draht" in die einstige Arbeitsstätte. Die beiden saßen oft in Vaters Heiligtum zusammen, wie Mutter und ich in ihrem Gefolge seine Bibliothek in der oberen Etage unseres Hauses halb spöttisch, halb ehrfurchtsvoll nannten. Sie redeten nicht nur irgendwie miteinander, die Herren Wissenschaftler führten einen Disput. Eine Flasche guten Rotweines gehörte dazu und jeder paffte seine Zigarre, die sich insofern voneinander unterschieden, als dass Vater die Bauchbinde mit der Begründung entfernte, dass er kein Parvenü sei. Onkel Rolf hingegen ließ die kleine Banderole an der Zigarre mit der Begründung, dass er kein Nudist sei. Die beiden hatten einen sehr eigenen Humor und eine besondere Art von bewährter Freundschaft, die sie hinter gelegentlicher Frotzelei versteckten. Onkel Rolf, ja, der war geblieben von dem, was mir von den guten Erinnerungen an

Weimar fortlebte. Er war gewissermaßen Teil meiner Familie, auch längst für Lilli und besonders unsere beiden Kinder. Die liebten ihn abgöttisch. Und er wurde, wenn wir in Weimar bei meinen Eltern zu Besuch waren, stets etwas wehmütig, wenn er sie sah. Er lebte allein mit seinem Goethe und seinen mehr als eintausend Büchern. Ich hatte immer geglaubt, er hätte eine latente Neigung zum Zyniker, aber als ich sah, wie er am Grab meines Vaters, seines Freundes, geweint hatte, wusste ich, dass er sich mit gelegentlichen Sarkasmen nur gegen sein weiches Gemüt wehrte.

Wenn man in dieser Stadt Weimar der Sohn von dem und dem ist, wissen die Leute: Das ist doch der Sohn vom… ja, ist er. Ich bekam das in der Schulzeit deutlich zu spüren. Wehe, ich wusste nicht genau, worum es in der Ballade vom Erlkönig ging. Da hat mein Deutschlehrer es sich nicht verkneifen können zu sagen: „Also, Ekke, du wirst doch, also, bei dem Vater! Ich meine, also den Erlkönig, den kennt doch jedes Kind." Sein wiederholtes „Also" war ein Zeichen seiner Unsicherheit. „Jeder schlechte deutsche Satz fängt mit also an", hat Vater behauptet. Dabei hatte der junge Lehrer nervös an seiner Brille genestelt, weil er nicht wusste, ob ich wirklich keine Ahnung hatte oder keine Lust. Ich kannte den „Erlkönig". Natürlich. Vater hatte mir jede Zeile erklärt, indem er dozierend in unserer Bibliothek auf und ab schritt. Das sah ein bisschen komisch aus, denn bei jeder betonten Silbe trat er etwas heftiger auf. Weil es sich bei dem Gedicht, wie mir Vater demonstrierte, nicht in jedem Falle um reine Jamben handelt, sondern auch manchmal zwei unbetonte Silben einer betonten vorausgingen. Ich musste an den sprichwörtlich staksenden Storch im Salat denken, während Vater immer mal wieder einen kurzen Hüpfer außer der Reihe setzte. *Wer reitet so spät durch Nacht und Wind.* Hupf, hüpf, hupf, hupf, hüpf, hupf, hüpf, hupf, hüpf. Ich musste mein Grinsen verstecken. Er bemerkte es dennoch, unterbrach seinen metrischen Gang und nannte mich verärgert Banause.

Gegenüber meinem Deutschlehrer wollte ich einfach nicht zugeben, dass ich die Ballade nicht nur auswendig kannte, sondern sie sogar sehr mochte. Allerdings – Wieland und Herder, die kamen wirklich

später. Da hatte ich die Schulzeit längst hinter mir. Bei der Lektüre erholte ich mich von der mitunter furztrockenen Paragrafenauswendiglernerei des Strafrechts während meines Jurastudiums in Berlin. Der Wahrheit die Ehre: Wieland hatte ich schon etwas früher gelesen. Das hatte mit Doris zu tun. Sie war ein Jahr älter und ging in die 12. Klasse, ich in die 11. Ich hatte mich heftig in sie verliebt. Diese dunklen Augen, dieser warme Mund! Aber sie nahm mich nicht wahr. Da fiel mir Wielands „Ode an Doris" ein, die ich einmal gelesen hatte. Um ihr zu imponieren, schrieb ich das Gedicht einfach ab und steckte ihr den Brief verschämt-heimlich zu.
Erseufzte Stunde, da ich sie wiederseh, / Da sich ihr Arm mir zärtlich entgegenstreckt, / Stunde der süßen Freudenschauer, / Eil aus der Liebe Schoß hernieder. – ging die erste Strophe. Der Erfolg war mäßig. Sie lachte und nannte mich hinfort ihren Dichter. Nun, man kann nicht alles haben, tröstete ich mich. Den Wieland jedenfalls hatte sie zu meinem Glück nicht gelesen.
Zurück zu Goethe und Weimar und dieser Allgegenwart, die Weimar durchwabert. Man kann nur noch in Kneipen gehen, in denen er *nicht* gewesen ist. Lilli sagt: „Du bist ein Ignorant." Meine Frau liebt diese Stadt. Ich wurde hier nur geboren.
Der Oberbürgermeister hält sich sehr viel darauf zugute, dass Weimar eine der wenigen Städte ist, deren Einwohnerzahl kontinuierlich wächst. Aber es sind vor allem Pensionäre aus den alten Bundesländern, die ihre Altersruhe in einer Stadt verbringen wollen, in der es etwas gemächlicher zugeht, wo viele Straßen noch das halsbrecherische Kopfsteinpflaster aus Großherzogs Zeiten tragen. Goethe – übrigens auch ein Wessi – war 26 Jahre jung, als er nach Weimar kam.
Es gibt die Bauhausuniversität und die Musikhochschule Franz Liszt in der Stadt, dazu weitere Fachschulen und Institute –, aber von studentischem Leben, von Jugend, von Aufbruch spürt man kaum etwas. Vielleicht erst ab mitternächtlicher Stunde, wenn das brave Weimar bereits fest schläft. Sonst könnte man glauben, die Studenten seien im Kasseturm am Goetheplatz wegen ungebührlichen Verhaltens arretiert worden.

Die Stadt der Dichter und Denker. Wer nicht das Pech hatte, ausgerechnet in dieser Ackerbürgerstadt zu sterben, hat sich rechtzeitig wieder vom Acker gemacht. Ja, die Liste der Großen von Weimar ist länger als die vier Namen der Klassiker Wieland, Herder, Goethe und Schiller. Aber wer von den Berühmtheiten wurde hier geboren? Goethe kam aus Frankfurt am Main, Schiller aus Marburg, Wieland aus Oberholzheim bei Laupheim und Herder aus dem ostpreußischen Mohrungen. Ein Gang über den Historischen Friedhof oder ein Blick in das „Lexikon Weimarer Persönlichkeiten" macht es offenkundig. Und wenn wir schon von Friedhof reden: Es sind nicht einmal Schillers Gebeine, die in der Gruft neben dem Sarg Goethes ruhen, wie sich herausgestellt hat. Lilli hat dazu eine ganz eigene Theorie. „Die werden, nachdem die Särge während des Krieges ausgelagert wurden, die beiden Sarkophage verwechselt haben, als sie sie wieder in die Fürstengruft brachten. Da können sie lange in dem mit Schiller beschrifteten Sarg suchen und aufwendige Tests machen. Ich dachte, *du* bist der Kriminalist?" Irgendein Spötter hat damals gesagt als die sterblichen Überreste aus dem Sarkophag Schillers untersucht worden waren und sich keiner der beiden Schädel als der des Dichters erwies, dass es eine glückliche Fügung wäre, dass nicht beide von Schiller gewesen sind.
Warum musste ich ausgerechnet in jene Stadt zurückkommen, in der ich vor 38 Jahren geboren wurde? Ich hätte, wenn es nach meinem Vater gegangen wäre – und nach ihm ist die ersten 18 Jahre meines Lebens immer alles gegangen – im benachbarten Jena Germanistik studieren sollen. Er kannte den Dekan aus gemeinsamer Studienzeit. Papa wollte es richten. Ich wollte nicht gerichtet werden. Deshalb bewarb ich mich heimlich in Berlin an der juristischen Fakultät, so ganz das Gegenteil von schöner Literatur. Vater hat drei Wochen lang kein Wort mit mir gesprochen, als er von meiner Anmeldung hinter seinem Rücken erfuhr.

Mein Herz hing nicht unbedingt an der Jurisprudenz. Aber Berlin, das war doch ein ganz anderes Leben als dieses behäbige in Weimar. Das Schönste an Berlin war Lilli.
Ich hatte das Grundstudium mit mäßigem Erfolg absolviert. Baurecht und Kommunalrecht interessierten mich weniger, aber Polizei- und Ordnungsrecht lagen mir. Im Hauptstudium kamen Vorlesungen in Strafrecht und Seminare in Strafprozessrecht hinzu. Wahrscheinlich lag es an Lilli, dass ich im weiteren Verlauf meines Studiums gründlicher lernte, um ihr zu imponieren und weil ich allmählich Gefallen an der scheinbar trockenen Juristerei fand. Ich schaffte die geforderten 13 Punkte, also ein „gut", mühelos. Das war die Voraussetzung laut Promotionsordnung, um den Dr. jur. anzugehen.
Und dann kam alles anders. Das Jahr 1989 begann mit erheblichen politischen Unruhen in der DDR. Das spürte man in Berlin besonders deutlich. Auch unter uns Studenten wurde heftig debattiert, manchmal sogar erbittert gestritten. Es bildeten sich zwei unversöhnliche Lager. Dem einen gehörten die als Dogmatiker beschimpften Verteidiger des Systems an, während die Kritiker denunziert wurden, das Geschäft des Klassenfeindes zu besorgen, der nur darauf warte, die sozialistischen Errungenschaften in der Deutschen Demokratischen Republik zu beseitigen. Ich wollte weder zu den einen noch zu den anderen gehören. Deshalb hielt ich mich aus dem Streit heraus.
Die Lage eskalierte. Zu Tausenden suchten zu allem entschlossene DDR-Bürger Zuflucht in den bundesdeutschen Botschaften in Prag, Warschau und Budapest. Die Furcht grassierte, dass Polizei und Armee, schließlich sogar sowjetische Truppen die immer größer werdenden Demonstrationen mit Gewalt auflösen könnten. Die Älteren hatten ihre Erfahrungen mit dem 17. Juni 1953 gemacht, als russische Panzer die „Ordnung" wieder herstellten.
Ich war mit 19 in die Partei eingetreten. Das war keine Bedingung für das Jurastudium, aber es ergab sich einfach so. Ich war ja im Prinzip dafür, die DDR als sozialistischen Staat zu festigen. Mit der Bundesrepublik hatte ich wenig im Sinn. Namen wie Globke,

Filbinger oder Gehlen wurden gern als Totschlagargument genutzt. Und ich wusste es nicht besser. Woher auch? Im letzten Semester war ich sogar in die Parteileitung der Fakultät von meinen Kommilitonen mit der Begründung gewählt worden, ich besäße die Fähigkeit, ausgleichend zu wirken. Denke ich heute an den jungen Studenten Ekke Ponte, habe ich ihn im Verdacht, es sei eher seine Unentschlossenheit gewesen, klare Position zu beziehen für die eine oder andere Seite, als der weise Richter Salomon zu sein.
Die Ereignisse überstürzten sich. Im Herbst 1989 öffnete Ungarn die Grenze nach Österreich. Wie aus Furcht, es könne nicht von Dauer sein, flohen die Menschen zu Hunderten, zu Tausenden in den Westen. Im Land selbst wurden die Demonstrationen immer gewaltiger. „Wir sind das Volk!", riefen die Menschen. Sie riefen es sehr laut, um ihre Angst zu übertönen, es könne am Ende sogar lebensgefährlich werden. Als sich die Parole änderte in „Wir sind *ein* Volk!", da war kein Halten mehr. Im Politbüro grassierte die Furcht, der Protest könne umschlagen in Gewalt auf der Straße. Honecker, der allmächtige Partei- und Staatschef, wurde auf ähnlich rücksichtslose Weise gestürzt, wie er es mit seinem Vorgänger Walter Ulbricht praktiziert hatte. Ein Neuer aus der alten Garde setzte sich an die Spitze und verkündete eine neue Politik. Er sprach von Wende. Er hätte den ersten Buchstaben des Wortes getrost weglassen können.
Da saßen wir nun, die zukünftigen Richter und Staatsanwälte der Deutschen Demokratischen Republik, denen das Land abhanden gekommen war samt allen Gesetzen und Verordnungen. Mit unserer Ausbildung hatten wir keine Chance, in dem nunmehr vereinten Deutschland in unserem Beruf angestellt oder als Anwälte zugelassen zu werden. Es gab nur zwei Möglichkeiten: Mit einem Zusatzstudium in bundesdeutschem Recht die Zulassung am Gericht zu erreichen – oder sich nach einem anderen Job umzusehen. Lilli war entsetzt, als ich ihr erklärte, das ganze Studium einschließlich der Zulassung zur Promotion an den Nagel zu hängen, weil ich mir einfach nicht vorstellen konnte, gewissermaßen im Rösselsprung ins Feld der bürgerlichen Rechtsprechung zu wechseln. Das ist doch nicht so, dass ich einfach das Hemd unter der Robe tausche.

„Und was willst du machen?", fragte sie mich entgeistert. „Pförtner in der Brauerei oder Lagerist in der Schuhfabrik? Wenn du jetzt hinschmeißt, wirfst du Jahre deines Lebens weg. Was bist du dann? Wer bist du dann?"
Ich ahnte, was hinter ihrer Frage wirklich steckte. Sie war im vierten Monat schwanger. Wir wollten im Frühjahr heiraten. Zwar hatte sie noch ihre Anstellung als Leiterin der Drogerieabteilung im Kaufhaus am Alex, aber was die Zukunft für sie bereit hielt, war sehr ungewiss. Es war längst kein Gerücht mehr, dass die HO und der Konsum aufgelöst beziehungsweise an potente Käufer aus dem Westen wohlfeil verkauft werden. Und ob man dann die alten Strukturen übernehmen würde samt den alten Leitern, das war sehr zweifelhaft. „Ich vielleicht ohne Job", erklärte Lilli, „aber mit dickem Bauch, und voraussichtlich arbeitslos. Wer ist an einem abgebrochenen Studenten des sozialistischen Rechts interessiert? Warum willst du das Zusatzstudium nicht in Kauf nehmen? Es heißt: Im Namen des Volkes. Wir sind das Volk! Hast du ein Problem damit?"
Lillis Argumentation war nicht unbedingt logisch. Sie hatte etwas Hilfloses, Rührendes – und war von Zukunftsangst diktiert; denn in wenigen Monaten mussten wir nicht nur an uns beide denken, sondern vor allem an das Leben unseres Kindes.
„Ich krieche denen nicht in den Arsch!", erklärte ich mit Nachdruck, ohne genau sagen zu können, wer *die* sind.
„Nein", entgegnete Lilli verzweifelt, „lieber lässt du dir in denselben treten. Wenn du deine Selbstgefälligkeit über deine Verantwortung mir und dem Kind gegenüber stellst, mein Lieber, dann wünsche ich dir viel Erfolg. Wir kommen auch ohne dich zurecht."
Das war böse. Das konnte nur aus einem verzweifelten, verängstigten Herzen kommen. Ich wollte Lilli in die Arme nehmen und ihr sagen, dass ich sie liebe. Aber sie stieß mich weg.
Wir hatten uns noch nie gestritten, jedenfalls nicht so, dass der eine den anderen verletzte. Mir war, als hätte sie mich geohrfeigt. An dem Tag sprachen wir kein Wort mehr miteinander. Ich hielt das nicht aus und verließ die Wohnung, um mir den Kopf frei zu

laufen. Als ich spät am Abend zurückkam, lag mein Bettzeug auf der Couch im Wohnzimmer.
An Schlafen war nicht zu denken. Der Streit mit Lilli machte mich regelrecht krank. Er schlug mir auf den Magen. Ich glaube, ich war mindestens vier Mal auf der Toilette. Gegen morgen hörte ich, wie sie in die Küche ging. Kurz danach kam sie mit frisch gebrühtem Kamillentee zu mir und stellte die Tasse auf den Couchtisch.
„Ich liebe dich auch", sagte sie. „Ich kann doch nicht zulassen, dass du dich zu Tode scheißt. Trink deinen Tee und komm dann ins Bett."
Ich hatte noch genug Zeit zum Nachdenken. Für mich war die Entscheidung, das Studium abzubrechen, das Ergebnis einer langen Überlegung. Aber ich hatte Lilli nicht in meine Bedenken und Zweifel einbezogen. Für sie kam mein Entschluss wie aus heiterem Himmel.
Während des Frühstücks konnten wir wieder ganz vernünftig miteinander reden. „Polizei- und Ordnungsrecht hat mich am meisten interessiert. Da war ich sogar ziemlich gut. Vielleicht lässt sich daraus etwas machen."
Lilli sah mich fragend an. „Du hängst also die zwei Jahre an?"
Ich schüttelte den Kopf. „Nein. Vielleicht war die Juristerei von vornherein nicht das Richtige für mich. Es war nur, weil Vater schon alles eingetütet hatte für die Germanistik in Jena."
„Mit diesem Studium wärest du jedenfalls gut durch die Wende gekommen", gab Lilli zu Bedenken.
„Kann ich ja immer noch machen", behauptete ich und lachte über ihr verdutztes Gesicht. „Im Ernst, Schatz, warum nicht Kripo?"
„Dann aber Mordkommission", verlangte Lilli. „Ich will Blut sehen! Sonst schläfst du wieder auf der Couch. Im Übrigen ist mir ein Bulle lieber als ein Ochse."
Es klappte. Es klappte sogar auf Anhieb. Und seither bin ich Polizist.
Wenige Tage später klagte Lilli über Schmerzen im Unterleib. Ich fuhr sie sofort in die Klinik. Es war schon zu spät. Sie verlor unser Kind. Das war furchtbar. Die Ärztin – aber das erfuhr ich erst von Lilli, als unser Sohn Bastian geboren wurde – meldete Bedenken

wegen einer neuen Schwangerschaft an. Zwei Jahre später kam Bastienne zur Welt. Mir machte die Arbeit als Kriminalist Spaß. Lilli blieb wegen der Kinder erst einmal zu Hause.

In Berlin hatte ich gute Freunde und passable Kollegen gefunden. Weimar, ach ja, da war doch noch was... Wenn nicht meine Eltern in der Stadt gelebt hätten, ich weiß nicht, ob ich je wieder zurückgekommen wäre. In diesen fast 15 Jahren hatte ich meine Kleinstadtkleider gründlich abgelegt und sagte sogar manchmal, wenn ich meine Eltern besuchte und in dem etwas unaufgeräumten, aber urgemütlichen Garten saß und mit ihnen Kaffee trank: „Det jibt et jar nich." Und Vater sagte: „Sprachbanause!" Er hatte sich noch immer nicht damit abgefunden, dass ich einen ganz anderen Weg eingeschlagen hatte als den, den er sich für mich gedacht und vorbereitet hatte.
Berlin – da könnte man an einem Abend in ein Dutzend Konzerte und in zwei Dutzend Theater gehen. Da gibt es Museen *en masse* und Leben auf den Straßen und Plätzen bis in die späte Nacht hinein. Gut, in Berlin haben es alle eilig. Da wird man auf der Rolltreppe überholt und in eine S-Bahn gedrängelt, mit der man gar nicht fahren wollte. Da lernt man schnell einen Dialekt, der gar keiner ist und sagt *icke, dette, datte,* damit man nicht für einen Sachsen angesehen wird. So einer vom Schlage Ulbricht. Im Westteil der Stadt, habe ich mir erzählen lassen, wird deutlich weniger berlinert.
Ich will nicht klagen. Es war unsere gemeinsame Entscheidung, die von Lilli vielleicht mehr als die meine, aber am Ende doch gemeinsam beschlossen. Das Haus meiner Eltern zu verkaufen, hätte ich nicht übers Herz gebracht. Immerhin habe ich in der Helmholtzstraße meine Kindheit und Jugend verbracht. Es war ein ruhiges Viertel, eigentlich gar nicht mehr Stadt. Kleine Häuser, gelegentlich auch eine etwas aufwendigere Villa. Hübsche, gepflegte Vorgärten und wenig Verkehr auf den Straßen. In der Stadt hieß es, das sei das Hypothekenviertel. Ich wusste, dass meine Eltern ein halbes Leben gebraucht hatten, um die Belastung einschließlich Zinsen abzustottern. Und da waren sie nicht die Einzigen.

Es ging damals sehr schnell. Mutter rief mich auf der Berliner Dienststelle an. Das hatte sie noch nie gemacht. Sie musste nicht viel sagen. „Kannst du kommen?"
Noch am selben Tag fuhr ich nach Weimar. Lilli und die Kinder nahm ich mit. Ich weiß nicht, woher ich die Gewissheit hatte, dass Vater sterben wird, aber ich wusste es. „Er ist in der Bibliothek", sagte Mutter. „Er wollte nicht im Krankenhaus bleiben."
Ich bat Lilli, mit den Kindern unten zu bleiben. Sie verstand mich. Die Stufen fünf und sechs knarrten wie immer. Vater lächelte milde, als ich eintrat. Es war keine Bitternis in seinem Gesicht. Er lag auf der Couch. Zwei dicke Kissen stützten seinen Rücken. Eine Kamelhaardecke gab ihm Wärme. „Wird mal wieder Zeit, Junge", sagte er. Ich nickte. Ich hätte nicht sprechen können.
Er blickte sich im Zimmer um, als wolle er prüfen, ob alle Bücher auch an ihrem rechten Platz standen. „Was wird daraus werden?", fragte er mit dünner Stimme. Hörte ich einen verborgenen Vorwurf heraus, weil er argwöhnte, ich würde seine ganze Bibliothek ins Antiquariat schaffen, sobald er die Augen schließt?
„Du musst dir keine Sorgen machen, Vater. Lilli liest gern."
Ein zufriedenes Lächeln umspielte seinen Mund. „Ist ein gutes Mädchen. Sie soll kommen. Die Kinder auch."
Ich beugte mich zu meinem Vater und nahm ihn in die Arme. Er schien verunsichert, legte dann aber auch seine Arme um meinen Rücken. Wann hatte es diese Nähe das letzte Mal gegeben?
Er ließ mich wieder los und sagte etwas ruppig, um seine Rührung zu verbergen: „Schick sie hoch."
Einen Moment musste ich auf der Treppe verweilen, um mich zu sammeln. Lilli hatte mich gehört und öffnete die Tür zum Esszimmer. „Er will euch sehen", sagte ich.
Sie ging mit den Kindern nach oben. Ich setzte mich zu meiner Mutter. Sie sah mich gefasst an. „Er ist sehr stolz auf dich, Junge."
„Vater?", fragte ich, als hätte auch von einem anderen die Rede sein können.
„Ja, dein Vater." Sie legte ihre magere Hand auf die meine. „Er konnte es dir nie sagen."

Ich nickte. „Er hat es gesagt. Vorhin. Er hat nur keine Worte dafür."
Am nächsten Morgen, kurz vor sechs Uhr, weckte mich Mutter. Sie trug einen leichten Morgenmantel über dem Kleid, das sie schon am Abend vorher getragen hatte. Wahrscheinlich hatte sie die ganze Nacht an seiner Seite gesessen. Ihre Augen waren getrübt. „Er schläft jetzt", sagte sie.

Ich wusste, was ich mir für eine Rute über den Hintern gebunden hatte, als ich der Bitte Lillis nachkam und um Versetzung in meine alte Heimat bat. Mutter war nur wenige Monate nach Vater gestorben, auch sie ganz still und ohne Aufhebens. Ich werde mir nicht verzeihen, dass ich auf ihre Bitte, ob ich das Wochenende mit Lilli und den Kindern kommen könnte, antwortete, dass ich wegen einer dienstlichen Maßnahme verhindert sei und erst am folgenden Wochenende kommen würde. So dringend war die dienstliche Maßnahme nicht gewesen. Am folgenden Mittwoch rief Onkel Rolf an. „Du musst kommen." Da war es schon zu spät.
Das Haus und vor allem der Garten – nun, ich will nicht sagen, waren heruntergekommen, aber sehr reparaturbedürftig. Zwei Drittel des Gartens mussten erst einmal urbar gemacht werden. Haselsträucher wucherten stammdick, wo sich einst ein schattiger Sommersitz befunden hatte. Das Unkraut, vor allem der unverwüstliche Giersch, durchwucherte den Rasen und die einstigen Gemüsebeete. Beim Umgraben, Ausschneiden und dem Anlegen neuer Beete für Lillis Küchengarten merkte ich allerdings, dass die viele Büroarbeit ihre Spuren hinterlassen hatte. Nehmen wir es sportlich, sagte ich mir. Der Garten würde noch auf Jahre hinaus eine Herausforderung bleiben.
Unser Nachbar zur Rechten, ein Fleischermeister im Ruhestand, hatte sich das eine Zeitlang angesehen, wie ich mit Hacke und Spaten wuchtete. Es muss ihm wohl imponiert haben, dass ich mir keinen teuren Gartenarchitekten kommen ließ, sondern die Sache selbst in die Hand nahm. Als ich ihn fragte, ob ich den maroden Zaun erneuern dürfte, der unsere Grundstücke

trennte, holte er eine Rolle Maschendraht aus seiner Garage. „Die kannst du haben." Er duzte mich, denn er kannte mich, seit ich ein Dreikäsehoch war. Die Pfeiler setzten wir gemeinsam. Jetzt stehen wir manchmal an unserem Zaun, den wir eigentlich gar nicht brauchen, und erzählen einen Schlag aus der Jugendzeit. Wenn sein Sohn, der die väterliche Fleischerei übernommen hat, eine Schüssel Bratwürste bringt, bekomme ich immer eine frisch gebratene Roster ab, für die ich mich gern mit einem Bier revanchiere.

Ich weiß nicht so recht, ob ich solche Nachbarschaft in Berlin erlebt hätte, falls ich überhaupt daran interessiert gewesen wäre. In dem Hochhaus, wo wir gewohnt haben, lebten mehr Menschen als in einem mittelgroßen Dorf, aber ich kannte kaum die Leute auf unserem Flur. Guten Tag und guten Weg – mehr war nicht.

Das alte Haus selbst verlangte mindestens einen Neuanstrich, am besten gleich noch eine vernünftige Dämmung dazu. Das Dach – am liebsten nicht nach oben sehen. Den Eltern war der Besitz längst zur Last geworden, aber keine zehn Pferde hätten sie aus dem Haus holen können, das sie sich über fast drei Jahrzehnte von der Bank abgestottert hatten.

„Wenn wir einmal alt sind", hat Lilli damals gesagt, als ich das erste Mal mit ihr bei meinen Eltern war, „möchte ich hier leben."

„Aber wir sind noch jung", wollte ich mich mit einer flotten Antwort retten, denn die Vorstellung, wieder nach Weimar zurückzukehren, behagte mir nicht.

„Dann werden wir eben in Weimar alt", sagte meine pragmatische Lilli und hatte mit viel Schalk in den Augen hinzugefügt: „Gemeinsam natürlich. Oder?"

Ich wusste, dass sich Lilli damals sofort in das Haus und den Garten verliebt hatte. Oder war es, weil die beiden Alten sie mit besonderer Herzlichkeit aufgenommen hatten und sie eine Wärme spüren ließen, die sie in ihrer Kindheit nie erfahren hatte? Mein gelegentlich griesgrämiger Vater wurde in ihrer Gegenwart geradezu charmant auf eine etwas holprige, aber sehr liebenswürdige Art. Ich glaube, er hätte gern eine Tochter gehabt.

Lilli hat sich sehr auf Weimar gefreut, vor allem wegen des Hauses und des Gartens. Ich hatte befürchtet, für die Kinder würde es besonders schwierig, weil sie alle ihre Freunde und die gewohnte Umgebung verlieren würden. Aber sie sind häufig bei den Großeltern gewesen, im Sommer meistens drei bis vier Wochen. Weimar war ihnen nicht fremd. Ich hatte mich oft amüsiert und auch ein bisschen gewundert, wie mein mir gegenüber stets strenger Vater zum geduldigen Opa mutierte. Irgendwie war Weimar auch das Zuhause meiner Kinder. Und sie hatten schnell Anschluss gefunden in der Nachbarschaft und in der Schule. Die Befürchtung, sie könnten fremdeln, hatte wahrscheinlich mehr mit mir als mit ihnen zu tun.
Drei Monate pendelte ich noch zwischen Berlin und Weimar. Dann zogen wir endgültig um und ich trat meinen Dienst in Weimar an.
Mein erster Arbeitstag in Weimar war der 4. September 2008, ein Donnerstag. Er begann damit, dass mich der Leiter des Dezernats Eins, Höchstpersönliche Rechtsgüter, nach einem kurzen Gespräch in seinem Zimmer den Kollegen vorstellte. „Damen und Herren", begann er schwungvoll, „ich freue mich, dass Hauptkommissar Ponte ab heute als Leiter des Kommissariats elf, Leben und Gesundheit, zu unserem Team gehört. Er wird, großstadterfahren wie er ist, uns bestimmt mit seinem profunden Wissen und …"
Mir war das ein bisschen zu aufwendig. Und ich hatte den Eindruck, es ginge ihm dabei gar nicht so sehr um mich, als vielmehr um den großartigen Dezernatsleiter, dem es gelungen war, den Hauptstädtern einen erfahrenen Kriminalisten für seine MoKo, wie Mordkommission dem allgemeinen Abkürzungsfimmel folgend verstümmelt wird, abgeluchst zu haben. Das nachdrücklich betonte „großstadterfahren" muss auf die Kollegen einen eher erheiternden und nicht unbedingt Ehrfurcht erregenden Eindruck gemacht haben; denn ich hörte später noch oft Bemerkungen derart, dass der großstadterfahrene Chef einen Kaffee trinken möchte oder der großstadterfahrene Hauptkommissar im Moment in Ruhe gelassen werden müsse, weil er großstädtisch nachdenke. Es gefiel mir nicht, ihnen auf diese Weise präsentiert zu werden. Ein schlichtes: „Hauptkommissar Ekke Ponte ist ab heute ihr neuer Chef und

Kommissionsleiter. Ich wünsche mir eine gute Zusammenarbeit!" – hätte gereicht.

Über meine zukünftigen Mitarbeiter in der Mordkommission hatte ich mir natürlich, soweit das die Aktenlage hergab, ein Bild gemacht. Es war ein überschaubares Team. Aber Akten, das wusste ich zu gut, sind nur ein Vehikel. Sie sagen nur dann wirklich etwas aus, wenn man die persönliche Bekanntschaft mit der jeweiligen Person gemacht hat. Ich habe schon manche Überraschung erlebt, indem aus einem laut Aktenlage vorzüglich ausgebildeten und sich vorbehaltlos in den Dienst der Sache stellenden Mitarbeiter ein ausgesprochenes Ekelpaket wurde, wenn man es mit ihm direkt zu tun bekam. Mein erster Eindruck war durchwachsen.

Meine Stellvertreterin als Aktenführerin ist Kriminalhauptkommissarin Astrid Korn, Anfang dreißig, offenes Gesicht, ernst blickend auf dem Foto – aber das ist Vorschrift wie bei den Personalausweisen. Rotblondes, straff nach hinten gekämmtes Haar, Pferdeschwanz. Klarer Blick, voller Mund, lustige Grübchen. Eine Frau, nach der man sich schon mal umdreht, wenn man ihr auf der Straße begegnet. Ihre Dienstlaufbahn: fabelhaft. Vorzeitige Beförderung zur Kriminalkommissarin, mehrfach ausgezeichnet, hohe Aufklärungsrate. Nach der Papierform war sie die ideale Stellvertreterin. Sie ist auch für den Bereich Personalerhebung zuständig. In kleinen Dienststellen – und Weimar hat nur eine kleine Dienststelle – ist man mit der Bereitstellung von Personal nicht unbedingt großzügig. Jedenfalls in den unteren Ebenen wird gespart. Vielleicht mussten die enormen Baukosten irgendwie ausgeglichen werden, denn das gesamte Gebäude war erst vor wenigen Jahren anstelle eines abbruchreifen Hauses an der Friedrich-Ebert-Straße, gegenüber der Rückseite des Kaufhauses Atrium, errichtet worden. Es roch noch immer leicht nach frischer Farbe und neuem Mobiliar.

Hans Brandt, fast 48, und damit zehn Jahre älter als ich, auch er Kriminalhauptkommissar – mit dem könnte es Probleme geben. Der wird doch gedacht haben, dass er nach dem Ausscheiden des vorherigen Chefs den Sessel bekommt, auf dem ich jetzt sitze. Nach allem, was ich aus den Unterlagen entnehmen konnte, muss er ein vorzüglicher Profiler sein, wie man Fallanalytiker neuerdings in Anlehnung an amerikanische Fernsehserien nennt. Er war mir am Morgen durch sein mürrisches Gesicht aufgefallen. Musste nichts bedeuten, konnte aber. Manche sehen so aus. Oder er hatte die Nacht schlecht geschlafen. Lilli sagt manchmal, wenn ich die Mundwinkel zu weit nach unten hängen lasse: „Heute heirate ich dich nicht." Nun ja, heiraten würde ich ihn bestimmt nicht wollen. Er saß auch nicht, wie die beiden anderen Kolleginnen, mit aufgestützten Händen am Tisch, sondern er hatte seinen Stuhl etwas zurückgeschoben und hielt die Arme vor der Brust verschränkt. Abwehr. Skepsis.

Die jüngste meiner neuen Mitarbeiter – mir geht dieses Mitarbeiter und Mitarbeiterinnen, Kollegen und Kolleginnen, Kriminalisten und Kriminalistinnen mächtig auf die Nerven, als müsste ich von einem Mantel, den eine Frau trägt, Frautel sagen – die jüngste im Bunde ist Kriminaloberkommissarin Elke Otto, noch keine dreißig, promovierte Chemikerin. Ihre speziellen Fähigkeiten und Kenntnisse eigneten sich vorzüglich für die Spurensicherung und Laborarbeit – Tatortbeweiserhebung, wie der umständliche Name lautet; Spusi eben. Warum die Otto nicht in einem Forschungslabor mit deutlich besserer Gehaltsstufe saß, interessierte mich schon. Vielleicht erzählt sie es mir einmal. Oder andere erzählen es mir. Sie wirkte sehr kühl, aber nicht unbedingt abweisend.

Ein überschaubares Team. „Selbstverständlich bekommen Sie Verstärkung, wenn es erforderlich ist", hatte Kriminaloberrat Erdmann, unser Inspektionsleiter mit den zwei goldblinkenden Sternen auf der Schulterklappe und Besoldungsgruppe A 14 gesagt. Ich wusste damals noch nicht, dass er erst wenige Wochen zuvor vom Rat zum Oberrat befördert worden war und gern, als würde er es immer noch nicht recht glauben wollen, einen schnellen Blick auf das sichtbare Zeichen seines neuen Ranges warf. Er liebte es, in Uniform zu gehen, was nicht zwingend vorgeschrieben ist.

„Davon gehe ich aus", war meine Antwort. Auf vollmundige Versprechungen dieser Art gebe ich nicht viel. Ich weiß, wie man um jeden Mann – ja, auch um jede Frau – und jeden Cent und Euro kämpfen muss, wenn er dringend erforderlich ist. Ein älterer Kollege hatte mal sarkastisch gesagt: „Nach den Roten kamen die mit dem Rotstift." Es hatte im Vorfeld einiger Überzeugungskraft bedurft, vernünftige Diensträume zu bekommen. Mein Vorgänger saß mit den anderen Mitarbeitern in einem Zimmer. Das lehnte ich ab; nicht um den Chef herauszukehren, sondern weil ich den anderen nicht ständig auf dem Schreibtisch sitzen wollte, was wie Kontrolle hätte aussehen können. Außerdem kann es seine Nachteile haben, wenn man quasi auf gleicher Augenhöhe mit den Unterstellten in einem Raum sitzt. Solange alles gut geht, mag das gut gehen, aber wenn es zu kritischen Situationen kommt, wenn man dem einen oder anderen mal auf die Füße treten muss, weil er einen Fehler gemacht hat oder ein bisschen zu sehr die Distanz verliert, vielleicht auf Kumpel macht oder so –, nein, wenn ich schon der Boss bin, möchte ich, dass das auch räumlich klar zum Ausdruck gebracht wird. Ein Zimmer für mich, ein zweites, das größere, für die Kollegen Horn und Brandt. Und das Labor für Elke Otto. Umfangreichere kriminaltechnische Untersuchungen müssen allerdings in der Landeshauptstadt Erfurt vorgenommen werden. Ein bisschen eng ist es schon für sie, aber für die wichtigsten Untersuchungen und ersten Ermittlungen reicht der Raum durchaus. Wenn ich allerdings an unsere Möglichkeiten in Berlin denke… Hoffentlich war das kein Fehler mit Weimar.

„Na, wie war dein erster Tag?", fragte Lilli, als ich kurz nach sechs Uhr zu Hause ankam. Sie wartete noch immer auf einen neuen Job. Job ist auch so ein Neuwort. Früher sagte man Arbeit. Beworben hatte sie sich nach ihrer Babypause in ihrem alten Beruf als Verkaufsstellenleiterin, aber es stellte kein Drogeriemarkt neue Mitarbeiter ein. Also ging sie einmal die Woche zur Agentur für Arbeit in die Eduard-Rosenthal-Straße, ein schon äußerlich abweisendes Gebäude. Schmuckloser Betonkasten, der so gar nicht in die Landschaft passte. Zweckbau. Sie kam von den Vorstellungsgesprächen stets etwas deprimiert nach Hause, obwohl sie nie unfreundlich behandelt wurde. „Das ist nicht sehr lustig dort. Man kommt sich vor wie ein Bittsteller. Man ist es schließlich auch." Nein, abweisend oder hochnäsig sei man ihr nie gekommen, „Aber weißt du", sagte sie, „man sitzt erst einmal und wartet, bis man an der Reihe ist. Dann wirst du aufgerufen. Nein", korrigierte sie sich, „deine Nummer wird angezeigt. Du bist die 336 oder 407. Die 335 oder 406 hast du gerade noch aus dem Zimmer kommen sehen. Sie sieht nicht sehr glücklich aus. Die Leute dort machen ihre Arbeit. Die meisten machen sie gut, einige weniger gut. Aber sie haben eine Arbeit. Du bist Arbeitsuchende."

Ich konnte Lillis Empfindungen nicht wirklich nachvollziehen, weil ich nie in der Situation war, aber ich spürte ihr Unwohlsein, wenn sie davon sprach. Sie ist immer gern zur Arbeit gegangen. Sie hatte sich zwar über die eine oder andere Kollegin aufgeregt oder wegen der überbordenden Bürokratie ihren Frust zu Hause abgelassen, aber mit nachgerade preußischem Pflichtbewusstsein, das Freude am Beruf ja nicht ausschließt, ist sie am nächsten Morgen wieder zur Arbeit gefahren.

In Weimar, das war ihr klar, würde sie in ihrem Beruf so schnell keine Arbeit bekommen. Gerade hatte eine landesweite Drogeriekette ihre Mitarbeit auf schnöde Weise auf die Straße gesetzt. Aber auch in ähnlichen Branchen sah es nicht besser aus. Die Arbeitslosigkeit in der Stadt lag über zehn Prozent.

Müßiggang kennt Lilli nicht. Sie war mit Hingabe dabei, unser Nest in der Helmholtzstraße nach ihren Vorstellungen einzurichten. Sie fragte mich zwar gelegentlich, wie sie dies oder das machen solle, aber ich wusste, dass ich gegen ihre klaren Vorstellungen keine Chance hatte. Schließlich gefiel mir, was sie tat.

Zwar vermisste sie ihren gewohnten Stress auf Arbeit, deshalb war sie froh, dass sie im Haus und im Garten noch eine Menge zu tun hatte. Lilli ist eine starke Frau. Die neigt nicht zu Selbstmitleid. Die sucht Beschäftigung und die findet sie, falls eine Frau mit Familie, Haus und Hof nach Beschäftigung zu suchen hätte.

„Soll ich dir mal meinen Kräutergarten zeigen, den ich heute angelegt habe?" Ich sah die Freude in ihren Augen und ich konnte gut nachvollziehen, warum sie so stolz auf ihre Arbeit war.

Als ich noch klein war, hatten mir meine Eltern ein Stück im Garten zugewiesen. Da könne ich pflanzen, wozu ich Lust habe, sagten sie. Ich habe Regenwürmer gepflanzt, weil ich die zum Angeln in der Ilm brauchte. Sie sind aber nicht richtig angewachsen. Onkel Rolf hatte mir erklärt, ich müsse erst einmal Kartoffeln einbringen, damit die Erde gut durchlüftet wird. Das habe ich ihm natürlich geglaubt. Leider funktionierte das mit Salzkartoffeln auch nicht so richtig.

Lilli hat zwei grüne Daumen. Die könnte wirklich Regenwürmer und Salzkartoffeln pflanzen und damit Erfolg haben. Ich durfte ihren akkurat angelegten Küchengarten, den ich durch tiefes Umgraben und Aussammeln möglichst aller Gierschwurzelstückchen vorbereitet hatte, bewundern. „Das kriegst du natürlich alles auch auf dem Markt", sagte ich. „Dill, Liebstöckel, Minze oder Beifuß. Aber wenn es dir Spaß macht…"

„Ekke", sagte sie, „du bist ein Ignorant. Das Abendbrot ist fertig. Das könntest du allerdings auch in jeder Kneipe bekommen."

Da hatte ich's. „Es schmeckt aber nirgendwo so gut wie bei dir, mein Schatz."

„Ach, nee! Pass auf, dass du nicht ausrutschst."

Ich sah nach unten. „Wo?"

„Auf deiner Schleimspur!"

Lilli hatte das Abendbrot auf der Terrasse angerichtet. Tomatensalat, knackige Würstchen vom Fleischer Blässe am Frauenplan, frisches Brot und gute Butter. Ich erinnerte mich plötzlich, dass meine Großmutter immer gesagt hat: „Nimm gute Butter, wenn du einen Kuchen bäckst, Elise!" Ich habe nie herausgefunden, ob es auch schlechte Butter gibt, und wenn ja, wofür man die verwendet. Sogar an ein kühles Bier hatte Lilli gedacht. Als sie ins Haus ging, um den Tee für die Kinder zu holen, rief sie in Richtung obere Etage: „Essen ist fertig!" Da hörte ich die beiden auch schon die Treppe heruntertoben. Sie stürmten auf mich zu. „Papa ist da!" So oft hatten sie das in Berlin nicht erlebt, dass ich um diese Zeit bereits zu Hause war. Meistens schliefen sie schon, wenn ich kam. Vielleicht ist das ein Vorzug der Provinz, dass ich hier wieder etwas mehr Zeit für

die Familie finde. Die Kinder werden groß und man merkt es gar nicht. Das wollte ich eigentlich nicht haben. Ein spät heimkehrender, müder Ehemann ist vielleicht auch nicht der Wunschtraum einer jungen Frau. Ich neigte mich zu Lilli und gab ihr einen Kuss auf den Mund. Die Kinder kicherten. „Was ist denn mit euch los?" Und Töchterchen Bastienne, die kesse Biene, rief: „Papa ist verliebt in Mama! Papa ist verliebt in Mama!"
„Quatsch", sagte Bastian, „die sind doch verheiratet."
Lilli sah mich an, ich sah Lilli an, dann prusteten wir beide los. „Was ist nun, Herr Krimineller, sind wir verliebt oder verheiratet?"
Es wurde ein schöner Abend. Wir saßen noch lang auf der Terrasse. Ein Windlicht flackerte leicht. Ich hatte eine Flasche Wein aufgemacht. Lilli kam auf meine Seite und kuschelte sich an. „Ist das nicht schön?", sagte sie mit weicher Stimme. „Die Luft, der Geruch der Pflanzen, der sanfte Wind… Gib doch zu, dass die zwölfte Etage im Hochhaus nicht so prickelnd ist. Wenn wir auf der Couch saßen und aus dem Fenster blickten, haben wir nur Himmel gesehen. Ob es Frühling, Sommer, Herbst oder Winter war, mussten wir vom Kalender ablesen."
So schnell gab ich ihr nicht recht. „Aber Spinnen hatten wir nicht im Schlafzimmer, vor denen du schreiend davonlaufen musstest."
Ich konnte doch nicht einfach zugeben, dass ich mich wohlzufühlen begann in diesem Haus und – na gut, auch in dieser Stadt.
Sie rückte ein wenig ab. „Du bist ein Ekel, Ekke Ponte. Oder findest du Spinnen vielleicht appetitlich?"
„Es war ein Weberknecht. Die sind doch völlig harmlos. Und Spinnen am Abend…"
Da klingelte das Telefon. Astrid Korn war dran. „Chef, wir hätten da 'ne Leiche."
„Wo?"
„Am Zeughof. Das ist die kleine Straße von der Rittergasse am einstigen Kornhaus vorbei, zum Theaterplatz wo sich der große Spielplatz befindet."
„Kenne ich. Ich komme. Aber schicken Sie mir einen Wagen, ich habe gerade eine Flasche Wein mit meiner Frau getrunken."

„Bin schon auf dem Weg.“
Lilli blickte mich fragend an. Sie kannte den Ausdruck in meinem Gesicht, wenn ich zu später Stunde noch einmal angerufen wurde.
„Ein Toter“, sagte ich.
„Nein, ich hatte dich etwas gefragt.“
Ich grübelte, was das gewesen sein könnte, kam aber nicht darauf, denn in Gedanken war ich schon unterwegs zum Zeughof.
„Nicht so wichtig“, sagte Lilli. Da war so ein Unterton, der mich verunsicherte. „Entschuldige, die Kollegin holt mich gleich ab. Es fällt mir bestimmt wieder ein.“ Ich gab ihr einen Kuss, ging ins Haus, zog mir feste Schuhe an, nahm die Jacke vom Haken, holte die Waffe aus dem Tresor, rief noch einmal ins Haus zurück: „Kann spät werden!“ Und ging. Erst im Auto fiel mir die Frage wieder ein.

Astrid Korn fuhr vor. Ich drehte mich noch einmal zum Haus um und sah, wie Lilli in der Küche am Fenster stand und mir zuwinkte. Ich erinnerte mich plötzlich an den ersten Morgen nach dem Einzug in das einst elterliche Haus. Kisten und Kartons standen noch überall herum. Die Kinder waren bereits in der Schule. Es war noch etwas Kaffee in der Kanne und der Tisch war noch nicht abgeräumt. „Lass uns noch ein bisschen sitzen“, hatte Lilli vorgeschlagen. „Der Tag wird anstrengend genug.“
Die beiden Birken zeigten bereits die ersten Anzeichen des kommenden Herbstes. Die Vögel zwitscherten, als wollten sie sich die letzten Geschichten des Sommers erzählen, bevor es auf die große Reise geht. Die Sonne schien aus einem wolkenlosen Himmel. Wir genossen die halbe Stunde, bevor es ans weitere Auspacken und Einrichten gehen sollte. „Ist das nicht eine herrliche Ruhe hier“, sagte Lilli, die vermutlich an den Lärm der Großstadt denken musste. Da kläffte ein Hund. Ich musste lachen.
Das Bellen kam näher und wurde lauter. Was ist denn das für ein Köter, dachte ich. Im Fensterausschnitt sahen wir zuerst einen halbhohen schwarzen Hund, dann eine lange Leine, dann einen ausgestreckten Männerarm. Noch bevor der Mann zu erkennen war,

sahen wir seinen Hut, als flöge der Besitzer waagerecht hinter seinem Kläffer her. Der Hund verschwand aus dem Bild, die rote Leine zog den Mann, noch der Hacken eines Schuhs. Dann war nichts mehr zu sehen von den beiden, nur hören konnte man den Hund noch lange.
„Kanntest du den?“, fragte Lilli.
„Ja“, sagte ich, „das ist der Mann mit dem Hut mit dem Hund wo bellt.“ Damit hatte er seinen Indianernamen weg. Die beiden kamen jeden Morgen etwa um die gleiche Zeit die Straße hoch, das Kläffen war längst zu hören, bevor Hund, Leine, Hut und Mann durchs Bild gingen. Immer in der gleichen Reihenfolge.
„Das ist sonst so eine ruhige Gegend. Kann der seinen Tarzan nicht besser erziehen?“, mokierte ich mich. Wenige Tage später, wir hatten Frühstück gegessen, die Kinder waren unterwegs zur Schule, wir saßen am Küchenfenster und lasen die Tageszeitung. Der Mann mit dem Hut mit dem Hund wo bellt war schon durch. Es herrschte wieder Ruhe in der Straße. Plötzlich lachte Lilli. Ich blickte auf. „Was gibt es Lustiges in der Zeitung?“
Lilli las mir einen kleinen Artikel über einen pensionierten Lehrer und seinen kleinen Hund vor, der jeden Morgen aufgeregt bellend sein Herrchen gleichsam hinter sich herziehend zu einer Tagesstätte für behinderte Kinder strebte, die ihn liebten und stets sehnsüchtig auf ihn warteten. „Peterle sitzt dann brav in seiner Ecke, während der ehemalige Lehrer Fritz Erler Lesen und Schreiben übt mit den Kindern. Danach gehen Hund und Herrchen zufrieden nach Hause.“
„Eine schöne Geschichte. Jetzt wissen wir, wie der Mann mit dem Hut mit dem Hund wo bellt richtig heißt.“
Lilli nickte. „Das Bellen hat mich übrigens nie gestört.“
„Mich auch nicht“, behauptete ich. „Übrigens wünschen sich die Kinder einen Hund.“
Davon wollte Lilli nichts hören. „Zum Spielen, ja. Und wer hat die Arbeit? Wer geht mit dem Hund Gassi? Wer besorgt das Futter und fährt mit ihm zum Tierarzt? Und schiebe die Kinder nicht vor. Wie hat Oma immer gesagt: Das letzte Kind hat Fell. So alt sind wir noch nicht. Du hast ihnen den Floh mit dem Hund ins Ohr gesetzt.“

Ich gab es halbwegs zu. „Besser als der Hund mit dem Floh." In Berlin wäre das nicht möglich gewesen, zwölfte Etage in einem Hochhaus, wir beide den ganzen Tag auf Arbeit. Der Struppi hätte wahrscheinlich vor Frust und Einsamkeit die halbe Wohnung zerlegt. Aber hier, da hätte das Tier reichlich Auslauf im Garten. Doch Lilli ließ sich auf eine Diskussion gar nicht erst ein.
„Eine Katze, meinetwegen. Die ist pflegeleicht. Die kann man auch mal ein, zwei Tage allein lassen. Nein, Ekke. Kein Hund!"
Ich sah es ja ein, aber ein bisschen maulen musste ich noch. „Ja ja, sprach der Kater, seit ich verheiratet bin, ist alles für die Katz."
Daran musste ich denken, als ich das Haus verließ, um zu Astrid Korn ins Auto zu steigen. Ich grüßte Herrn Erler, der mit seinem friedlichen Hund die Abendrunde drehte. „Alter Bekannter", sagte ich zu ihr, als müsste ich etwas erklären.
„Einer aus dem Sandkasten?", fragte Astrid Korn kess, denn der Mann war längst im Rentenalter.
Ich ärgerte mich, weil ich mich ärgern wollte. Gar zu vertraut möchte ich mit meinen Unterstellten nicht sein, jedenfalls nicht gleich am ersten Tag. „Der Mann hat mehr Respekt verdient", sagte ich knapp. Und ärgerte mich gleich wieder, denn so grob sollte das gar nicht klingen. Ich sah, dass ich sie verletzt hatte, war aber auch nicht bereit, um Schönwetter zu bitten.
Wir fuhren die Helmholtzstraße hinunter, bogen am ziegelroten Kesslerschen Haus in die Belvederer Allee ein, links die großen Villen, rechts der obere Teil des Ilmparks mit dem Römischen Haus. Beim Liszthaus begann die Marienstraße mit den Gebäuden der Bauhausuniversität auf beiden Seiten, halb links in die Steubenstraße, dann rechts in die Gropiusstraße direkt auf die Rückseite des Theaters zu, das kurze Stück bis zum Platz mit dem Goethe-Schiller-Denkmal. Das Areal ist am Tag immer dicht bevölkert. Meistens stehen zwei, drei Gruppen mit ihren Stadtführern, oft herrscht ein babylonisches Sprachengewirr. Die Kameras klicken, die Camcorder surren. Häufig sind es Japaner oder Chinesen, die glauben, mit dem Bild auch die Seele des Ortes einfangen zu können. Oder ein halbes Dutzend Jugendlicher tobt mit ihren Geräten über die

Steinplatten. Ist das ein Sakrileg, um das Denkmal der großen Dichter herumzutoben? Vielleicht hätten Goethe und Schiller sogar ihren Spaß daran gehabt. Der junge Goethe ohnehin – der war nun wirklich kein Kind von Traurigkeit, wenn er mit seinem Freund und Herzog über die Dörfer zog. Warum sind Denkmäler in Deutschland immer so – tot?

Mir fiel Johann Sebastian Bach ein, der zehn wichtige Jahre seines Lebens in Weimar verbracht hatte. Das Haus am Markt, in dem auch sein berühmter Sohn Carl Philipp Emanuel vor gut 300 Jahren geboren wurde, stand nicht mehr. Es ist durch die Bombenangriffe 1945 arg in Mitleidenschaft gezogen worden und musste zu DDR-Zeiten wegen Baufälligkeit abgerissen werden. Seither klafft eine peinliche Wunde im Ensemble der Häuser neben dem Hotel „Elephant". Auf dem historischen Kellergewölbe befindet sich der Parkplatz des Hotels. Soviel zum Thema Kulturstadt. Im kleinen Arnstadt, etwa 40 Kilometer westlich von Weimar, wo Bach ebenfalls einige Jahre seines jungen Organistenlebens verbracht hat, steht ein herrliches Denkmal für ihn. Da fletzt Johann Sebastian auf der Orgelbank mit aller Chuzpe eines wilden jungen Genies. Da gehen die Leute vorbei und lachen herzhaft. So etwas in Weimar? Vielleicht Liszt auf seinem berühmten Konzertflügel sitzend und die Beine baumeln lassend? Nicht auszudenken!

Jetzt, spät am Abend, war der Platz vor dem Theater leer. Streng und unnahbar standen Goethe und Schiller auf ihrem Sockel, der Wirklichkeit scheinbar weit entrückt. Wohin blickten sie? Ein Kranz, wie man ihn auf Friedhöfe trägt und ein paar schon welke Blumen zu ihren Füßen. Es fehlte nur der Satz: Ruhe sanft. Möglichst mit Ausrufezeichen wie auf manchem Grabstein, eher als Forderung zu verstehen denn als Wunsch. Ich weiß, ich bin ein Ignorant, wie Lilli manchmal sagt, aber diese Art Heldenkult und Dichterfürstentümelei geht mir gründlich gegen die Natur. Ich erinnere mich sehr wohl, wie verzweifelt sich mein Vater manchmal die Haare raufte wegen seines missratenen Sohnes, weil ich mich mehr für Goethes Weinkonsum und seine zahlreichen Liebschaften interessiert habe als für seine Werke. Erst seit einiger Zeit, seit

Vaters Tod, und auf sanfte Weise von Lilli angestoßen, beginne ich mich Goethen zu nähern. Wenn sie wüsste, dass ich heimlich den „Urfaust“ gelesen habe… *Habe nun, ach!* Und dann die Szene in Auerbachs Keller – das passt nicht recht zur Heiligenverehrung in der Art des Denkmals. Mir wäre lieber *kannibalisch wohl.* Ich muss mal mit Onkel Rolf darüber reden.

Nur eine Frau stand vor dem Wittumspalais, der einstigen Altersresidenz der Herzoginmutter Anna Amalia, und gestikulierte aufgeregt, als sie uns kommen sah.
„Dort hinten!“, rief sie aufgeregt, als wir ausstiegen. „Dort hinten liegt er. Aber ich gehe da nicht mehr hin. Keine zehn Pferde…“
„Beruhigen Sie sich erst einmal, Frau…“
„Schmitt. Zwei T. Elli Schmitt. Keine zehn Pferde kriegen mich dorthin“, antwortete die Frau auf Astrid Korns Frage. „Keine zehn Pferde!“
„Gut, Frau Schmitt. Meine Kollegin nimmt inzwischen Ihre Daten auf“, versuchte ich sie zu beruhigen. „Ich kann ja verstehen, wenn Sie nicht noch einmal hingehen wollen. Wo genau liegt der Mann?“
Frau Schmitt atmete erleichtert auf. „Also“, sagte sie, „ich war bei meiner Freundin Waltraud. Die hat nämlich Geburtstag gehabt, sechsundfünfzig ist die geworden. Sieht man ihr aber nicht an. Ehrlich. Nur mit dem Laufen hat sie es nicht so. Zu schwer. Ich sage ja immer, du musst abnehmen, Waltraud. Aber das schafft die einfach nicht! Na, ich wollte eigentlich nur zum Kaffee…“
„Ist ja gut, Frau Schmitt. Wo liegt der Mann?“, unterbrach ich sie leicht genervt. Was interessierte mich Waltrauds Gewicht.
„Was für ein Mann? Ach so, der. Also, ich wollte nur zum Kaffee bleiben, aber Sie kennen ja Waltraud.“
Unvorsichtigerweise sagte ich, dass ich Waltraud nicht kenne.
„Na, die kennt hier doch jeder, stimmt’s, junge Frau?“
„Stimmt“, sagte Astrid Korn, die sie vermutlich auch nicht kannte. „Aber der Herr Kriminalhauptkommissar ist eigentlich aus Berlin. Der kennt Waltraud nicht.“

Ich sah, wie ihre Mundwinkel ein wenig zuckten. „Was macht denn die Polizei von Berlin in Weimar?"
„Wo liegt der Mann?", fragte ich unwirsch.
„Ja, wenn Sie mich nicht ausreden lassen, Herr Kommissar. Ich habe doch gesagt, dass ich von Waltraud gekommen bin, die wohnt in der Rittergasse. Das ist doch nur das Stück hin, wo der Brunnen ist, der mit der Maria, die das Wasser ausgießt. Und als ich am Parkplatz vorbei war, also der gegenüber diesem Hostel – was ist eigentlich ein Hostel? Können die nicht mehr Hotel sagen wie früher? Also, ich weiß ja nicht! – , haben Sie mal gesehen, wie viel Fahrräder dort herumstehen? Ich fresse einen Besen, wenn die nicht allesamt geklaut sind. Aber die Polizei…" Den Satz sprach sie lieber nicht zu Ende, denn wenn wir auch keine Uniform trugen, waren wir doch die Polizei, die sie gerufen hatte und die sofort gekommen waren. „Als ich etwa in halber Höhe vom Kinderspielplatz – jedenfalls hatte Waltraud auch noch Abendbrot eingeplant. Da ist es eben etwas später geworden. Das mit den Fahrrädern ist wirklich eine Sauerei, die verschandeln doch die ganze Gegend." Sie musste wohl bemerkt haben, dass ich ungeduldig wurde. „Ist er immer so streng?", fragte sie Astrid Korn.
„Ach was", sagte sie. „Er ist ein netter Chef. Eben ein Berliner. Wir sind ganz froh, dass er jetzt bei uns ist. Eigentlich ist er sogar aus Weimar."
Ich war sicher, dass die Kollegin ihren heimlichen Spaß an der Sache hatte.
„So, ein netter Chef. Da können Sie aber von Glück reden, Frau Kommissarin. Ich hatte mal einen…" Aber mitten im Satz besann sie sich und sagte: „Direkt an der Mauer von dem Museum, ganz hinten. Ich weiß ja nicht, die müssen Sie sich mal am Tag ansehen. Das kriegt die Stadt einfach nicht hin. Wie das aussieht! Und die Kerle pinkeln dort ihr Bier aus, wenn sie besoffen aus der Kneipe kommen. Und daneben der Kinderspielplatz. Ich will gar nicht wissen, was da alles noch so herumliegt. Passen Sie auf, dass Sie nicht stolpern und in nichts reintreten. Ist nämlich finster. Sie können meine Taschenlampe haben. Ich habe immer eine Taschenlampe

bei mir, wenn ich abends unterwegs bin. Ist finster in Weimar! Mal ehrlich. Hier, sehen Sie. Da sollte mir keiner zu nahe kommen!"
Es war eine schwere Stablampe, die sie aus ihrer Handtasche holte. „Was ist nun mit den Fahrrädern?"
Ich bedankte mich und zeigte ihr meine weniger martialische Lampe. „Ich geh da mal runter, Frau Korn. Nehmen Sie die Personalien der Dame auf." Noch im Weggehen hörte ich, wie Frau Schmitt sagte: „Will der mich beleidigen? Ich bin doch keine Dame nicht. Die stehen doch ganz woanders!"
Mit der Lampe leuchtete ich die Rückwand des einstigen Zeughofes bis in die letzte Ecke ab, aber ich fand nichts, jedenfalls keine Leiche. Sehr appetitlich sah das hier wirklich nicht aus. Von dem zweigeschossigen barocken Bau, dem Zeughaus der weimarischen Herzöge, waren nach dem Krieg ohnehin nur noch die äußeren Umfassungsmauern des Erdgeschosses erhalten geblieben. Vom Künstlerheim, das als Stammlokal ein geselliges Leben der Weimarer Malschule beherbergte, und in dem auch Max Liebermann, Lovis Corinth, Max Klinger und Ernst Barlach, aber auch Richard Strauss und Engelbert Humperdinck verkehrten, ist nicht einmal eine Ahnung erhalten geblieben. Am Tage toben die Kinder auf dem Spielplatz, das hat ja noch etwas Lebendiges. Aber bei einbrechender Dunkelheit änderte sich die Szene. Die Rückwand des Zeughauses verkam zum Pissoir angetrunkener Männer und der Platz selbst zum Treffpunkt zwielichtiger Gestalten. Gehörte der Tote, den Frau Schmitt gefunden hatte, in diesen Kreis?
Ich leuchtete die ganze Strecke noch einmal ab. Nichts. Vorsichtshalber sah ich mich auch auf dem Spielplatz und zwischen den Klettergeräten gründlich um, aber auch da war keine Leiche zu sehen. Also kehrte ich an die Wand zurück, prüfte noch einmal, leuchtete ins Buschwerk, weil ich dachte, der Mann müsse ja nicht tot gewesen sein, sondern nur verletzt oder volltrunken, und hätte noch die Kraft aufgebracht, wegzukriechen. Aber auch da war nichts zu finden. Ich wollte schon wieder umkehren, da sah ich einen dunklen Fleck auf dem Sand. Versickertes Blut. Eine frische Spur. Aber keine Leiche. Vielleicht hat einer zwei, drei Glas zu viel

getrunken, ist gestürzt und hat in der Ecke seinen Rausch ausschlafen wollen. Und hat sich dann doch wieder aufgerappelt, um nach Hause zu wanken.
Frau Schmitt, die von Waltraud gekommen war, die hatte doch Geburtstag gehabt und auch noch für ein Abendbrot... Na schön, lieber so, als tatsächlich gleich am ersten Arbeitstag eine Leiche. Ich ging den kurzen Weg wieder hoch. Vorher blickte ich noch zu den Fenstern der Häuser, die gleich hinter dem Spielplatz standen. Alles finster. Auch im einstigen Kloster, dem Spielplatz direkt gegenüber, und im längst verwaisten Wittumspalais war kein Fenster erleuchtet. Anna Amalia schläft schon, dachte ich. Luther nächtigt heute anderswo. Am Ende des kurzen Weges wartete Frau Schmitt. Astrid Korn hatte die Personalien aufgenommen.
„Ist er tot?", fragte Frau Schmitt. Das klang, als ob sie ihrer eigenen Beobachtung nicht mehr ganz traute.
„Frau Schmitt, der Tote ist nach Hause gegangen", sagte ich trocken. Es dauerte einen Moment, bevor sie mich begriff. Sie sah mich nicht unbedingt freundlich an. Ich hätte mir die Bemerkung allerdings auch verkneifen und der Frau in einem freundlichen Ton sagen können, dass dort niemand mehr liegt.
„Aber ich habe ihn doch gesehen!", beteuerte sie.
„Sie haben einen Mann gesehen, der wahrscheinlich einen über den Durst getrunken hat, mal pinkeln musste und eine ruhige Ecke aufsuchte. Dabei ist er vielleicht gestolpert, hat sich den Kopf aufgeschlagen und wollte seinen Rausch ausschlafen."
„Können Sie mir das als Mann mal erklären", sagte Frau Schmitt erbost, „warum ihr Kerle an jeden Baum pinkeln müsst wie die Straßenköter, wenn die nächste öffentliche Toilette drei Meter weiter ist?" Sie zeigte auf die kleine Tür der öffentlichen Bedürfnisanstalt am oberen Ende der kurzen Straße.
Astrid Korn befreite mich aus der unangenehmen Lage. „Frau Schmitt, hier ist meine Karte. Sie kommen bitte morgen gegen zehn Uhr in unsere Dienststelle. Da machen wir ein Protokoll. Das muss sein", wehrte sie einen Einspruch ab. „Ist Vorschrift. Habe ich mir auch nicht ausgedacht."

„Na, wenn das Vorschrift ist. Kommt wohl aus Berlin, die Vorschrift“, sagte sie mit einem schrägen Blick zu mir. „Wo ist er denn hingegangen?“
„Nach Hause, wahrscheinlich, Frau Schmitt. Sie sind bestimmt auch müde. Das geht mir nach drei Flaschen Bier genau so.“ Vielleicht hat Waltraud nicht nur Kaffee kredenzt, sondern auch noch ein Likörchen auf den Tisch gestellt, erkundigte ich mich mit erkennbarer Absicht.
Astrid Korn befürchtete wohl, dass Frau Schmitt den eigentlichen Sinn meiner Bemerkung verstehen und protestieren würde, von wegen betrunken, ich weiß doch, was ich gesehen habe, und es sind auch nur zwei kleine Gläschen Eierlikör gewesen.
Meine Kollegin legte den rechten Arm um die Schulter von Frau Schmitt, führte sie ein wenig zur Seite, und flüsterte durchaus hörbar für mich: „Sie wissen doch, wie die Berliner sind. Aber meistens ist er wirklich ein Netter. Wir sehen uns morgen um zehn in der Dienststelle. Kommen sie gut nach Hause, Frau Schmitt. Gute Nacht. Machen Sie sich keinen Kopf. Es war richtig, dass Sie uns gerufen haben. Wir kommen lieber zehnmal umsonst als einmal zu spät. Gute Nacht.“
„Was ist er nun, Berliner oder Weimarer?“ Die Antwort wollte sie schon nicht mehr hören. Sie ging tatsächlich.
Astrid Korn kam zurück. „Tut mir leid, dass ich Sie zu so später Stunde umsonst gestört habe, Chef. Aber es hätte ja sein können. Nun, lieber so, als tatsächlich ein Toter.“
Ich nickte. „Rufen Sie die Kollegin Otto an. Sie soll kommen.“
Astrid Korn sah mich erstaunt an. „Ich denke, da ist niemand?“
„Aber da war jemand.“ Ich wandte mich um und ging zu der Stelle, wo ich den Fleck gesehen hatte. Astrid Korn folgte mir. Auch sie sah die kleine Blutlache, die im Sand versickert war. Ich dachte, sie sagt, dass da einer im Suff gestürzt sein wird oder so, doch sie suchte mit ihrer Taschenlampe die Umgebung ab, fand aber sonst nichts Auffälliges.
Sie wählte die Nummer von Elke Otto an. „Du musst kommen, Elke. Am besten, du bringst noch zwei Leute mit. Der Tote ist allerdings

schon nach Hause gegangen." Ohne mehr zu erklären, nannte sie noch den Ort, wo wir auf sie warten würden. Zu mir sagte sie: „Chef, ich krieg das auch alleine hin." Aber weil ich sie erstaunt ansah, winkte sie gleich ab. „War ja nur ein Vorschlag. 'tschuldigung." Irgendwie wurden wir beide nicht so richtig miteinander warm. Hatte vielleicht sie gehofft, die Chefstelle zu bekommen und gar nicht Hans Brandt, wie ich zunächst vermutete?
Wir warteten etwa fünf Minuten. In dieser Zeit kam niemand über den Theaterplatz und niemand den leicht ansteigenden, grob gepflasterten Weg am Zeughof hoch. Um diese Zeit schläft Weimar. In Berlin, dachte ich, steppt um diese Zeit der Bär.
Elke Otto brachte noch zwei Kollegen mit. Ich wies sie ein. „Den Bericht morgen früh auf meinen Tisch. Wahrscheinlich ganz harmlos. Aber wir wollen keinen Fehler machen, den wir vielleicht irgendwann bereuen. Alles klar?"
„Alles klar, Chef. Bleibst du noch?", fragte sie Astrid Korn.
„Ich muss den Chef nach Hause fahren."
„Danke, nicht nötig. Gleich bei der Volksbank neben dem Theater ist eine Taxihaltestelle. Meine Damen!" Ich lüpfte einen nicht vorhandenen Hut und ging quer über den Theaterplatz. „Habt ihr 'was gesehen?", fragte ich die beiden auf dem Sockel. Aber die toten Dichter sagten nichts. Ein Taxifahrer brachte mich nach Hause.
Lilli schlief schon. Ich ging ins Bad, wusch mich und schlich leisen ins Schlafzimmer. Vorsichtig legte ich mich ins Bett, um Lilli nicht zu wecken. Zärtlich sagte ich: „Natürlich liebe ich dich." Da flüsterte meine angeblich schlafende Frau: „Ich dachte schon, du hast die Frage vergessen." Dann rutschte sie auf meine Seite.

Ich hatte mir fest vorgenommen, möglichst nicht als Erster in der Dienststelle zu sein, weil ich der Meinung war, die Mitarbeiter könnten meinen Morgengruß, wenn sie nach mir kamen, als umformulierte Kritik verstehen: Schön, dass Sie auch schon da sind! An diesem Morgen hätte ich es eh nicht geschafft. Die Nacht war ziemlich kurz.

Als ich den Flur entlangging, kam mir Elke Otto schon entgegen und winkte mit einem Hefter. „Chef, die Ergebnisse von heute Nacht. Sie wollten sie gleich heute früh haben."
Der Tonfall missfiel mir, als hätte sie gesagt: Deinetwegen musste ich die ganze Nacht durcharbeiten, während du gemütlich in deinem Bette gelegen hast. Aber vielleicht hörte ich in den Satz mehr hinein, als aus ihm herausklingen sollte. Ich schluckte ein leichtes Kratzen im Hals hinunter. Bin ich vielleicht ungerecht aus Sorge, nicht den richtigen Ton zu treffen? Chef sein ist gar nicht so einfach. Zu viel Nähe verdirbt, zu viel Distanz vereist.
„Sehr gut. Gibt es irgendwelche Besonderheiten oder Auffälligkeiten?" Wir waren bereits in meinem Zimmer. Sie legte den Hefter geöffnet auf meinen Schreibtisch. „Nichts. Jedenfalls nichts, was einen Verdacht auf Totschlag oder dergleichen stützen würde. Ich nehme an, der war rappelvoll und ist gestürzt. Die Zeugin hat ihn dort liegen sehen und für tot gehalten."
Ich nickte. Wahrscheinlich war es so. Aber wahrscheinlich ist nicht wirklich. „Was wissen wir?"
„Steht alles im Bericht, Chef. Ich bin im Labor, wenn Sie mich brauchen."
Sie mag mich nicht. Ich hätte immer noch die Möglichkeit gehabt, einen verbindlicheren Ton anzuschlagen, aber das hätte aussehen können, als wolle ich ein netter Chef sein. Nette Chefs sind selten gute Chefs. Was hatte Astrid Korn gestern Nacht zu Frau Schmitt gesagt? Er ist ein ganzer Netter. Na prima! „Gut", sagte ich. „Ich rufe Sie, wenn ich Sie brauche. Und sagen Sie den Kollegen Bescheid: Punkt neun Uhr alle bei mir." Das „Punkt" hätte ich mir sparen können, es klang schon wieder wie ein Befehl. „Danke." Damit entließ ich sie und nahm mir den Bericht vor.
Die Lage des angeblichen Toten war exakt skizziert, das gefundene Blut bestimmt. Ein mögliches Tatwerkzeug konnte nicht gefunden werden. Kein Hinweis auf eine tätliche Auseinandersetzung. Da der Spielplatz tagsüber von vielen Kindern und ihren Eltern aufgesucht wird, war kaum mit brauchbarem Material zu rechnen. Außerdem hatte es die letzten Tage mehrmals geregnet. Und da es keinen Toten

gab, konnte der Fall, der mangels Leiche keiner war, zu den Akten gelegt werden, sobald die Aussage von Frau Schmitt vorlag.
Punkt neun Uhr wurde an meine Tür geklopft. Ich bat die Kollegen ins Zimmer. Sie nahmen an dem langen Tisch Platz, der mit dem Kopfende an meinen Schreibtisch anschloss. Ich verließ meinen Ledersessel hinter dem Schreibtisch und setzte mich zu ihnen an den Tisch. Erst im Nachhinein fiel es mir auf, weil ich die erstaunten Gesichter der Kollegen bemerkte. Halten die mich für einen, der auf gebührenden Abstand Wert legt? Oder war es ihnen gar nicht recht, dass ich mich zu ihnen an den Tisch setzte?
Ohne Umschweife kam ich gleich zur Sache. „Ich kenne Ihre Personalakten. Ich habe sie wieder abgeheftet und bin dabei, das Gelesene zu vergessen. Sie wären mir unheimlich mit den guten Noten." Das sollte ein Scherz sein. Es lachte aber niemand. „Von mir wissen Sie nichts außer Dienstgrad, Name und dass ich großstädtisch bin, wie unser aller Chef zu bemerken liebte. Geboren in Weimar."
Hans Brandt nickte anerkennend. „Gut gehalten." War das Spott? Astrid Korn wusste mein Alter. Elke Otto schien das nicht zu beeindrucken.
„Abitur am Goethegymnasium. Studium in Berlin, Jura. Danach Eintritt in den Polizeidienst. Zunächst Eigentumsdelikte, nach zwei Jahren zu Leben und Gesundheit gewechselt. Aufklärungsrate befriedigend, na, eigentlich ganz gut. Vor einem halben Jahr sind meine Eltern kurz nacheinander gestorben. Ich wollte das Haus nicht verkaufen. Deshalb bin ich wieder zurückgekommen. Verheiratet, zwei Kinder. Kein Hund, wahrscheinlich bald eine Katze. Fragen?"
Der Hinweis auf Hund und Katze sollte witzig sein. Niemand lachte. Ich blickte mich um. Sie schüttelten verneinend die Köpfe. Da sagte ich in der Hoffnung, wenigstens jetzt einen Anflug von Heiterkeit zu erzeugen: „Sie werden mich schon noch kennenlernen." Aber die unsichtbare Wand fiel nicht ein. Es hätte auch eine Drohung sein können.
Ich hatte mir den Start leichter vorgestellt, einfacher. War da die eitle Überzeugung, dass die gesamte Weimarer Kriminalpolizei sich glücklich schätzen würde, endlich einen hervorragenden Krimi-

nalisten aus der Hauptstadt an der Spitze der Mordkommission zu wissen? Die Betonung des Dezernatsleiters, dass ich meine Erfahrungen in Berlin gesammelt habe, musste die Reserviertheit meiner neuen Kollegen gefestigt haben. Vielleicht spürten sie meine Vorbehalte gegen die Provinz und hielten mich schlicht für arrogant. Wir werden sehen, dachte ich.

„In zehn Minuten kommt Frau Schmitt. Brandt, erkundigen Sie sich bitte bei der Vermisstenstelle, ob etwas vorliegt. Gute Arbeit übrigens, Otto. Das war's. Fragen? Danke."

Die Kollegen standen auf und verließen das Zimmer. „Korn", hielt ich meine Stellvertreterin zurück, „einen Moment noch, bitte."

Sie schloss die Tür hinter den anderen. Ehe ich etwas sagen konnte, sagte sie. „Das mögen wir nicht, diese Domestikenanrede, Herr Kriminalhauptkommissar. Frau Korn, Frau Kriminalhauptkommissarin, Kollegin Korn oder Astrid. Aber: Korn! Kommen Sie mal runter von Ihrem hohen Ross. Das sagt man vielleicht in Berlin. Das mag hier keiner."

Ich musste schlucken. Ich musste unwillkürlich daran denken, was Lilli gesagt hätte. Ich stand auf, ging einen Schritt auf die Kollegin zu und hielt ihr die Hand entgegen. „Astrid?" Ich war selbst von dem Vorschlag überrascht.

Sie schlug nach einem leichten Zögern ein. „Ekke, richtig? Aber ohne Schnaps und Küsschen. Wir wollen es nicht gleich übertreiben."

Nun sah ich ein leichtes Lächeln über ihr sonst strenges Gesicht huschen. „Das mit dem Schnaps wird sich schon mal ergeben, Astrid. Ich hätte dich gern dabei, wenn die Schmitt", ich verbesserte mich sofort, „wenn die Zeugin Frau Schmitt kommt."

Astrid nickte. „Ich sage dir Bescheid, wenn die Schmitten kommt – Ekke." Die Pause bewies, dass sie noch etwas Zeit für die Anrede brauchte, die sie selbst provoziert hatte. Aber ich hatte auch das Gefühl, sie sei nicht mehr ganz so steif und distanziert. „Die Schmitten" konnte sogar so etwas wie ein Friedensangebot sein.

Als sie gegangen war, nahm ich mir die Untersuchungsergebnisse vom Zeughof noch einmal vor. Da war nichts, was auf einen Toten schließen ließ. Die Aussage von Frau Schmitt musste mit Vorsicht genossen werden. Außerdem wollte ich mich nicht gleich zu Beginn meiner Arbeit in Weimar vom Dienststellenleiter fragen lassen, ob wir neuerdings aus Mangel an echten Leichen nach Schnapsleichen fahnden.

Kurz vor zehn Uhr erschien Frau Schmitt. Ich rief Astrid und bat sie, am Gespräch teilzunehmen.

Frau Schmitt war sehr aufgeregt. Das machte wohl die Umgebung. Manche Leute verändern sogar ihre Körperhaltung, wenn sie ein Polizeigebäude betreten, als müssten sie aus irgendeinem Grund ein schlechtes Gewissen haben. „Ich habe mein Lebtag nichts mit der Polizei zu tun gehabt. Mal ehrlich. Hoffentlich hat mich niemand hier reingehen gesehen. Ach ja, das hatte ich gestern in der Aufregung völlig vergessen. Als ich bei Waltraud war" – ich dachte, ihr sei noch etwas Wichtiges eingefallen – „haben wir wirklich zwei Kleine gezwitschert, wenn Sie verstehen, was ich meine. Können auch drei gewesen sein. Eierlikör, Selbstgemachter. Wissen Sie, dieses neumod'sche Zeug, also ich weiß nicht. Da mach ich mir den Eierlikör lieber selber. Haben wir früher auch gemacht, also damals bei Honecker. Aber das war, weil es keinen gab. Eierlikör, meine ich. Den Honecker gab es ja wirklich. Man musste nur einen kennen, der an den hochprozentigen Sprit…"

Ich habe meine Schwierigkeiten, wenn mich jemand breit reden will. Glücklicherweise sah Astrid meinen aufkommenden Unwillen und unterbrach die Frau. „Lassen wir mal Waltrauds Geburtstag und Honeckers Eierlikör weg, Frau Schmitt. Beschreiben Sie uns den Mann, den Sie gesehen haben. War er groß oder klein, dick oder dünn, blond oder schwarz. Was hatte er an. Lag er auf dem Rücken, auf der Seite oder auf dem Bauch. Jede Kleinigkeit ist wichtig. Gesagt hat er wohl nichts?"

Frau Schmitt schüttelte heftig den Kopf. „Wie sollte er. Der war doch mausetot! Hat der wirklich Eierlikör getrunken, der Honecker?"

Die Frau plapperte wirklich wild durcheinander.

„Es ist nur so", sagte ich vorsichtig, „dass der Mann nicht mehr dort lag, wo Sie ihn gesehen haben wollen."

„Herr Kommissar, Sie denken vielleicht, die Likörchen und so. Was heißt hier: Gesehen haben wollen. Nee, nee, was ich gesehen habe, habe ich nicht gesehen haben wollen, sondern mit meinen beiden gesunden Augen gesehen. Der Mann war tot! Und die Sache mit dem Sprit…"

„Gut", nahm Astrid den Faden wieder auf, „der tote Mann lag da und war sehr groß."

„Wieso groß?", echauffierte sie sich. „Eher mittelgroß und schon etwas rundlich. Dunkle Haare hatte er. Und eine schwarze Jacke, aus Leder, glaube ich. Mit so einem Zeichen auf dem Rücken, einem Adler oder dergleichen. Sieht man doch alle naselang. Es laufen ja neuerdings Gestalten durch die Stadt, sage ich Ihnen, Gestalten! In unserer Nachbarschaft wohnt auch einer davon. Aber meinen Sie, die Polizei macht etwas dagegen? Gestalten, sage ich Ihnen, denen möchte man nicht bei Nacht und Nebel begegnen. Es ist wie mit den Fahrrädern beim Hostel."

„Konnten Sie das Gesicht erkennen?", wollte ich wissen, ohne auf ihre verwirrenden Abschweifungen einzugehen. „Oder kannten Sie den Mann sogar?"

„Woher sollte ich den kennen? Er hatte so ein Gesicht wie der Schauspieler, na, Sie wissen schon, der immer die Bösen spielt im Fernsehen. Wie heißt er denn gleich? Irgend so einen fremden Namen hat er. Den kennen Sie bestimmt! Eine ziemlich große Nase hat er, glaube ich jedenfalls. Den kennen Sie auch", wandte sie sich an Astrid, der sie vermutlich mehr Menschen- und Schauspielerkenntnisse zutraute als mir. „Ich kann den nicht leiden, den Kerl. Waltraud – aber die hat vielleicht einen Geschmack, was Kerle angeht! Jedenfalls…"

„Frau Schmitt, der Schauspieler, ich meine, der Tote, wie sah er aus?" Ich bemühte mich, möglichst freundlich zu klingen, aber es gelang mir wohl nicht so richtig. Ich war froh, dass mir Astrid die weitere Befragung abnahm.

Es war schwierig mit der Frau. Der Tote müsste nach ihrer Beschreibung wie eine Mischung aus Bud Spencer und George Clooney ausgesehen haben, irgendwo dazwischen. Vielleicht auch wie Spencer Tracy oder Richard Gere.

„Gehen wir doch einfach mal unsere Bildergalerie durch", riet Astrid. Das wollte ich nicht, konnte es ihr aber auch in Gegenwart der Frau nicht erklären. Ich erinnerte mich, dass wir einmal einen Fall hatten, als ich noch bei den Eigentumsdelikten in Berlin war. Eine Zeugin hatte sich die Bilder aller für einen Laubeneinbruch in der Gartenanlage „Rote Beete" infrage kommenden Personen in unserer Kartei sehr genau angesehen, manches Foto sogar mehrmals. Wir fanden erst hinterher heraus, warum sie das mit solcher Gründlichkeit tat. Sie kannte und erkannte den einen oder anderen, von dem sie bis dahin gar nicht wusste, dass er in unserer Kartei erfasst war. Hinterher hat sie versucht, Kapital aus ihrem Wissen zu schlagen nach der Spielregel: Gib mir zehn Euro, und keiner erfährt, wo ich dich bei der Polizei gesehen habe. Als sie zum zweiten Mal bei uns war, saß sie nicht als Zeugin da.
„Wir machen das etwas anders", schlug ich vor. „Du gehst mit Frau Schmitt zu Doktor Otto und ihr bastelt euch das Porträt am Computer zusammen."
Frau Schmitt hob abwehrend die Hände. „Ich bin doch nicht krank! Was soll ich beim Arzt? Denken Sie, ich hab' einen an der Klatsche?"
Astrid legte ihr beruhigend die Hand auf die Schulter. „Das ist unsere Kollegin. Sie hat ihren Doktortitel als Chemikerin. Kommen Sie, Frau Schmitt."
Da war sie beruhigt. „Dann ist sie gar kein richtiger Doktor, gelle? Und was machen wir mit dem Computer? Davon verstehe ich nichts. Da müssten Sie meinen Neffen fragen. Ich könnte ihn ja anrufen."
„Kommen Sie nur, Frau Schmitt, Sie müssen unserer Kollegin nur helfen, das Konterfei des Mannes vom Zeughof zu rekonstruieren. Ich helfe Ihnen. Wir werden das Bild gemeinsam finden."

Ich war froh, auf diese Idee gekommen zu sein. Ich hatte andere Dinge zu tun, als mit Frau Schmitt zu plaudern. Solche Frauen können sehr anstrengend sein mit ihrem Erzähldrang von Waltrauds selbst gemachtem Eierlikör, Erich Honecker und weggelaufenen Toten. Aber bevor ich mich meiner Arbeit zuwenden wollte, musste ich noch in Lillis Auftrag Onkel Rolf anrufen. Sie wollte zum Wochenende einen Apfelkuchen backen und Onkel Rolf, den auch sie so nennen durfte, sollte am Sonntag zum Kaffee kommen. Ich wählte durch und hatte ihn sofort am Apparat.

„Apfelkuchen? Von dem Rotbäckigen aus eurem Garten? Aber ob ich komme!" Onkel Rolf war begeistert. Wahrscheinlich, dachte ich, ist es gar nicht der Apfelkuchen, sondern die Aussicht, in unserem Garten sitzen zu dürfen, die Kinder herumtollen zu sehen, von Lilli ein bisschen verwöhnt zu werden und die Erinnerung an seinen verstorbenen Freund, meinen Vater, zu pflegen. Die beiden waren eben nicht nur Kollegen gewesen. Onkel Rolf gehörte fast zur Familie. Wahrscheinlich war er sehr einsam. Er hatte nur seinen Goethe, von dem er vermutlich jede Zeile kannte. Doktor Rolf Winter war einer der bekanntesten und international geschätzten Goethekenner. Mein Vater hatte es mehr mit Schiller. Manchmal disputierten sie, als wären sie Goethe und Schiller.

„Dilettantismus, ernstlich behandelt, und Wissenschaft, mechanisch betrieben, werden Pedanterei."

Darauf mein Vater: „Wo die Natur aus ihren Grenzen wanket, da irret alle Wissenschaft."

„Aber sag Lilli, sie soll diese wunderbaren Streusel machen wie deine Mutter sie konnte! Ich komme gern."

Ich rief Lilli an. „Er kommt, wenn du diese wunderbaren Streusel auf den Apfelkuchen machst, wie das meine Mutter konnte."

Lilli lachte. „Ich kann Apfelkuchen gar nicht anders. Klar, mit Mutters Haferflockenstreusel. Schön, dass er zugesagt hat."

Wir flachsten noch ein bisschen, dann wandte ich mich wieder meiner Arbeit zu. Eine Stunde war fast vergangen und ich wunderte mich, dass Astrid mit Frau Schmitt noch nicht wieder zurück war. Also ging ich in das Zimmer, in dem beide vor dem

Computer saßen, und Elke Otto eine Variante nach der anderen aufrief. Aber das eine Mal waren es die Augen, das andere Mal der Haaransatz, dann wieder der Mund und schließlich die Ohren, die nicht zu dem Mann passten. Wahrscheinlich rätselte sie deshalb so viel herum, weil sie bei der schlechten Beleuchtung an der Mauer des Zeughofes kaum etwas erkennen konnte, schon gar keine Details über Haaransatz, Augenfarbe oder Mundpartie des Toten, der mit ziemlicher Sicherheit gar kein Toter gewesen ist. Meine Kolleginnen waren schon ziemlich genervt, aber Frau Schmitt hatte vermutlich ihren Spaß daran, immer neue Gesichter zusammenzusetzen.
Wer weiß, wen und was die Frau gesehen hat, dachte ich. Manch einer behauptet mit aller Überzeugung, dass der Täter schwarze Haare hatte und eine Knollennase, und später stellte sich heraus, er war blond und hatte eine mächtige Adlernase. „Quälen wir Frau Schmitt nicht weiter", sagte ich. Tröstend an sie gewandt, riet ich ihr, sich wieder zu melden, wenn ihr etwas zu dem Mann einfiele. „Ist aber vielleicht gar nicht so wichtig. Es wird ein Betrunkener gewesen sein, den man schnell mal mit einem Toten verwechseln kann, wenn er in einer finsteren Ecke liegt."
„Er war tot und ich habe ihn genau gesehen", erklärte Frau Schmitt in einem leicht gereizten Ton, weil ihr die Polizei nicht glauben wollte. „Ich habe ihn sogar fotografiert mit meinem Handy!"
„Was haben Sie?", fragten die beiden Kolleginnen fast gleichzeitig, während mir die Gesichtszüge entglitten.
„Na, mit meinem Handy oder wie die Dinger jetzt heißen. Das hat mir mein Neffe mal geschenkt. Der ist doch so ein Computerverrückter. Wissen Sie, schon als er ein kleiner Junge …"
Nicht schon wieder! – dachte ich. „Frau Schmitt, verstehe ich Sie richtig, dass Sie den Mann, den Sie am Zeughof gesehen haben, diesen Toten meinetwegen, dass Sie den mit Ihrem Handy fotografiert haben?"
„Na, das sage ich doch die ganze Zeit. Und der Junge ist wirklich ein ganz fixer! Der hat mal, also das glaubt man kaum, was die heutzutage, mal ehrlich…"

„Warum haben Sie uns das denn nicht gleich gesagt?“, fiel ich ihr barsch ins Wort, weil ich fürchtete, sie würde uns jetzt eine Geschichte nach der anderen ohne Punkt und Komma von ihrem Neffen offerieren.
„Es hat mich doch keiner danach gefragt!“, wehrte sie sich heftig.
Ich ging nicht auf den Vorwurf ein. „Sie haben den Mann fotografiert? Haben Sie Ihr Handy dabei?“
„Das habe ich immer dabei. Das macht nämlich Spaß. Aber wenn mich keiner fragt? Neulich habe ich…“
Die Frau war nicht zu bremsen.
„Können wir das Bild sehen?“
Sie holte das Gerät aus der Tasche, rief die letzten Bilder auf, und sagte schließlich: „Das ist er. Ich habe doch gesagt, dass er eine Adlernase hat“, sagte sie zu Elke Otto.
Die war klug genug, nicht auf die Bemerkung einzugehen und ihr vorzuhalten, dass sie ganz entschieden von einer Knollennase gesprochen hatte. „Darf ich mal?“
Frau Schmitt gab ihr das Handy. Elke Otto stellte eine Kabelverbindung zum Computer her und überspielte die drei Bilder, die Frau Schmitt am Tatort gemacht hatte.
„Frau Schmitt, Sie waren uns eine große Hilfe!“, sagte Astrid erleichtert, aber ohne Spott. „Ich bringe Sie jetzt wieder nach draußen. Und noch einmal vielen Dank. Unser Chef will sich bestimmt auch noch bedanken.“
Ich wollte das zwar nicht, denn die Frau hatte uns wenigstens eine Stunde Zeit gekostet, von dem falschen Alarm einmal ganz abgesehen, aber ich verzog das Gesicht zu einer freundlichen Maske, gab der Frau die Hand und sagte: „Wenn Sie wieder einmal etwas für uns haben, rufen Sie meine Kollegin an. Die freut sich bestimmt. Und fotografieren Sie schön weiter.“
„Ich hätte da noch die Bilder von den Fahrrädern vom Hostel“, bot sie an. „Die sind bestimmt geklaut, mal ehrlich.“ Aber das konnten wir ihr ausreden. „Ist nicht unsere Abteilung, gute Frau“, sagte Astrid. Und mit einem Augenzwinkern an mich gewandt, fragte sie: „Oder soll ich Frau Schmitt zum Diebstahl bringen?“ Ernst gemeint konnte die Frage nicht sein.

Astrid brachte sie zur Pforte. Ich setzte mich zu Elke Otto und wir sahen uns die drei Fotos etwas genauer an. Frau Schmitt hatte vermutlich gut drei Meter entfernt gestanden, da war der halbe Spielplatz mit auf dem Bild. Elke Otto zoomte das Gesicht des Mannes auf Bildschirmgröße. Damit wurde das Foto zwar etwas unschärfer, aber das könne sie nachregeln, sagte sie. Kein Problem. Sie gab ein paar Tastaturbefehle ein. Das Gesicht bekam mehr Kontur. Jetzt war es ziemlich gut zu erkennen.
„Die Frau hat uns ganz schön ins Schwitzen gebracht", sagte Elke Otto. „Ich kannte da mal eine, die …", hob sie in Schmittscher Art an.
Ich drohte ihr mit dem Zeigefinger. „Das erste Polizistengebot: Du sollst deinen Chef nicht auf den Arm nehmen!"
Sie lachte, weil ich sie durchschaut hatte. Es war das erste Mal, dass ich sie lachen sah. Ihr sonst strenges Gesicht bekam plötzlich ganz weiche Züge. Die Kerben um ihre Mundwinkel verschwanden. Der fröhliche Gesichtsausdruck hielt sich nur wenige Sekunden, dann wandte sie sich wieder dem Bild zu. „Er hat eine Wunde am Kopf. Hier, sehen Sie?" Sie fuhr mit dem Cursor an die Stelle. „Aber das ist eine ganz normale Platzwunde. Der Mann ist nicht tot, sondern besoffen. Und dafür habe ich mir die halbe Nacht um die Ohren geschlagen."
„Schicken Sie mir die Bilder auf meinen Rechner", bat ich. „Ich will sie mir noch einmal in Ruhe ansehen. Wahrscheinlich ist es eine Schnapsleiche. Aber das möchte ich geklärt haben. Gehen Sie inzwischen unsere Galerie durch. Vielleicht ist der Mann schon einmal auffällig geworden. Ein Wahrscheinlich reicht mir nicht."
„Geht in Ordnung, Chef! Reicht es, wenn ich das am Montag mache? Ich wollte nämlich dieses Wochenende zu meiner Freundin nach Berlin fahren."
„Das Wochenende fängt erst in fünf Stunden an." Ich sah im Hinausgehen, wie sie schluckte. Ich mag es nicht, wenn jemand sagt, dieses oder jenes habe noch Zeit. Was Zeit hat und was nicht in so einem Fall, entscheide ich. Sollte es sich tatsächlich um ein Verbre-

chen handeln, durfte der Täter so wenig Vorsprung wie möglich haben. Diese Provinzgemächlichkeit!
„Erledige ich sofort, Chef." Da war sie wieder die kühle Blonde.
Geht doch! Ich nickte und ging. Kurz darauf schickte mir Elke Otto die Fotos auf meinen Rechner.
Ich rief sie zu mir. „Ist Ihnen etwas aufgefallen, was von Interesse für uns sein könnte?", fragte ich.
„Die Wunde nicht. Das dürfte eine harmlose Platzwunde sein, die er sich zugezogen hat, als er mit dem Kopf aufschlug. Aber die Körperhaltung –, also ich weiß nicht, irgendetwas stimmt nicht an der Körperhaltung des Mannes."
Ich vergrößerte den entsprechenden Ausschnitt und betrachtete ihn gründlich, nickte dann anerkennend und sagte: „So sieht keiner aus, der mal nur hingefallen ist. Ein Betrunkener knickt in den Knien ein und sackt zusammen. Stürzt jemand wegen eines Schlages auf den Schädel, fuchtelt er vielleicht mit den Armen, als wolle er sich irgendwo festhalten und kippt dann eher der Länge lang nach hinten weg. Wir gehen zu den Kollegen. Wir legen ihnen die Bilder ohne Kommentar vor. Mal sehen, was die beiden erkennen." Ich registrierte fast nebenbei, wie sich die Otto wieder professionell auf die Arbeit konzentrierte. Sie schien meinen Rüffel von vorhin verschmerzt zu haben.
Ich druckte die Bilder aus, auch die Ausschnittvergrößerung, und legte sie Astrid Korn und Hans Brandt auf den Schreibtisch. „Schaut sie euch gründlich an." Wie selbstverständlich hatte ich beide geduzt.
Hans Brandt schien das gar nicht bemerkt oder für ganz normal gehalten zu haben. Er nahm sich eine Lupe vom Schreibtisch. „Ist das eure entlaufene Leiche von heute Nacht?"
Ich nickte. „Fällt dir etwas Besonderes auf?"
Hans legte die Lupe zur Seite. „Habt ihr an der Stelle oder in der Nähe irgendwelche Kotzspuren gefunden? Wer so daliegt wie der, ist voll wie eine Radehacke. Man müsste die umliegenden Kneipen aufsuchen. Irgendwo wird er sich ja abgefüllt haben. Und vermutlich hat er auf dem Weg bis zum Fundort die Blase entleert oder den Magen."

„Du meinst, wir sollten die Pissspuren im Umfeld analysieren?", fragte Elke Otto leicht pikiert, die ihren Wochenendtrip nach Berlin entschwinden sah.
„Wenn er aber in keiner Kneipe war, wenn er nirgendwo gepinkelt oder gekotzt hat, war er nicht volltrunken und ist auch nicht in einer dunklen Ecke hingefallen. Dann hat ihn einer erschlagen, erstochen oder sonst wie zu Tode gebracht, ist durch eure Zeugin gestört worden, und hat ihn, als sie weggelaufen war, entsorgt,", sagte Hans Brandt.
Es klang nicht unlogisch. Ähnliche Überlegungen hatte ich schließlich selbst gehabt. Aber wir hatten keine Leiche, nur die Fotos von Frau Schmitt. „Was ist mit unserer Galerie?", fragte ich Elke Otto.
„Die Suche läuft. Bei Ähnlichkeit bleibt das Bild stehen. Ich schau mal nach."
„Habt ihr schon nachgefragt, ob es eine Vermisstenanzeige gibt, die auf unseren Mann zutreffen könnte?", bat ich Astrid. „Solange wir keine Leiche und nicht einmal einen Vermissten haben, sind wir nicht zuständig."
„Du bist der Boss", sagte Hans, ganz selbstverständlich meine allgemeine Anrede aufnehmend.
Elke Otto kam zurück. „Nada. Nichts. Nitschewo. Er ist nicht in unserer Datei."
Astrid bestätigte, dass keine entsprechende Vermisstenmeldung vorliegt. Dafür sei es aber wohl auch noch zu früh, keine 24 Stunden. „Der schläft irgendwo seinen Rausch aus", meinte sie.
„Wir haben keine Leiche. Wir haben keinen Vermissten. Wir haben ein Foto und eine Zeugin, die ihn am Spielplatz Zeughof gesehen und fotografiert hat. Tot, sagt sie", resümierte ich. „Reicht das, um eine Fahndung einzuleiten, falls wir überhaupt zuständig sind?"
„Man könnte das Bild an die Presse geben und die Bevölkerung um Mithilfe bitten", schlug Elke Otto vor. „Außerdem werde ich noch einige Detailvergrößerungen von den drei Bildern machen."
„Ich suche die umliegenden Kneipen auf", erbot sich Hans Brandt.

„Ich befrage die Leute des hinter dem Spielplatz stehenden Hauses. Vielleicht hat einer etwas gesehen. Es war zwar kein Fenster erleuchtet, aber das muss noch nichts bedeuten", sagte Astrid. „Ich stehe auch manchmal mitten in der Nacht am Fenster, wenn ich nicht schlafen kann, und blicke auf die Straße."
„Gut", sagte ich, „wir geben das Bild an die Presse. Elke, wann fährt dein Zug?"
Sie sah mich erstaunt an, weil ich sie wie die beiden anderen auch geduzt und beim Vornamen genannt hatte.
„Nach Berlin?", fragte sie. „Nein, nicht mit dem Zug, mit dem Auto. Aber meine Freundin erwartet mich sowieso erst morgen früh."
„Viel Spaß. Grüß mir die Hauptstadt."
Ich entließ die Kollegen und beschäftigte mich noch einmal mit den wenigen bisher bekannten Fakten. Falls sich der Anfangsverdacht doch bestätigen sollte, wollte ich nichts versäumt haben.

Lillis Apfelkuchen mit den Streuseln à la Mama war wie immer ein Gedicht. Onkel Rolf konnte nicht aufhören, ihre Backkunst zu loben. Als er satt war und bei aller Liebe kein fünftes Stück mehr essen konnte, streckte er seine langen Staksebeine aus, verschränkte die Hände hinter dem Nacken, dehnte seinen zwar mageren, aber sehnigen Körper, dass man glaubte, die Wirbel knacken zu hören, und sagte mit einem Anflug von Wehmut: „Wisst ihr, dass ich euch beneide? Ihr habt etwas, was ich nie haben werde: Eine Familie, Kinder, ein schönes Zuhause. Ich bin ein alter Hagestolz."
„Du bist Onkel Rolf und gehörst zur Familie", sagte Lilli.
Er nickte dankbar, aber es sah ein bisschen gequält aus. Er wusste ja, dass es nicht wirklich stimmte. Er war mit seinem Goethe ziemlich allein, und ihm fehlte ganz offensichtlich sein Freund und Gesprächspartner. „Nenn' du mich Goethe, ich nenn' die Schiller", hatten sie einander gerne gefoppt.
Bastian wollte wissen, was ein Hagestolz ist. Da hatte er den Literatur- und Sprachwissenschaftler an der richtigen Stelle erwischt. Rolf nahm eine dozierende Haltung ein.

„Es fängt damit an, mein Junge, dass du fragst. Wenn du etwas hörst, was du nicht kennst – frage! Ein Hagestolz", setzte er an, und ich sah amüsiert zu Lilli, denn wir beide wussten um seine Neigung, allen Leuten möglichst alles zu erklären. „Ein Hagestolz ist ein älterer Mann, der nicht verheiratet ist und keine Kinder hat. Das Wort besteht aus den Teilen Hag und stolz. Hag ist ein kleines Wäldchen, manchmal auch nur ein kleines eingezäuntes Stück Land mit einer schäbigen Hütte darauf. Der zweite Wortteil – gibt es denn überhaupt keinen Rotwein in diesem Hause?", fragte er unvermittelt in den Garten hinein, ohne mich oder Lilli anzusehen, die lachte und sogleich zum Haus ging.

Zufrieden fuhr er fort: „Der zweite Wortteil, denkst du, hat mit dem Substantiv Stolz zu tun." Es kümmerte ihn nicht, dass der Junge mit dem grammatikalischen Begriff Substantiv wahrscheinlich noch nichts anfangen konnte. Wer etwas nicht weiß, soll fragen! „Falsch. Es handelt sich um die mittelhochdeutsche Vergangenheitsform des Tätigkeitswortes stellen, nämlich stalt, gestalt, wie wir es in den Wörtern Anstalt und Gestalt wiederfinden." Er sah, wie Lilli die Flasche brachte und ich sie entkorkte. „Geht doch!" Und fuhr im gleichen Atemzug mit seiner Belehrung fort. „Wahrscheinlich bedeutete das Wort Hagestolz, dass es sich um einen jüngeren Bruder des Hoferben handelte, der nichts vom väterlichen Besitz abbekommen hat, weil dieser viel zu klein war, und der kaum so viel Geld besaß – also der jüngere Bruder des Hoferberben –, dass er eine Familie gründen konnte."

„So einer wie du, Onkel Rolf", kommentierte Bastian. „Hast du auch kein Geld und kannst deswegen keine Familie gründen?"

Ich amüsierte mich über meinen Sohn und wünschte mir, er würde nur einmal so aufmerksam zuhören, wenn ich ihm etwas erklären oder beibringen wollte.

Für einen Moment verfinsterte sich Rolfs Gesicht. Es klang müde, als er sagte: „So wird es wohl sein. Alles hin." Aber gleich hellten sich seine Züge wieder auf, denn nun kam er dorthin, wohin er immer kam: zu Goethe. „Im Faust lässt Goethe die Marthe sagen: In raschen Jahren geht's wohl an, so um und um frei durch die Welt

zu streifen; doch kommt die böse Zeit heran, und sich als Hagestolz allein zum Grab zu schleifen, das hat noch keinem wohlgetan."
Lilli, die mich mit einer kaum merklichen Geste aufforderte, die Gläser zu füllen, sagte: „Die armen Weiber sind doch übel dran: Ein Hagestolz ist schwerlich zu bekehren."
Rolf war völlig überrascht. „Du kennst den Faust?"
„Siehst du", erwiderte sie lachend, „jetzt sind wir schon zwei." Und fügte hinzu: „Wir haben im Gymnasium den Faust mit verteilten Rollen gelesen. Ich war die Marthe. Und das ist der einzige Satz, den ich behalten habe."
„Na, immerhin ein Satz. Manche kennen gar keinen und halten Goethes Faust für die Rechte eines Rummelboxers." Rolf leerte das Glas, ohne auf eine Aufforderung zu warten, genüsslich, aber in einem Zug. Ich werde ein bisschen auf ihn aufpassen müssen, beschloss ich. Er trinkt leider etwas zu viel. Das hat er dem Goethe abgeguckt. Ich erinnere mich, dass in Vaters Bibliothek manche Flasche Beaujolais dran glauben musste, wenn die beiden fachsimpelten und einander, die Zigarren – der eine mit, der andere ohne die Bauchbinde zu entfernen – elegant schwenkend, die Welt erklärend herausfinden wollten, was diese im Innersten zusammenhält. „Ihr naht euch wieder, schwankende Gestalten", fiel mir ein. Und da mir das Faust-Zitat einfiel, musste ich plötzlich heftig an meinen Vater denken. Ich glaube, ich habe ihm nie gesagt, wie gern ich seinem Wunsch, Germanistik zu studieren, gefolgt wäre, wenn er es nicht so apodiktisch gefordert hätte.
Rolf beobachtete unsere Kinder, die im hinteren Teil des Gartens Federball spielten. „Wieso heißen eure Kinder eigentlich Bastian und Bastienne?"
„Mozart!, sagte Lilli mit einem hintergründigen Lachen. „Es war so eine schöne Aufführung und wir in so romantischer Stimmung…"
Rolf sah sie verunsichert an, denn er war in diesen Dingen wohl etwas langsam im Begreifen. Aber als er sich Lillis Bemerkung übersetzt hatte, verzog der die Mundwinkel zu einem halbwegs überzeugenden Schmunzeln. „Nun ja", sagte er, „der Mozart also. Da müsst ihr ihn euch aber zwei Jahre später noch einmal angese-

hen haben wegen der Bastienne." Aber offensichtlich war ihm das Thema Kindermachen ein bisschen genant. Deshalb wechselte er das Thema. „Sag mal, Lilli, du suchst doch eine Arbeit"?"
Sie nickte. „Wieso? Habt ihr in eurer Bibliothek auch eine Drogerie?"
„Muss es unbedingt eine Drogerie sein?"
„Nicht unbedingt", sagte Lilli. „Auf gar keinen Fall Chefin und am liebsten nur halbe Tage. Haus und Hof, die Kinder und dann dieser Mann, das hält mich schon in Trab."
Rolf wollte wieder nach dem Glas langen. Ich nahm es schnell weg. „Ist 'ne Fliege drin." Und goss den Wein ins Gras vor der Terrasse. Er sah dem Wein traurig hinterher. Er wusste, dass keine Fliege im Glas war. Noch auf den verschütteten Rotwein starrend, sagte er: „Wir suchen eine Halbtagskraft in der Bücherausgabe. Wäre das was für dich? Den halben Faust kannst du ja schon auswendig. Und Bücher über den Tresen reichen, das ist zu schaffen. Es wäre ein Einstieg. Du bist doch nicht die Lady Müllfort für diesen Ignoranten!"
Lilli sah mich fragend an, als ob sie meine Einwilligung brauche.
„Finde ich gut", sagte ich. „Du kommst unter Leute, verdienst ein bisschen eigenes Geld und kannst den Faust zu Ende lernen."
„In einem Jahr geht meine Mitarbeiterin in Rente", spann Rolf den Faden weiter.
„Ich weiß nicht", zögerte Lilli. „Ich habe so etwas noch nie gemacht."
„Dann wird es Zeit, dass du damit anfängst", erklärte er. „Komm doch am Montag einfach mal rein. Ich rede mit unserem Chef."
Lilli war durch den Vorschlag überrascht. So schnell sagt sie nicht ja, das wusste ich. Ich hatte fast zwei Jahre um sie „gedient".
Doch jetzt sagte Lilli schnell zu als ob sie Angst hätte, es sich noch einmal zu überlegen. Da begriff ich, dass sie trotz oder wegen der vielen Arbeit, die das Haus, die Kinder und meinetwegen auch dieser ignorante Mann mit sich bringen, Sehnsucht nach einer anderen Luft hatte. Sie brauchte – und wenn es nur täglich vier Stunden wären – Leute um sich herum, andere Probleme und ein Stück eigene Welt. Sie hat sich nie beklagt über ihr Hausfrauendasein, zumal es ihr größter Wunsch gewesen ist, einmal in diesem Haus zu wohnen. Ich hatte es einfach nicht begriffen. Der obligatorische

Gang zur Arbeitsagentur, um ein paar Groschen Stütze abzuholen, muss sie sehr bedrückt haben. Um diese Erfahrung beneidete ich sie nicht.

Erst als sie ja gesagt hatte, blickte sie, von ihrem eigenen Mut überrascht, zu mir. Ich gab ihr einen Kuss auf die Wange und sagte: „Mach's!"

„Darauf einen Beaujolais!", trompetete Rolf, der froh war, einen Anlass für eine zweite Flasche Rotwein zu haben. Ich tat ihm den Gefallen, wenn ich mir auch Sorgen machte. Mir fiel das Wort Hagestolz wieder ein, über das er vorhin so bereitwillig doziert hatte. Er ist wohl ziemlich einsam mit seinem Goethe.

Als ich mit der Flasche zurückkam, fragte ich ihn: „Wie weit seid ihr eigentlich mit eurer Bibliothek, Onkel Rolf?"

Da reckte er sich. „Wenn du noch einmal Onkel zu mir sagst, mein Junge, lege ich dich übers Knie. Ich bin doch kein alter Knochen! Bei dir ist das natürlich etwas anderes", wandte er sich mit seinem sperrigen Charme an Lilli. „Wenn du mich Onkel nennst, bin ich sehr geschmeichelt. So 'ne hübsche Nichte! Was wolltest du wissen?", fragte er nun wieder mich.

„Die Bibliothek. Wie weit seid ihr mit der Restaurierung?"

Er atmete tief durch. „Stimmt, du hast ja damals beim Löschen geholfen. Nun, das Haus steht und ist gründlich saniert worden. Die ganze Elektrik ist neu." Erklärend wandte er sich an Lilli: „Das Feuer war im oberen Geschoss ausgebrochen. Die alten Dachsparren brannten wie Zunder. Viele Folianten, Bücher, Briefe und Unikate konnten restauriert werden. Die Arbeit ist aber noch lange nicht abgeschlossen. Ich will ja nicht von alten Zeiten schwärmen, aber wir hatten mindestens zweimal im Jahr den Brandschutz im Haus. Die haben jedes Drähtchen moniert, das nicht fest genug verschraubt, verlötet oder vorschriftsmäßig isoliert war. Wir sparen immer an der falschen Stelle, wenn du mich fragst. Jedenfalls sind einige, leider sehr wertvolle Objekte, auf ewig verloren, darunter auch die zwölf Palermobriefe von Goethe. Ihre Entdeckung hatte in der Fachwelt große Erwartungen ausgelöst. Ganze Heerscharen deutscher Antiquare und Trödler haben ihre Bestände durchforscht, ob sie vielleicht

auch so etwas Sensationelles in ihren Beständen hätten. Ein Jammer, dass sie verloren sind! Hast du deinen Freund von damals eigentlich wieder gesehen?", wandte er sich erneut an mich.
Ich wusste nicht, wen er meinte.
„Mit dem du die große Barockvase gerettet hast."
Ich weiß nicht mehr, was wir damals alles aus dem brennenden Gebäude geschleppt haben, bis uns die Feuerwehr hinter die Absperrung verwies. An eine Barockvase erinnerte ich mich nicht. Und wer das gewesen sein soll, mit dem ich sie herausgeschleppt habe, wusste ich auch nicht. Sicherlich war es einer, der wie ich nur retten wollte und nicht erst nach Geburtsdatum und Beruf fragte.
An diesen 2. September 2004 werde ich mein Leben lang denken. Ich war für ein paar Tage nach Weimar gekommen. Mutter ging es nicht sonderlich gut und ich hatte eine Menge Überstunden angesammelt. Aktuell gab es keinen zwingenden Grund, vor Ort zu sein. Deshalb nahm ich mir drei Tage bei meinem Dienststellenleiter frei. Ich saß mit Mutter vor dem Fernseher. Irgend so ein Rosamunde-Pilcher-Film. Das trieb Vater immer aus dem Zimmer. Aber sie sagte, es sei wegen der schönen Landschaften. Ich wollte sie nicht allein lassen. Vater saß oben in der Bibliothek mit Onkel Rolf, der Vaters letzte Verbindung zur Herzogin-Anna-Amalia-Bibliothek war. Man hatte ihn als Direktor vor drei Jahren „abgewickelt", wie das herzlos hieß. Oder evaluiert, was eine sachliche Bewertung vortäuschte, aber am Ende nichts anderes als ein kaltherziges Abservieren bedeutete. In Marbach war einer, für den man eine neue Stelle schaffen musste. Mit Vater und seinen angeblichen Verwicklungen in alte Seilschaften hatte das überhaupt nichts zu tun. Stattdessen funktionierten die anderen Seilschaften.
Ich erinnere mich, was meinem einstigen Professor für Strafrecht widerfahren ist. Ich hatte ihn zufällig im Englischen Garten beobachtet, wie er einem jungen Paar den Urwelt-Mammutbaum erklärte. Ich wusste gar nicht, dass er eine botanische Ader besaß. Ich wollte ihn bei seinem Vortrag nicht stören. Er sei, hatte man mir gesagt, etwas wunderlich geworden, nachdem er auf ziemlich brüske Weise in den Ruhestand versetzt worden war. „Der Mam-

mutbaum, *Metasequoia glyptostroboides*, auch Chinesisches Rotholz genannt", hörte ich ihn dozieren, ist erst 1942 in China entdeckt worden. Er sei ein lebendes Fossil.
Das bist du auch, dachte ich. Wir Studenten nannten ihn Zigarre, weil er seine Stumpen soweit herunterrauchte, dass er den Rest nur noch mit einer Pinzette halten konnte. Seine Vorlesungen und Seminare waren legendär.
Sie hatten ihn ins Rektorat gerufen. Da saßen drei Leute, von denen er nur zwei kannte. Der Dritte, den er nicht kannte, sagte kalt: „Uns liegen Auszüge ihrer Akte vor. Würden Sie sich, bitte, dazu äußern?"
Er sagte: „Wenn es Akten gibt, die Sie kennen und die ich nicht kenne, wäre es doch logisch, dass Sie sich dazu äußern."
Es muss ein unerquickliches Gespräch gewesen sein. Er hatte allerdings nicht einmal den Versuch unternommen, sich zu verteidigen in diesem kafkaesken Verhör. Er wusste, was er über sich wusste, und er wusste, dass sie das nicht wissen wollten. Sie hatten Akten, die er nicht kannte und die über ihn angelegt worden waren von Leuten, die er nicht kannte. Vielleicht solche wie der, der ihn befragte.
Nach zwanzig Minuten Vorhaltungen stand er auf und sagte ohne Zorn und Eifer: „Leck mich am Arsch, Rotzlöffel." Und ging.
Zu Hause sah er sich in seinem Arbeitszimmer um, dann ging er in den Keller und holte die Axt. Er schlug alles kurz und klein. Als man ihn holte, musste man ihm erst das gefährliche Werkzeug entwinden. Aber darin hatten die Männer Übung. Nach sieben Monaten wurde er entlassen. Sein Zustand bedeute keine Gefahr mehr für die Öffentlichkeit, hatte der behandelnde Arzt attestiert. Er sei harmlos, hieß es. Das Alter und die Umstände – da wäre er nicht der Erste und würde der Letzte nicht sein. Ich weiß nicht, ob er mich überhaupt wiedererkannt hätte. Ich war nur einer seiner zahlreichen Studenten gewesen.
Es gab eine Zeit, da hatte ich Angst um meinen Vater, denn es war ihm ähnlich ergangen wie Zigarre. Ich glaube, es war Rolf, der ihm die Treue hielt, so dass er sich nicht gänzlich abgeschnitten und abgeschoben fühlte. Ein wenig, sagte er einmal, habe er die Finger noch im Teig.

Rolf, der seine Stelle behalten durfte, kam regelmäßig zu ihm nach Hause. Ein bisschen wehmütig gedachten sie der alten Zeiten, die sie sich mittels Beaujolais schönredeten, denn ich erinnere mich sehr wohl, wie oft Vater sich die Haare raufend von irgendwelchem bürokratischem Schwachsinn oder parteipolitischem Gedöns wetterte. Wie oft hat er zähneknirschend fragwürdige Wettbewerbsprogramme zu Ehren eines Parteitages oder eines führenden Genossen entwickeln müssen. Ein bisschen seltsam ist mir damals die Verachtung einerseits und der willfährige Eifer andererseits der beiden schon vorgekommen. Aber da ich mit meinen eigenen Problemen und meiner Selbstfindung hinreichend beschäftigt war und mein Vater mich in solche Diskussionen ohnehin nie einbezog, war mir diese eigenartige Mischung aus Trotz und Treue nie besonders wichtig, zumal mein Vater einer Diskussion zu diesem Thema stets aus dem Wege ging, auch danach.

An jenem 2. September 2004 um 22.32 Uhr klingelte das Telefon. Ich nahm den Apparat auf. Eine erregte, sich überstürzende Stimme rief, nein, schrie: „Sie brennt! Sie brennt!“ Ich brauchte einige Sekunden, um zu begreifen, dass die Herzogin-Anna-Amalia-Bibliothek gemeint war. „Wir kommen!“, rief ich, während ich den Hörer bereits zurücklegte. Ich sprang die Treppe hoch, zwei, drei Stufen auf einmal nehmend. „Die Bibliothek brennt! Schnell! Ich fahre euch!“

Ich sehe die entsetzten Gesichter der beiden noch heute. Wie elektrisiert sprangen sie aus ihren Sesseln auf. Das Buch, das Vater gerade in der Hand gehalten hatte, fiel zu Boden. „Ich hole das Auto aus der Garage! Beeilt euch!“

Sie hätten mich fast auf der Treppe überholt. Ich fuhr den Wagen aus der Garage. Die beiden stiegen hastig ein, völlig durch den Wind. Ich fuhr die Helmholtzstraße zur Belvederer Allee hinunter. Da sahen wir bereits eine lodernde Feuerwand, die den Abendhimmel grell erleuchtete.

„Das darf nicht wahr sein“, flüsterte mein Vater mit brüchiger Stimme. Onkel Rolf legte beide Hände vor den Mund, als müsste er einen Schrei des Entsetzens zurückhalten. Mit überhöhter Ge-

schwindigkeit fuhr ich die Allee Richtung Stadt entlang, vorbei an Bauhaus-Universität zur Linken und Liszthaus zur Rechten, bog rechts in die Ackerwand ein. Wir hörten bereits die Sirenen der Feuerwehr. Als wir gegenüber der Bibliothek am einstigen Haus der Frau von Stein anlangten, wurden wir durch die Polizei angehalten. Ich fuhr den Wagen auf die Seite. Man wollte uns nicht durchlassen. „Ich bin der Direktor!", schrie mein Vater wie von Sinnen. Er war es schon lange nicht mehr. „Lasst mich durch, Kollegen", sagte ich zu den Polizisten an der Absperrung und zeigte meine Dienstmarke. Es war nicht ganz in Ordnung. Aber die beiden wären nicht aufzuhalten gewesen. Da standen wir vor der brennenden Bibliothek. Es war furchtbar. Ich höre noch heute das Bersten und Krachen der Dachbalken und das grässliche Fauchen der Flammen, die wie ein Sturm brennendes Papier mitrissen. Um Himmels willen, dachte ich, was geht da verloren?
Mein Vater und Onkel Rolf standen wie vom Donner gerührt. Das Erschütterndste für mich war, meinen Vater weinen zu sehen. Die Tränen liefen über sein bleiches Gesicht. Sein Freund starrte unverwandt zum brennenden Dachstuhl hoch. Dort hatte er sein Arbeitszimmer gehabt. Nur noch wenige schwarz verkohlte Dachsparren, von den zuckenden Flammen grässlich beleuchtet, waren zu erkennen. Kann Feuer schreien?
Menschen rannten über den Platz der Demokratie vor der Bibliothek, unter dem sich das vor Kurzem eröffnete Magazin befand. Es war schon begonnen worden, die alten Regale im Hauptgebäude zu räumen, aber ich wusste von Vater und Rolf, dass sich die wichtigsten Unikate in den oberen Etagen befanden. Das Rokokozimmer, einmalig in seiner Schönheit – wahrscheinlich brannte es schon lichterloh. Ich lief wie die anderen in der Hoffnung hin, wenigstens etwas retten zu können. Wir schleppten auf den Platz, was wir gerade zu fassen bekamen, bis uns die Feuerwehr zurückwies, weil es zu gefährlich wurde.
Ich suchte meinen Vater. Ich sah in viele entsetzte Gesichter. Feuerwehren aus der ganzen Umgebung brausten heran. Aber die Bibliothek brannte, brannte, brannte. So muss das in den letzten Tagen

des Krieges gewesen sein, als amerikanische Bombengeschwader große Teile des Stadtzentrums von Weimar in Schutt und Asche gelegt haben.
Ich glaube, an diesem Tag begann das Sterben meines Vaters. Ich brachte ihn nach Hause. Er saß wie ein Häufchen Unglück neben mir. Mein Vater, der stolze Mann, immer in aufrechter Haltung, immer das Kinn ein wenig vorgestreckt, immer mit klaren Ansagen – mein Vater ist in dieser Nacht ein alter Mann geworden.
Wie wir später erfuhren, konnten immerhin 28.000 Bücher gerettet werden, darunter eine Lutherbibel aus dem Jahr 1534. Aber über 50.000 Bände wurden ein Opfer der Flammen oder des Löschwassers, darunter unersetzbare Folianten aus dem 16. bis 18. Jahrhundert. Man hat den Schaden auf fast 70 Millionen Euro beziffert. Aber was ist Geld gegen den Verlust unersetzbarer geistiger Werte? Erst im Sommer 2007 wurde die Wiederherstellung des Bibliotheksgebäudes abgeschlossen. Die Sanierung kostete fast 13 Millionen Euro. Ein erheblicher Teil konnte aus Spendengeldern beglichen werden, die aus aller Welt eingegangen waren, aber auch von Bürgern Weimars aufgebracht wurden.

Lilli stand auf. „Du bleibst doch zum Abendbrot, Onkel Rolf?"
Ich machte ihr heimlich ein Zeichen, das nein bedeuten sollte. Fast zwei Flaschen Rotwein, von denen ich nicht mehr als drei Gläser getrunken hatte, mussten reichen. Er sprach schon mit schwerer Zunge.
„Lieb gemeint", bedankte sich Rolf für die Einladung. Hatte er mein Zeichen bemerkt? „Ich habe noch zu tun. Beim nächsten Mal, Lilli. Wir sehen uns Anfang der Woche, ja? Ruf einfach an. Ich mache einen Termin mit dem Chef."
Er stand auf. Es ging noch, wenn er auch schon bedenklich stakste. Ich stellte mir plötzlich vor, wie das aussehen müsste, wenn dieser fast zwei Meter große Mann plötzlich vom Rotwein wie ein Baum von der Axt gefällt würde. Knickt er einfach in den Knien ein und liegt als ein Häufchen Elend da oder schlägt er steif wie ein Brett der Länge

lang hin? Solche Bilder bringt der Beruf mit sich. Er knickt in den Knien ein und sackt zusammen, glaubte ich zu wissen. Der Mann am Zeughof lag halb rücklings lang ausgestreckt an der Mauer. Das allein bewies noch gar nichts. Aber es nährte Zweifel. Hat es sich wirklich nur um eine Schnapsleiche gehandelt oder war es ein Toter, den sein vielleicht noch in der Nähe befindlicher Mörder entfernt hat, während Frau Schmitt auf uns weiter oben am Theaterplatz wartete?
Rolf umarmte Lilli, fuhr den Kindern übers Haar. „Du fährst mich, Ekke? Prima, spare ich das Geld fürs Taxi." Er sah sich noch einmal im Garten um. „Schön habt ihr's hier, Kinder. Wirklich schön!" Wieder dieser leicht wehmütige Unterton. Er wird in seine Junggesellenwohnung zurückkommen, vollgestopft mit Büchern und Manuskripten nach einem nur von ihm zu durchschauenden System. Die wenigen Pflanzen in den Blumentöpfen jämmerlich vernachlässigt. Allein. Der Hagestolz. Am liebsten hätte ich ihn einfach mal in den Arm genommen, wenn das zwischen Männern nicht etwas komisch aussähe. Hat mich mein Vater je umarmt? Die beiden waren irgendwie aus dem gleichen Holz geschnitzt. Rolf war mir sehr nah, ein Teil meiner Kindheit in Weimar. Wenn er bei uns weilte, hatte ich immer das Gefühl, Vater säße bereits mit Rotwein und Zigarre auf seinen Freund wartend in der Bibliothek.

Am Montag war das Bild in der Zeitung. Die Polizei bittet um Mithilfe. Wer kennt diesen Mann? Dazu stand noch der Vermerk, dass die abgebildete Person vermutlich eine Verletzung am Kopf hat. Vielleicht hat er sich irgendwo behandeln lassen. Noch wussten wir herzlich wenig, nicht einmal, ob wir überhaupt zuständig sind.
Ich saß noch gar nicht richtig am Schreibtisch, da klingelte das Telefon. Frau Schmitt. Gott sei Dank konnte sie nicht sehen, wie ich die Augen verdrehte.
„Herr Kommissar, das ist doch mein Bild in der Zeitung? Also, ich meine, das habe ich fotografiert."
Das bestätigte ich ihr.

„Mein Neffe, was der Helmut ist, ich hab' Ihnen doch schon erzählt, dass er computert, der hat mir gesagt, dass die Zeitung jedes Bild bezahlt, wenn sie es abdruckt. Er hat gesagt, mindestens zwanzig Eier müssten die berappen. Soll ich die Zeitung selber anrufen oder machen Sie das für mich?"
So schnell kann man gar nicht hören, wie die Frau ohne Punkt und Komma spricht. „Das stimmt schon, Frau Schmitt, dass die Zeitung veröffentlichte Fotos bezahlt. Aber in diesem ganz speziellen Fall, wenn die Polizei um Mithilfe bei der Aufklärung eines möglichen Verbrechens bittet, gibt es kein Geld."
„So?" Kurze Pause. „So ist das also. Aber was heißt mögliches Verbrechen? Ich habe den Mann doch gesehen und sogar fotografiert. Und wenn ich das der Polizei gemeldet habe, sagt Helmut, als wie mein Neffe, dann habe ich zur Aufklärung einer Straftat beigetragen. Gibt es da nicht so etwas wie Finderlohn?"
An der Stelle gelang es mir, ihr ins Wort zu fallen, ohne wirklich grob zu werden. „Frau Schmitt, ich muss gleich in eine wichtige Besprechung bei meinem Chef. Der mag es gar nicht, wenn ich zu spät komme. Sobald wir mehr wissen über den Mann, den sie fotografiert haben und der nicht mehr da war, als wir an die Stelle kamen, sage ich Ihnen Bescheid. Danke. Auf Wiederhören." Ich legte schnell auf. Das Telefon machte ein knirschendes Geräusch, als habe Frau Schmitt noch etwas gesagt.
Astrid, die gerade ins Zimmer trat, sah mich erleichtert aufatmen. „Frau Schmitt? Die ruft schon seit einer halben Stunde an und fragt nach dir. Du hast ihr gefallen." Sie lachte.
„Paragraf eins: Du sollst deinen Chef nicht verscheißern. Was ist das? Du sollst ihn über alle Dinge lieben, fürchten und vertrauen."
„Amen", sagte sie. Da kamen auch die beiden anderen Kollegen zur verabredeten Besprechung. Es ging noch einmal kurz um den entlaufenen Toten. Übers Wochenende hatten sich keine neuen Erkenntnisse ergeben. Blieb abzuwarten, was die Veröffentlichung des Fotos in der Zeitung brachte. „Übrigens, Elke, kleines Lob für das bearbeitete Foto. Mit dem Blut im Gesicht hätte es sich nicht so gut gemacht. Eins rauf mit Mappe." Die Redensart hat mein

Vater gern gebraucht und der hatte sie von seinem Vater, einst Dorfschulmeister in der Zeit der Einklassenschule. Komisch, dachte ich zwischen Erheiterung und leichtem Entsetzen, jetzt verfalle ich schon in seine Redeweise.
„Wie war's in Berlin?"
Elke sah mich überrascht an. „Gut", antwortete sie gedehnt, als wolle sie eigentlich fragen, wieso mich das interessiert.
Ich wollte die Besprechung gerade eröffnen, da klingelte das Telefon erneut. Das wird doch nicht schon wieder Frau Schmitt sein? War sie Gott sei Dank nicht. An der Pforte stünde ein aufgebrachter Mann, der wegen des Fotos in der Zeitung unbedingt den zuständigen Kommissar sprechen müsse, meldete der Beamte.
„Schicken Sie ihn hoch."
Ein Wachtmeister brachte den Mann auf unsere Etage. Als er eintrat, blickte er in vier verdutzte Gesichter. Aber darum kümmerte er sich nicht. Er polterte ungefragt los: „Was soll das? Wieso hängen Sie mich in die Zeitung wegen der drei Schnäpperchen zu viel? Kann man sich neuerdings in diesem Scheißland nicht mal mehr ordentlich besaufen, ohne ausgeschmiert zu werden?"
Wir starrten ihn immer noch an. Er hatte ein großes Pflaster auf der Stirn. Es war der Tote von Frau Schmitt.
„Mein Name ist Ponte, Kriminalhauptkommissar. Das sind meine Kollegen. Darf ich Sie um Ihren Namen bitten? Ich erkläre Ihnen gleich alles."
„Maasrebe. Leo, wenn's beliebt. Was soll das mit dem Bild?"
Ich erklärte es ihm. Er beruhigte sich langsam. Schließlich war es ihm nur noch peinlich, dass er im betrunkenen Zustand angetroffen und fotografiert worden war und die Polizei davon ausgehen musste, dass ein Verbrechen geschehen sei.
„Der muss erst noch geboren werden, der mich umhaut! Fragen Sie Mario vom Sächsischen Hof. Der weiß, was ich vertrage. Seine halbe Existenz hängt von mir ab, kann ich Ihnen flüstern." Er reckte sich zu ganzer Größe, als spräche er von einer Heldentat.
„Mein Kollege Hauptkommissar Brandt nimmt nur noch die Personalien auf, Herr Maasrebe. Und bitte, entschuldigen Sie noch

einmal die Veröffentlichung des Fotos, aber es hätte durchaus auch etwas Schlimmeres sein können als eine…" Ich wollte sagen Schnapsleiche, schluckte das Wort aber schnell hinunter. „… als eine, na, Sie wissen schon."
Er wusste nicht, aber er fragte auch nicht. „War ich eben mal in dem Wurstblatt. Könnte ich das Foto haben? Man sieht ja hoffentlich nicht, dass ich vorher bei Mario im Sächsischen Hof war."
„Das geht leider nicht", sagte Elke. „Da müssten wir erst die Frau Schmitt um Erlaubnis bitten."
Es war mir nicht recht, dass Elke Otto den Namen der Frau genannt hatte. Meinen missbilligenden Blick nahm sie zur Kenntnis.
Als Hans Brandt mit dem Mann aus dem Zimmer gegangen war, sahen wir drei uns an und prusteten los. „Jetzt kommen die Toten schon von selbst zur Kriminalpolizei!", kommentierte Astrid. Elke gab allerdings zu bedenken, dass er seinen Mörder auch gleich hätte mitbringen können.
„Den Täter kennen wir", erklärte ich. „Es war Frau Schmitt."
Als Hans Brandt zurückkam, sagte er: „Die Kopfwunde ist echt. Ich habe gesagt, das Pflaster sei schon durchgesuppt. Wir hätten in unserem Sanitätskasten richtig gutes Verbandsmaterial aus dem Westen. Die Wunde müsste eigentlich genäht werden. Aber er geht nicht zum Arzt."
Ich wäre nicht auf die Idee gekommen, die Wunde zu überprüfen. Das hätte ich ihm sagen können. Ich unterließ es. Sie sollten nicht glauben, dass ich ein netter Chef bin, der sie für jede gute Tat lobt oder Fleißbienchen verteilte.
Um zu verhindern, dass uns im Laufe des Tages noch hundert Leute anrufen, die Maasrebe in der Zeitung erkannt hatten, sagte Astrid in der Zentrale Bescheid, dass wir uns bei den Bürgern bedanken, aber der Fall erledigt sei. Eine entsprechende Notiz müsste auch am nächsten Tag in die Zeitung gesetzt werden. „Übernehme ich", sagte Hans.
„Gut", schloss ich die Besprechung ab, „zu den Akten."
Damit war mein erster Fall in Weimar erledigt. Vielleicht besteht der Vorteil der Provinz darin, dass man in Weimar seit Goethes

Zeiten nicht mehr ungestraft mordet. Aufklärungsrate einhundert Prozent. Wie war das eigentlich mit dem Gerücht, dass Goethe an Schillers Tod… Quatsch natürlich. Aber manche Gerüchte halten sich über Jahrhunderte. Die Wahrheit ist oft weniger interessant. Wie viele Theorien spuken seit Schillers Tod durch die abenteuerlichsten Behauptungen, Goethe habe, wenn er schon nicht selbst der Giftmischer war, schuld an Schillers Tod. Erst kürzlich war wieder einer hervorgetreten, der im Vergleich von Schillers Ballade „Die Kraniche des Ibykus" mit Goethes Ibykus-Ballade im zweiten Teil des „Faust" sogar den Beweis gefunden haben will. Ich erinnere mich, wie die beiden Alten in Vaters Bibliothek heftig aneinander gerieten bei diesem Thema, weil Onkel Rolf sich persönlich angegriffen fühlte und Vater ein bisschen boshaft stachelte, bis der andere merkte, dass er zum Besten gehalten wurde. Das Ganze endete in einem großen Gelächter. Dennoch grummelte es noch nach Tagen in Onkel Rolf, als hätte ihm sein Freund unterstellt, ein Brudermörder zu sein. Da waren zwei, drei Flaschen guten Weines notwendig, um die Freundschaft wieder ins Lot zu bringen.

Vier Tage nach dem protestierenden Maasrebe, am Donnerstag, meldete ein Jogger, der entlang der Ilm auf der Karolinenpromenade Richtung Tiefurt unterwegs war, dass er gleich hinter dem großen Wehr zwischen Kegel- und Friedensbrücke am rechten Ilmufer eine unbekleidete männliche Leiche im Wasser entdeckt habe. Wir sollten kommen. Er würde warten.

Ich nahm Hans Brandt und Elke Otto mit. Es hatte die letzten Tage im Thüringer Wald schwere Gewitter mit wolkenbruchartigen Regengüssen gegeben. Die Ilm führte einen Meter höher als normal schmutzig-braunes Wasser, in dem mitunter große Äste, sogar halbe Bäume und allerlei Unrat schwammen. Der Jogger wartete an der Fundstelle nach dem Wehr kurz vor der Brücke. Die schäumende Ilm macht dort einen leichten Bogen. Treibholz war angespült worden. Darunter lag, deutlich zu erkennen, eine unbekleidete männliche Leiche. Der Körper sah arg zerschunden

aus, aber am schlimmsten war das Gesicht anzusehen, als hätte es jemand mit Absicht bis zur Unkenntlichkeit zerstört.
Hans nahm die Personalien des Joggers auf. Nein, gesehen habe er niemanden. Er selbst sei nur zufällig an der Stelle gewesen, weil er eine Pinkelpause brauchte, wie er sagte. Wenn er nicht gebraucht würde, möchte er seinen Morgensport fortsetzen. Es war ihm ziemlich unheimlich, in der Nähe der angespülten und mit zahlreichen klaffenden Wunden übersäten Leiche noch länger verbleiben müssen. Hans bat ihn, möglichst noch im Laufe des Vormittags in die Dienststelle zu kommen, um das Protokoll zu unterzeichnen. Das versprach der Mann, dann entfernte er sich schnell vom Fundort. Er sah sich nicht mehr um. Hans hatte ihn schon bei unserer Ankunft scheinbar zufällig mit seinem Handy fotografiert. „Er hatte keinen Ausweis bei sich", erklärte er mir. „Man kann ja nie wissen."
Ich musste lachen. „Frau Schmitt macht Schule, was?" Hans verzog das Gesicht. Mimose, dachte ich. Was ist der Mann nur empfindlich, wenn es um ihn selber geht. Auf Kosten anderer kann er auch gröbere Witze machen.
Ich forderte Verstärkung für die Spurensicherung an. Das Terrain musste weiträumig abgesperrt werden. Die ersten Schaulustigen trafen bereits ein. So etwas spricht sich schnell herum. Hatten die Leute nichts Besseres zu tun, als zu gaffen? Diese sensationshungrigen Zeitgenossen ärgerten mich immer wieder. Sie stehen herum und möchten am liebsten noch Blut fließen sehen. Was ist das? Bloße Neugier? Außerdem behinderten sie natürlich unsere Ermittlungsarbeit vor Ort.
Hans Brandt ging zu ihnen. Hat zufällig jemand etwas gesehen? Natürlich nicht. Diese Leute sehen nichts, die gaffen nur.
Es wäre sinnlos gewesen, den Weg weiträumig abzusperren. Falls es dort Spuren gegeben hatte, die für uns wichtig gewesen wären, waren sie längst vom Regen der letzten Tage unkenntlich gemacht worden. Außerdem bezweifelte ich sehr, dass der Fundort der Leiche identisch mit dem Tatort war. Das Wasser hat ihn wahrscheinlich über eine größere Entfernung mitgerissen. Das ließ der erste Anschein stark vermuten. Trotzdem war es wichtig, den Uferbereich

möglichst frei zu halten, bis Elke und ihre Kollegen alle relevanten Spuren gesichert hatten.
Der Arzt kam. Wir kannten uns noch nicht. „Bist du der Neue, dem ständig die Leichen weglaufen?“
Ich hatte schon gehört, dass Doktor Pause eine spitze Zunge hat. „Ja“, sagte ich, „sie haben Angst, auf deiner Schlachtbank zu landen.“
Pause grinste. „Gut gebrüllt, Löwe! Wir verstehen uns also.“ Dann machte er sich an die Arbeit. Der Tote, der noch zur Hälfte in der Ilm lag, wurde, nachdem Elkes Leute den Fundort exakt dokumentiert hatten, ans Ufer gebracht. Pause schüttelte wiederholt den Kopf. „Freiwillig ist der nicht baden gegangen. Der Körper ist übrigens postmortal übel zugerichtet worden, abgesehen von der schweren Kopfverletzung. Würde ich sagen.“
Ich hatte schon auf der Zunge, dann soll er es nicht so „würdevoll“ formulieren, sondern einfach aussprechen, aber die väterliche Lehrmeisterei wäre hier wohl recht unangebracht gewesen.
Pause hob abwehrend die Hände, als hätte ich schon gefragt, seit wann der Mann tot sein könnte. „Nein, kann ich noch nicht. Vielleicht drei, vielleicht vier Tage. Du bekommst morgen einen vorläufigen Obduktionsbericht.“ Dann schüttelte er unwillig den Kopf. „Menschen!“
Ich dachte, der Arzt müsste solche Anblicke gewohnt und vielleicht sogar schon etwas abgestumpft sein. Pause war es offensichtlich nicht. Das machte ihn mir etwas sympathischer.
Für mich blieb vor Ort nichts mehr zu tun. Der Leichenwagen fuhr vor, der Tote wurde in die Gerichtsmedizin gebracht. Pause wollte mich anrufen, sobald er erste Ergebnisse bieten könne. Er sah dem Leichenwagen hinterher und schüttelte den Kopf. „Leute gibt es!“
Die Spuren, wenn man die wenigen Hinweise so nennen durfte, waren gesichert. „Was meinst du?“, fragte ich Hans Brandt, als wir zurückfuhren.
„Wird schwierig bei der Spurenlage. Er muss schon länger im Wasser gelegen haben. Aber warum nackt? Ein Sexualverbrechen?“ Seine Frage klang mehr nach Zweifel als nach Bestätigung der Annahme, dass hier ein Sexualverbrechen vorläge.

„Eher nicht", sagte ich und bestätigte damit seine Vermutung. „Da wollte einer auf Nummer sicher gehen, um uns die Suche nach der Identität des Toten zu erschweren. Oder seine eigene. Vielleicht hatte es einen Kampf gegeben, und der Mörder war selbst verletzt worden, wobei eigene Spuren, eventuell sogar Blut, an die Kleidung des Getöteten gelangten. Das hätte ihn verraten können. Kennst du Pause schon länger?", wechselte ich das Thema.

„Er ist kein Menschenfreund, wenn du das meinst. Ich mag ihn nicht. Es sind zwar Tote, an denen er herumschnippelt, aber es sind immer noch Menschen."

„Wir müssen ihn nicht mögen. Außerdem, ohne die Arbeit der Gerichtsmediziner stünden wir manchmal im Regen. Ist er gut?"

„Eine Kapazität. Ich mag ihn trotzdem nicht." Hans Brandt blieb einsilbig. „Irgendwoher kenne ich den."

„Doktor Pause?"

„Den Toten", sagte Hans. „Aber ich bekomme ihn nicht einsortiert. Das Gesicht ist völlig zerstört."

„Wenn er schon einige Tage tot ist, wird ihn vermutlich jemand vermissen. Oder der Nachbar stellt fest, dass die Zeitungen aus dem Briefkasten quellen. Von dem Gesicht ist wirklich kaum etwas zu erkennen."

Hans Brandt nickte. „Bist du freiwillig zurück nach Weimar gekommen?"

Ich musste lachen. Das war es, was ihn schon seit Tagen beschäftigte. „Nein. Das hat familiäre Gründe. Ich hätte es nicht vermocht, das Haus meiner Eltern an fremde Leute zu verkaufen. Nun ja, es ist das Haus meiner Kindheit."

„Ich könnte dort nicht leben, in Berlin."

Ich hoffe, ich kann es hier, dachte ich. „Warum?"

„Zu laut, zu groß, zu unpersönlich. Zu viel Stadt. Wenn ich durch Weimar gehe, gibt es ein Dutzend Leute, die ich kenne. Manchmal macht man sein Schwätzchen, manchmal lüpft man nur den Hut. Man kennt sich. Dein Vater war Chef der Anna-Amalia-Bibliothek?"

Ich nickte. „War er."

„Guter Mann. Wie die mit dem umgegangen sind! So etwas macht man nicht."

Ich nickte erneut. Nein, so etwas macht man nicht mit Menschen, die über Jahre eine vorzügliche Arbeit geleistet haben. Ich hatte plötzlich das Gefühl, dass mir einer die Hand auf die Schulter legt, einfach eine freundliche Geste, ein bisschen Wärme. Ich hätte das von Hans Brandt nicht erwartet. Es gefiel mir. „Nein", sagte ich, „das macht man wirklich nicht. Aber man tut es. Doch das Schlimmste war der Brand. Das hat er nicht verkraftet."
„Du hast damals beim Löschen geholfen. Du warst sogar in der Zeitung abgebildet. Mit einer großen Vase."
„Daran erinnerst du dich noch? Das ist fast auf den Tag vier Jahre her."
„Ich vergesse keine Gesichter. Und ich komme auch noch darauf, woher ich den kenne."
„Wen?"
„Den aus der Ilm. Besitzt du das Zeitungsfoto von damals, ihr beide mit der Vase?"
„Ich wusste gar nicht, dass es ein solches Bild gibt." Insgeheim amüsierte mich, wie Hans Brandts Gedanken im Zickzack sprangen. Mir schien, er denke angestrengt über etwas nach. Worüber? Wir kamen an der Dienststelle an. Ich fuhr das Auto in die Tiefgarage. Hans war schon vorher ausgestiegen. Auf dem Weg nach oben wurde ich aufgehalten. Als ich zehn Minuten später in mein Zimmer kam, stand er mit deutlichem Anzeichen von Triumph da.
„Ich hätte etwas für dich."
Er führte mich vor seinen Computer, auf dem er mir die Seite der „Thüringischen Landeszeitung" mit dem Foto von mir, der Vase und dem Mann, der sie mit mir herausgetragen hatte, zeigte. Ich blickte überrascht hin. „Das ist doch…"
„Ja", sagte Hans, „das ist Maasrebe! Aber jetzt pass' auf!" Er lud ein zweites Bild hoch, das des Toten aus der Ilm. Er hatte die zerschundenen Gesichtspartien auf dem Foto retuschiert.
„Maasrebe!", sagte ich verblüfft. Die Ähnlichkeit ließ keinen anderen Schluss zu.
Der Mann, den Frau Schmitt für tot gehalten hatte – nun war er es wirklich. Und es war der Mann, mit dem ich damals die Vase aus

der brennenden Bibliothek geholt hatte. Zwar war das Gesicht auf dem Zeitungsbild nicht besonders gut zu erkennen, zumal es vom Ruß teilweise geschwärzt war, aber das musste der Mann sein. Es irritierte mich. Gab es da eine Verbindung von mir zu dem Toten, die ich nicht kannte?

„Frag doch bitte bei der Zeitung nach, ob es noch mehr Fotos von damals gibt, vielleicht findet sich eines, auf dem Maasrebe besser zu erkennen ist. Anschließend fahren wir zur Wohnung von Maasrebe. Sehr gute Arbeit, Hans. Jetzt wissen wir, wer unser Toter aus der Ilm ist. Und der kann uns wahrlich nicht mehr davonlaufen."

Hans nickte. Das Lob steckte er als Selbstverständlichkeit ein. „Ich ruf Mischa an."

„Wer ist Mischa?"

„Der Fotograf von der Zeitung. Michael Peters."

„Du kennst hier wohl jeden, oder?"

„Nur jeden Zweiten." Jetzt lachte er sogar, jedenfalls durfte man das leichte Verziehen der Mundwinkel nach oben dafür halten. „Kommst du mit?"

„Wohin?"

„Ich hab' uns schon angemeldet. Er ist da."

Ich vermutete, er sprach von seinem Freund Peters, dem Pressefotografen. Ein bisschen hatte ich mich schon in sein Rösselsprungdenken eingefunden. „Kann ja nicht schaden, ein paar Leute kennen zu lernen, jedenfalls jeden Zweiten", sagte ich.

„Ebende", war die knappe Antwort.

Also fuhren wir in die Redaktion in der Marienstraße. Hans kutschierte das Auto auf den Hof. In der unteren Etage des Gebäudes befand sich die Gutenberg-Druckerei. Irgendwie freute es mich, dass es die noch gab. Wir waren einmal in der siebten Klasse dort gewesen. Unterricht in der sozialistischen Produktion, hieß das. Wenn der ideologische Überbau nicht gewesen wäre – gar nicht so verkehrt, wenn Kinder kennen lernen, was Arbeit ist. Das wird wahrscheinlich inzwischen ganz anders aussehen in dem Betrieb, dachte ich.

Hans drückte die Rufanlage. Eine freundliche Frauenstimme war zu hören.
„Grüß dich, Hübsche. Wir wollen zu Mischa", sprach Hans ins Mikrofon.
„Der wartet schon auf dich. Hast du danach noch Zeit für einen Kaffee?"
„Bin mit meinem Chef hier."
„Der Berliner? Trinkt der keinen Kaffee?", fragte die Chefsekretärin, die Hans vertraulich Hübsche nannte.
Ich musste lachen. Das ist Provinz. Hier kennt jeder jeden, also wenigstens jeden Zweiten. Und mich kannte man jetzt auch. Ich bin der Berliner.
„Doch", sagte Hans. „Ich komme andermal." Er wollte die Hübsche nicht mit mir teilen.
Der Summer ertönte. Ich öffnete die Tür und hörte nur noch ein schnelles: „Na denne." Was immer das bedeuten sollte.
Wir stiegen die breiten, dem Alter geschuldeten knarrenden Holzstufen hoch. Die Redaktion befand sich in der zweiten Etage. Michael Peters erwartete uns an der Tür. „Kommt rein." Er gab Hans und auch mir die Hand. „Ich bin der Berliner", sagte ich.
Der Fotograf lachte. „Ich kannte deinen Vater. Du bist doch ein echter Weimaraner, nix Berliner."
Peters musste meinen Vater sehr gut kennen. Der hat jeden korrigiert, der einen Bürger Weimars Weimarer nannte. „Hannover – Hannoveraner, Wismar – Wismaraner. Die würden sich bedanken, wenn sie plötzlich Hanoverer oder Wismarer sein sollten! Hat er seinen Goethe nicht gelesen? Weimar – Weimaraner! Wo kämen wir denn hin, wenn jeder seine eigene Grammatik wöllte?" Immer hat er zur Erläuterung eine Geschichte parat, die stimmen mochte oder auch nicht, aber stimmig war sie. Ein führender Genosse soll mal gesagt haben: „Unsere Menschen sind keine Hunde. Weimaraner sind Hunde, Weimarer sind unsere Bürgerinnen und Bürger."
Ich weiß nicht, wie oft ich das von meinem Vater gehört habe und wen er alles auf diese Weise belehrt hat. Der Fotograf musste einer von ihnen gewesen sein. Sie kannten sich eben alle.

Peters hatte die Fotos bereits vorsortiert. „Was ist denn los mit dem Maasrebe?"
Bevor Hans – den ich zu meiner Überraschung ganz gesprächig erlebte, während er sonst die Zähne schwer auseinander kriegt – Dinge erzählen könnte, die für die Öffentlichkeit, in Sonderheit für die Presse nicht geeignet waren, sagte ich schnell: „Reine Routine. Eigentlich eher privat. Wir waren damals beim Löschen der Bibliothek zusammen."
Peters nickte. „Euer entlaufener Toter."
Kleinstadt, dachte ich wieder. Was der eine weiß, erfährt der andere sofort. Manche Häuser stehen sich so nahe gegenüber in den schmalen Gassen der Altstadt, dass der Nachbar die Milch aufwischen muss, die beim anderen übergekocht ist. Ich bedankte mich für die Fotos, die er uns auf einen Stick gespeichert hatte, damit wir sie nach Belieben vergrößern oder Ausschnitte anfertigen konnten.
„Nun sollten wir uns um die Wohnung Maasrebes kümmern", schlug ich vor.
„Falls er der Tote ist", sagte Hans, als hätte er begründete Zweifel. Aber diesmal hielt er sich zurück.
Die Adresse hatte ich behalten. Wir fuhren in die nördlich der einstigen Stadtmauer gelegene Jakobsvorstadt. Ich fand das Haus in der Friedensgasse sofort, stieg aus und klingelte. Niemand öffnete. Ich sah, dass mehrere ältere Zeitungen in Maasrebes Briefkasten steckten.
Eine Frau kam aus dem Nachbarhaus. Sie musterte uns misstrauisch. „Der ist nicht zu Hause. Seit drei Tagen schon, oder vier. Wahrscheinlich verreist."
„Wissen Sie zufällig, wohin er gefahren ist?"
„Bin ich neugierig?", fragte die Frau zurück. „Bei mir hat er sich nicht abgemeldet." Das klang fast beleidigt, weil er sie über sein Reiseziel nicht informiert hatte.
„Bei wem könnte er sich denn abgemeldet haben?", fragte ich sie.
„Wer will das wissen?" Sie sah mich über den Brillenrand kritisch an. Vorsichtshalber sagte ich, dass er ein alter Bekannter von mir sei, den ich gern wiedersehen möchte. Ich fürchtete, ihr könne plötz-

lich etwas einfallen, um sich wichtig zu machen, wenn ich mich ausgewiesen hätte. Manche Leute werden in so einem Falle sehr gesprächig – ich dachte an Frau Schmitt – oder sehr wortkarg.
„Und da kommen Sie mit einem Polizeiauto?“, sagte die Frau zu meiner Verblüffung. Wenn Hans sie jetzt grüßt: „Hallo, Minna!“ – bekomme ich einen Schreikrampf, grummelte ich innerlich. Aber Hans kannte die Frau ausnahmsweise nicht.
„Würden Sie uns Bescheid sagen, falls er wieder auftaucht?“, fragte ich die Frau, wenngleich ich wenig Zweifel hatte, dass er unser Mann in der Gerichtsmedizin ist.
„Was hat er denn wieder ausgefressen, der Tagedieb?“, erkundigte sie sich.
„Nichts“, sagte Hans knapp.
„Aha“, erwiderte die Frau. „Wegen nichts kommt neuerdings die Polizei. Kommt sie vielleicht auch mal wegen etwas?“
Ich nickte der Frau nur zu. Dann gingen wir wieder zum Auto. „Er ist die letzten Tage nicht gesehen worden. Der Briefkasten läuft über mit Zeitungen und Werbung“, sagte ich, als wir im Wagen saßen.
Hans nickte zustimmend. „Dann ist er es.“
„Wer?“
Hans hatte eine Vermutung. „Die Schnapsleiche vom Zeughof ist der Tote aus der Ilm. Definitiv.“ Das Wort mag ich nicht und Hans sah, wie ich die Brauen hob.
„Du meinst, er läuft uns wieder davon?“ Das hätte ich mir eigentlich verkneifen können, denn Hans musste glauben, ich nähme ihn nicht ernst.
Aber er hatte den Unterton geflissentlich überhört. „Nicht noch einmal. Der Vasenmensch, die Schnapsleiche und der Tote aus der Ilm sind ein und dieselbe Person.“
„Wie kommst du darauf?“
„Ich zeige es dir am Computer.“ Mehr wollte Hans nicht sagen.
„Kanntest du die Frau nicht?“ Es sollte ein Scherz sein, der aber nicht ankam.
Hans verzog unwillig das Gesicht. Er wusste, welche ich meinte. „Wie kommst du darauf?“

„Ich dachte nur."
„Kommissar Dachte", murmelte Hans.
Ich tat, als hätte ich nichts gehört. Wir fuhren zurück in die Dienststelle. Ich wollte mir umgehend einen Durchsuchungsbeschluss für Maasrebes Wohnung beim Staatsanwalt besorgen. Es konnte kaum einen Zweifel daran geben, dass der Tote aus der Ilm Leo Maasrebe ist. Aber war er auch unsere entlaufene Leiche vom Zeughof? Und dann: War es derselbe Mann, mit dem ich, wie die Fotos eindeutig belegen, die Barockvase aus der brennenden Bibliothek gerettet hatte?

Der Staatsanwalt stellte das erforderliche Dokument sofort aus. Gefahr in Verzug. Hans bestellte den Schlüsseldienst. Elke brachte noch zwei Kollegen von der Spurensicherung mit. Natürlich war die Nachbarin sogleich zur Stelle. „Hab' ich's doch gewusst!", behauptete sie.
Ich fragte lieber nicht, was sie gewusst hatte. Eine Frau Schmitt reichte mir fürs Erste. Der Mann vom Schlüsseldienst öffnete die Wohnung. Wir zogen die Plastikfüßlinge über die Schuhe und legten die Handschuhe an. „Ziemlich dicke Luft", sagte Hans. „Wahrscheinlich seit Tage kein Fenster geöffnet.
Zu meiner Überraschung befanden sich die beiden kleinen Zimmer in einem relativ aufgeräumten Zustand, wenn das Mobiliar auch eher aus zusammengewürfelte Stücken bestand. In der Küche stand eine Tasse mit den Resten des angetrockneten Kaffeepulvers. Drei Zigarettenkippen im Aschenbecher. Ein halbes Brot lag mit der angeschnittenen Seite auf einem Küchenbrett, das Brotmesser daneben. Es sah nicht aus, als ob der Bewohner die Absicht gehabt hätte, für längere Zeit zu verreisen. Eher hatte ich den Eindruck, er habe nur kurz die Wohnung verlassen, um etwas zu besorgen.
Elke sicherte die Fingerspuren. „Es sieht nicht aus, als ob sich noch eine zweite Person in der Wohnung aufgehalten hat", konstatierte sie. „Aber mit Sicherheit lässt sich das erst sagen, wenn ich alles ausgewertet habe."

„Na, was haben wir denn da?", rief Hans plötzlich überrascht, als er eine Schublade im Nebenzimmer durchsucht hatte. „Der Herr Maasrebe mit seinem Komplizen!"
Elke stand in seiner Nähe und lachte herzhaft, als sie den Gegenstand erkannte, den Hans an einer Pinzette hoch hielt. Sieh mal an, dachte ich, die Frau kann tatsächlich lachen. Aber dann sah ich den Grund für ihre Heiterkeit. Hans hielt einen vergilbten, sauber abgetrennten Zeitungsausschnitt hoch, auf dem zwei Männer zu sehen waren, die eine große Barockvase aus der brennenden Bibliothek schleppten. Ich machte gute Miene zum bösen Spiel und lächelte etwas verkrampft. Aber der Fund gab uns allen zu denken. Leo Maasrebe, unsere entlaufene Leiche vom Zeughof und vermutliche Wasserleiche aus der Ilm musste mich spätestens, als er polternd bei uns wegen des Bildes in der Zeitung auftauchte, erkannt haben. Oder wusste er schon früher, dass ich wieder in Weimar bin? Noch konnte ich mir die Zusammenhänge nicht erklären, doch eine unbestimmte Ahnung sagte mir, dass es einen Zusammenhang geben könnte. Aber welchen?
Die Untersuchung der Wohnung ergab ansonsten keine auf eine Straftat hinweisende Spur. Ob Elke im Labor noch etwas finden würde, konnte bezweifelt werden. Leo Maasrebe lebte alleine und hatte, das erwies die Befragung der Nachbarn, auch selten Besuch gehabt; eigentlich gar keinen. Er hatte, das wussten wir durch die neugierige Nachbarin, vor vier Tagen seine Wohnung verlassen, vermutlich um noch etwas zu besorgen. Es müsste später Nachmittag gewesen sein, denn zum Abend wird er wahrscheinlich keinen Kaffee aufgebrüht haben. Das angeschnittene Brot ließ vermuten, dass er noch ein Stück Butter oder Wurst oder Käse aus dem nahen Geschäft holen wollte, denn der Kühlschrank war ziemlich leer. Vier ungeöffnete Flaschen Bier befanden sich in einem Behälter, zwei waren ausgetrunken. Seine Geldbörse samt Ausweis, Kreditkarte und ähnlichen Dokumenten muss er mitgenommen haben. Der in der gegenüberliegenden Wohnung lebende Nachbar sagte aus, dass wegen Maasrebe zwei oder drei Mal angerufen worden wäre in den letzten Tagen, denn ein eigenes Telefon habe er nicht besessen.

Wer der Anrufer war, wisse er nicht. Eine spätere Überprüfung seiner Telefonverbindungen blieb erfolglos, denn der Nachbar von Maasrebe konnte nicht mehr sagen, wann das gewesen sein soll. Früher auch schon mal, aber wann?
Ich war unzufrieden. Die Zeit lief uns davon. Die ersten Stunden nach einer Straftat sind meistens entscheidend. Und die eigentliche Straftat war schließlich nicht identisch mit dem Zeitpunkt der Auffindung des Toten. Sie lag bereits mehrere Tage zurück.
Wir verließen die Wohnung und versiegelten sie. Hans bat den Nachbarn, sich unverzüglich bei uns zu melden, falls sich etwas Ungewöhnliches im Zusammenhang mit der Wohnung Maasrebes ereignen sollte. Wahrscheinlich würde sich in dieser Hinsicht kaum etwas erwarten lassen. Der Tote kehrte nicht in seine Wohnung zurück und sein Mörder würde sich tunlichst von ihr fernhalten, zumal sich nach unserer Erkenntnis nichts in ihr befand, was irgendwie von Bedeutung sein könnte.
Wir traten auf der Stelle. Ich setzte meine ganze Hoffnung auf die Ergebnisse von Doktor Pauses Untersuchung.

In der Dienststelle sortierten wir die bisher bekannten Fakten. Viel war es wirklich nicht: Eine unbekannte männliche Leiche, unbekleidet, wahrscheinlich schon mehrere Tage im Wasser liegend, der Körper übersät mit dunklen Flecken und blutleeren klaffenden Wunden, das Gesicht durch äußere Gewalt stark beeinträchtigt. Der Mann war etwas über einsfünfundsiebzig groß, dunkle, kurze Haare. Besondere äußere Merkmale ließen sich bisher aufgrund der zahlreichen Verletzungen nicht nachweisen. Dazu war der noch ausstehende Bericht des Gerichtsmediziners erforderlich. Todesursache ist wahrscheinlich ein kräftiger Schlag mit einem Stein oder schwerem Knüppel gewesen, wovon aber im Umfeld noch nichts ausgemacht werden konnte. Wir kannten den Tatort nicht. Wahrscheinlich hatte der Mörder die Tatwaffe irgendwo weiter unten in den Fluss geworfen. War es ein Knüppel, hätte ihn das Wasser längst weggetragen. War es ein Stein, lag der vermutlich irgendwo

im Fluss. Aussichtslos, danach zu suchen. Es konnte aber auch ganz anders sein. Was mich beschäftigte, war der sauber ausgeschnittene Zeitungsartikel mit dem Bild von Maasrebe und mir beim Bergen der großen Vase. Warum hebt sich jemand so etwas über Jahre auf, noch dazu in der untersten Schublade seines Schrankes, noch dazu so weggelegt, dass nicht jemand zufällig darauf stieß. Was hatte ich mit Maasrebe beziehungsweise Maasrebe mit mir zu tun, dass dieses vergilbende Erinnerungsstück erklärte?
„Viel ist das nicht", sagte Elke.
„Aber mehr als gar nichts", war Astrids Trost.
„Vielleicht hilft uns das weiter", sagte Hans Brandt und zeigte auf die beiden Bilder, die er zum Vergleich auf seinem Rechner hochgeladen hatte. „Der Tote aus der Ilm ist unsere Schnapsleiche vom Zeughof."
Zwar sah das linke Foto etwas blasser und das Gesicht des Toten aufgedunsener aus als das rechte, aber das mochte die Folge des Wassers sein. Hans nahm die Farbe heraus, im Schwarz-Weiß-Vergleich waren die Ähnlichkeiten noch klarer zu erkennen. Er zog das eine Bild über das andere.
„Kongruent", sagte Elke anerkennend.
„Könnte sein", sagte ich. „Muss aber nicht." Ich sah, wie Hans Brandt unwillig das Gesicht verzog, als würde ich ihm seinen Erfolg nicht gönnen. Der Mann ist schwierig. Er besaß gewiss die meisten Erfahrungen im Team. Wahrscheinlich hatte ihm mein Vorgänger, der in den letzten Jahren von einer schweren Krankheit geplagt wurde, zu viel Freiraum gelassen, bis er sich schon als Chef fühlte. Stattdessen war ein anderer gekommen. Es fiel ihm nicht leicht, mir, dem Neuen, Platz zu machen.
Ich versuchte es auf die diplomatische Weise. „Deine Beobachtungsgabe ist phänomenal, Hans. Mir wäre das vielleicht nicht oder erst später aufgefallen. Dennoch wollen wir keine voreiligen Schlüsse ziehen."
„Ich ziehe keine Schlüsse. Ich stelle nur fest." Es klang trotzig, als hätte er „definitiv" gesagt. „Außerdem kanntet ihr beide euch doch", sagte Hans betont langsam.

Das war schon fast ein direkter Angriff. „Was willst du damit sagen?“, fragte ich verärgert. „Das liegt vier Jahre zurück. Wir sind damals zufällig an der gleichen Stelle gewesen und haben wie ein Dutzend anderer versucht, beim Brand der Bibliothek zu löschen und zu retten, was noch zu löschen und zu retten war. Wenn wir uns gekannt hätten, wäre mir das spätestens aufgefallen, als er polternd in unsere Dienststelle kam. Und er seinerseits hätte sich an mich erinnern müssen.“ Mein Ton war schärfer, als ich es eigentlich wollte. Andererseits ärgerte mich Hans' kaum verhohlene Kritik, dass ich nach seiner Meinung wichtiges Wissen für mich behalten habe. Ich sah, wie die beiden anderen von meiner Reaktion überrascht waren, und tat, als hätte ich es nicht bemerkt.

„Warum hebt er den Zeitungsausschnitt über Jahre auf und versteckt ihn geradezu?“, überlegte Hans laut.

„Die Frage habe ich mir schon selber gestellt!“, antwortete ich gereizt, als sei es ein Vorwurf von Hans gewesen. „Zufall ist das Zusammentreffen von Ereignissen, für die es keine kausale Erklärung gibt. Zufall akzeptiere ich nicht. Es muss Gründe geben. Wir kennen sie nur noch nicht. Also müssen wir sie finden!“ Das klang schon fast trotzig. Aber es ärgerte mich, dass Hans auf diesem Zeitungsschnipsel bestand, als wäre ich auf irgendeine vertrackte Weise in den Fall verwickelt.

„Mir ist das ein Zufall zu viel“, gab mir Astrid recht, wohl auch, um die angespannte Stimmung zu entschärfen. „Vor knapp einer Woche finden wir, beziehungsweise Frau Schmitt, am Zeughof eine Leiche, die sich als Schnapsleiche entpuppt und vor unserem Eintreffen davon wankt oder vom Fundort verbracht wird. Am Montag steht ein Mann bei uns auf der Matte, der vor vier Jahren mit Ekke, und das halte ich nun wirklich für einen Zufall, beim Löschen des Brandes der Anna-Amalia-Bibliothek geholfen hat: Leo Maasrebe. Heute wird eine Wasserleiche aus der Ilm geborgen, die eine verblüffende Ähnlichkeit mit diesem Maasrebe hat. Das ist schon alles ein bisschen merkwürdig. Und dann, das muss ich aber auch sagen, finden wir in der untersten Schublade von diesem Maasrebe jenen ominösen Zeitungsausschnitt.“

Ich konnte nur mit den Schultern zucken. Astrid hatte schließlich die gleichen Fragen wie ich und die anderen auch. Und eben so viele Antworten: keine.

„Wir haben die Blutprobe des Mannes vom Zeughof. Ich habe sie damals gesichert", meldete sich Elke zu Wort. „Warten wir den Befund von Pause ab. Sind beide Blutgruppen und die DNA identisch, wissen wir, ob es Leo Maasrebe ist, der in der Ilm gelegen hat."

„Außerdem sollten wir uns darum kümmern, wo sich dieser Maasrebe, falls er noch lebt, derzeit aufhält. Wir dürfen nichts ausschließen, weil wir bisher nichts ausschließen können. Auch das unmöglich Scheinende nicht. Falls er nur verreist oder bei einer Freundin ist, haben wir ein Problem. Astrid, das übernimmst du." An Elke gewandt, sagte ich: „Halte den Kontakt zu Pause und gib mir Bescheid, wann wir in die Gerichtsmedizin gehen können. Hans", richtete ich das Wort an ihn, nun wieder in einem normalen Ton, „du verifizierst das mit den Bildern. Notfalls suchst du noch weitere Fotos bei deinem Freund Mischa. Außerdem", wandte ich mich nun wieder an alle, „brauchen wir die Kleidung des Toten. Es muss einen Grund dafür geben, dass der nackt in der Ilm lag. Vielleicht befinden sich Spuren des Täters an ihnen. Sucht mal alle umliegenden Container ab. Der Mörder wird die Sachen nicht bei sich zu Hause haben. Und in die Ilm wird er sie nicht geworfen haben. Sie hätten sich irgendwo verfangen. Das konnte er nicht riskieren. Mögliche Blutspuren sind auch dann noch zu erkennen, wenn die Sachen längere Zeit im Wasser gelegen haben."

„Die Container in ganz Weimar?", fragte Astrid.

„Notfalls in ganz Weimar, zunächst aber sollten wir uns auf den Bereich zwischen Maasrebes Wohnung und dem Fundort des Toten konzentrieren", erklärte ich.

„Du gehst also davon aus, dass es Leo Maasrebe war?", versicherte sich Hans.

„Ich halte es für sehr wahrscheinlich, dass es Maasrebe sein kann. Deine Beobachtung und die Tatsache, dass er seit Tagen nicht in seiner Wohnung war, legen das nahe."

Astrid schlug vor, dass sie sich mit dem Umfeld Maasrebes beschäftigen wolle – Bekannte, Freunde, Nachbarn, Arbeitskollegen, Stammtischbrüder.

„Er hat gesagt, dass er an dem Abend vom Sächsischen Hof kam", erinnerte Elke. „Die werden sich erinnern, wenn er dort Stammgast ist. Hans, du kennst doch den Kneipier."

„Kennen ist übertrieben", sagte er, als wollte er vor mir den Eindruck vermeiden, dass er dort oder in irgendeiner anderen Kneipe Weimars Stammgast sein könnte. „Ich kann ihn aber fragen."

„Hauptsache, Maasrebe kommt morgen nicht durch die Tür und will wissen, wo seine Schuhe und die übrigen Klamotten geblieben sind", versuchte Astrid etwas Lockerheit einzubringen und stupste Hans an, als wollte sie sagen, dass er sich nicht so verkrampfen solle.

„Du kannst ja mal bei Pause anrufen, ob die Leiche noch im Kühlfach liegt", erwiderte Hans mit schiefem Mund, „oder ob sie ihm neuerdings auch davonlaufen."

Ich ging auf die Frotzeleien nicht ein. „Die Aufgaben sind klar. An die Arbeit, Kollegen." Damit war die Besprechung beendet. „Falls jemand neue Erkenntnisse hat, bitte sofort zu mir. Teamarbeit heißt, dass es keine Einzelgängerei gibt." Es war klar, was und wen ich damit gemeint hatte. Ich bemühte mich gar nicht erst um einen versöhnlichen Ton. Zwei Ärsche passen nicht gleichzeitig auf einen Thron, hatte mein Berliner Chef in einer ähnlichen Situation gesagt.

„Elke", bat ich die Kollegin, während die beiden anderen bereits das Zimmer verließen, einen Moment noch."

Sie blieb im Türrahmen stehen, zog dann aber die Tür ins Schloss.

„Ja?"

„Würdest du dir bitte diesen Zeitungsausschnitt gründlich vornehmen? Du sagst zwar, dass in der gesamten Wohnung keine fremden Fingerspuren gesichert werden konnten, aber vielleicht an dem Stück Zeitung?"

Sie nickte. „Mach ich, Chef."

Hatte ich da ein kleines Lächeln gesehen? Zu meiner eigenen Überraschung sagte ich: „Ich habe dir das übrigens nicht übel genommen."

„Was?“, fragte sie erstaunt.
„Dass du gelacht hast, als dir Hans den Zeitungsausschnitt zeigte. Im Gegenteil, es hat mich gefreut. Du wirkst sonst immer so, na, wie sage ich das, ohne dich zu vergrätzen? So angespannt.“
Elke lehnte sich gegen die Tür und lächelte spöttisch. „Machst du dir Gedanken über mich, Chef? Musst du nicht machen. Ich bin, wie ich bin.“ Sie nickte mir zu und war schon im Begriff, das Zimmer zu verlassen. Die Klinke hatte sie bereits in der Hand.
„*Du* entscheidest, wann du und ob du überhaupt reden willst, Elke“, sagte ich. „Vertrauen braucht Zeit.“
Sie blieb stehen und sah mich prüfend an. „Also gut“, entschied sie. „Es dauert aber einen Moment.“
Ich wusste nicht, was nun kommen sollte, lud sie aber ein, Platz zu nehmen. „Natürlich nehme ich mir die Zeit. Was hast du noch herausgefunden?“
Sie blickte mich eine Zeit lang an, als ob sie es schon wieder bereute, mit mir sprechen zu wollen. Dann straffte sie sich. Ihre schmalen Lippen schienen noch schmaler zu werden. Sie blickte mich gerade an. „Du willst wissen, warum eine promovierte Chemikerin mit der Aussicht auf eine wissenschaftliche Laufbahn in einem renommierten Berliner Institut alles hinwirft und zur Kriminalpolizei in die Provinz geht?“
Ja, darüber hatte ich mir schon Gedanken gemacht und es überraschte mich, dass sie darüber mit mir sprechen wollte. „Du wirst deine Gründe gehabt haben, Elke. Ich hatte auch die besten Chancen, als Doktor der Rechtswissenschaften Karriere zu machen, und bin auch bei der Kriminalpolizei gelandet.“
Sie lächelte sanft über meinen Versuch, das Problem herunterzuspielen. Und sie sagte in einem Ton, als sagte sie etwas ganz Belangloses, fast Banales: „Aber du bist nicht vergewaltigt worden.“
Ich vergaß für einen Moment, Luft zu holen. Aber ich vermied es, ihr Fragen zu stellen.
„Es war an dem Tag, als ich meine Doktorarbeit erfolgreich verteidigt hatte“, fuhr sie fort. „Ich hatte die Kollegen des Instituts zu einem kleinen Essen in unseren Gemeinschaftsraum eingeladen.

Natürlich auch unseren Chef, Professor Erdwig, meinen Doktorvater, der mich sehr bei der Arbeit unterstützt hat. Ich hatte ein kleines Büfett herrichten lassen. Natürlich wurde auch etwas getrunken. Wein und Sekt vor allem. Wir waren alle in einer guten Stimmung, ich besonders, wirst du verstehen."
Ich nickte. Klar, so eine Doktorarbeit will erst einmal geschrieben und dann erfolgreich verteidigt werden.
„Kurz nach Mitternacht löste sich der Kreis langsam auf. Mein Chef erbot sich, mir beim Aufklaren des Raumes zu helfen. Das fand ich sehr nett. Er ging mir geschickt zur Hand. Die Esswaren verstauten wir im Kühlschrank. Es war natürlich viel zu viel gewesen. Die geschlossenen Flaschen stellten wir zusammen in die kleine Küche. Es blieb eine zur Hälfte geleerte Flasche Sekt übrig. Der geben wir jetzt den Rest, sagte mein Chef. Er goss unsere Gläser randvoll, hielt mir seines entgegen und sagte mit leicht beschwipster Stimme: So, es ist vollbracht. Von heute an sind wir nicht mehr Herr Professor und Frau Doktorandin, sondern Ulf und Elke."
Sie hielt einen Moment inne. „Ich gebe zu, ich fühlte mich geschmeichelt. Ich wusste zwar, dass er verheiratet ist. Aber so ein kleiner Flirt, das ist ja noch nichts Schlechtes. Außerdem mochte ich ihn. Wir tranken Brüderschaft, wie man das so macht, also die rechten Arme verhakt. Dann stellte er sein Glas ab. Ich hätte ahnen müssen, was nun passieren würde, denn seine Augen verrieten ihn. Er sagte: Brüderschaft ohne Kuss gilt nicht! Aber das war kein Brüderschaftskuss. Er suchte meinen Mund, presste mich mit dem linken Arm an sich, griff mir sofort mit der rechten Hand unter die Bluse. Er schnaufte und grunzte wie ein Schwein. Ich war so überrumpelt, dass ich mich zunächst gar nicht wehren konnte. Er wischte mit einer schnellen Bewegung den großen Tisch frei, zwang mich mit dem Oberkörper auf die Platte, riss mir den Rock hoch und den Slip herunter. Ich weiß nicht einmal, ob ich geschrien habe. Er drang von hinten in mich ein und hat mich durchgerammelt wie ein geiler Hengst."
Es fiel mir nicht leicht, Elke zuzuhören. Ich wusste von ähnlichen Fällen, aber da handelte es sich um mir fremde Frauen. Das war

schlimm genug, aber dass es meiner Kollegin passiert ist, ging mir besonders nah.
„Als er fertig war“, fuhr Elke ohne die Stimme zu heben fort, „hat er sich die Hose hochgezogen und gelacht. Das war schon lange fällig, hat er gesagt. Ich hatte nicht einmal die Kraft, ihm ins Gesicht zu schlagen. Er fragte noch, ob er mich nach Hause bringen soll. Da habe ich geschrien, geschrien, geschrien! Er hat nur den Kopf geschüttelt, als sei ich durchgedreht, und ist gegangen.“
„Und du?“
„Ich weiß nicht“, sagte Elke leise. „Ich weiß nicht, wie lange ich noch im Institut gesessen und auf irgendetwas gewartet habe. Dass ich aufwache? Dass es nur ein böser Traum war? Aber die zerrissene Bluse und der zerfetzte Slip waren Realität. Gegen Morgen bin ich in der Lage gewesen, die Polizei zu rufen. Ich hätte es nicht tun sollen.“
„Es war das einzig Richtige, Elke! Solchen Schweinen muss das Handwerk gelegt werden“, erklärte ich entschieden.
Sie lächelte milde. „Ich hätte es nicht tun sollen. Eine andere Art von Vergewaltigung, nicht minder schlimm, folgte. Weißt du, wie einer Frau zumute ist, die das alles bis ins kleinste Detail noch einmal schildern soll? Erst der Polizei, dann dem Verteidiger, dann dem Gericht. Die Blicke der Leute, die irgendwie davon erfahren haben. Nach dem Motto: Na, so wie die rumläuft! Erst die Kerle scharf machen mit kurzem Röckchen und dann… Was, ihr Chef soll es gewesen sein? Oder noch schlimmer: das Mitleid der anderen.“
Ich wusste, wie so ein Verfahren abläuft und konnte wenigstens ahnen, wie einer Frau dabei zumute sein musste. Ich war geneigt, Elke meine Hand auf den Arm zu legen, aber das wäre das Verkehrteste gewesen. „Wie viel Jahre hat er bekommen?“
Da lachte sie. Lachte laut und kalt. „Freispruch. Er hat behauptet, ich wäre ihn angegangen. Einvernehmlicher Geschlechtsverkehr. Was für ein bescheuertes Wort! Es gab keine Zeugen. Aussage gegen Aussage. Und, ich bitte dich, Institutsdirektor Professor Dr. Dr. Ehrling, glücklich verheiratet, drei Kinder – der macht so etwas nicht!“
„Die Kollegen? Die sind doch bestimmt gefragt worden, auch wenn sie nicht Augenzeugen waren.“

„Die Kollegen, ach ja.“ Das klang nicht gut. „Drei Jahre lang war ich der Liebling vom Chef. Mir ist das gar nicht bewusst gewesen. Ich war seine Doktorandin. Da hatten wir viel miteinander zu tun. Und wahrscheinlich, ja, kann sein, fühlte sich der eine oder andere nicht ausreichend berücksichtigt. Und außerdem, wer sollte den Mut haben, gegen den großen Zampano auszusagen? Nein, es fand sich keiner, der mich wirklich verteidigt hätte. Seine Sekretärin, ich dachte, wir wären Freundinnen“ sie ließ den Satz offen. Ich wusste, was sie sagen wollte.
„Und dann hast du dich entschlossen, Polizistin zu werden.“
Sie schüttelte den Kopf. „Du denkst zu einfach, Ekke Ponte. „Das war drei Jahre später.“
„Bist du denn in dem Institut geblieben?“
„Institut ist gut. Klinik. Drei Jahre. Aber als geheilt entlassen.“ Das klang sehr bitter.
Ich gebe zu, so recht wusste ich nicht, wie ich mich verhalten sollte. Trösten? Das wäre vermutlich das Letzte, was sie von mir hören wollte. „Danke“, sagte ich. „Danke, dass du es mir erzählt hast. Ich wusste nichts davon.“
„Keiner weiß davon. Astrid. Und jetzt du.“
„Der Chef?“
„Keiner. Aber die Geschichte ist noch nicht zu Ende erzählt. Oder hast du keine Zeit mehr?“, fragte sie. Bereute sie schon, mit mir darüber gesprochen zu haben?
„Ich habe die Zeit.“
„Seine Sekretärin, weißt du, die wohl immer ein wenig eifersüchtig auf meine Vorzugsstellung beim Chef war, der ist das Gleiche passiert. Zwei Jahre nach mir. Sie wusste, wie so ein Prozess ausgehen kann.“
„Freispruch, erneut?“
Elke sah mir gerade ins Gesicht. „Sie hat ihm ein bisschen Arsen in den Frühstückskaffee getan. Wir sind doch Chemiker.“
Das überraschte mich gänzlich, vor allem die Heiterkeit, mit der Elke es erzählte. „Ich fahre seither regelmäßig nach Berlin und besuche sie in der JVA. Sie kommt vielleicht in zwei Jahren frei.

Wir sind jetzt Freundinnen. Damit du dich nicht wunderst, wenn ich öfter nach Berlin fahre."
Eine Frage hatte ich noch. Ich wollte sie eigentlich nicht so direkt stellen, sagte dann aber gerade heraus: „Warum hast du mir das erzählt?"
Sie sah mich ohne Verstellung an. „Damit du es weißt. Damit du, wenn jemand bei dir ankommt und sagt: Herr Lehrer, ich weiß was! – antworten kannst mit dem schönen Satz aus dem Götz von Berlichingen."
„Wo starkes Licht ist, ist auch starker Schatten", zitierte ich.
Da lachte sie herzhaft. „Den meinte ich gerade nicht."
Als sie gegangen war, saß ich noch länger an dem großen Besprechungstisch, um über alles nachzudenken, was mir Elke soeben erzählt hatte. Ich fragte mich allerdings auch, was geschieht, wenn so ein Fall in unserem Bereich passiert. So etwas wie mit Elke. Oder wie mit ihrer Freundin in Berlin, die sie regelmäßig in der JVA besucht. Wie objektiv ist dann eine Polizistin mit dieser Geschichte?

Als ich nach Hause kam, begrüßte mich Lilli fröhlich. „Ich habe ihn!"
Ich hatte völlig vergessen, dass sie wegen des Jobs, den ihr Rolf angeboten hatte, am Vormittag in der Anna-Amalia-Bibliothek gewesen war. Nach einer kleinen Sekunde des Überlegens, wen oder was sie denn haben könne, fragte ich, ob der Sekt schon kalt gestellt sei. Wahrscheinlich hatte sie das kurze Zögern bemerkt, aber sie spielte mit. „Rotwein, Schatz. Ich habe Rolf zum Abendessen eingeladen. Der verträgt keinen Sekt, wie du weißt."
Eigentlich war mir nicht so recht nach Besuch, aber Onkel Rolf, den ich nicht mehr onkeln sollte, gehörte nun mal zur Familie. „Kommt er zu mir oder zu dir?", fragte ich hintersinnig.
Lilli ging auf den Ton ein. „Zu mir, natürlich. Was soll er mit dir?"
Aber da sie spürte, dass ich nicht gerade zum Scherzen aufgelegt bin, fragte sie: „Wie war es bei dir?"
„Eine Wasserleiche in der Ilm."

Sofort änderte sich ihr Gesichtsausdruck. Sie wusste, dass ich nie besonders gesprächig war, wenn so ein Fall eintrat.
„Ich sage Rolf ab." Sie griff schon nach dem Telefon.
„Nein. Er wird sich über die Einladung gefreut haben. Ich geh mich nur ein bisschen frisch machen. Wollen wir ein paar Würste auf den Rost legen?"
„Da hast du so viele Jahre in Berlin gelebt und bist doch ein Thüringer geblieben", sagte Lilli lachend. „Ja, ich habe frische mitgebracht, als ich in der Stadt war. Die kann ich kurz überbrühen. Brätst du sie?"
Wenn im ganzen deutschen Vaterland gegrillt wird, wird in Thüringen gebraten. Schließlich heißt es Bratwurst und Rostbrätl! Das hatte Lilli von mir gelernt. Und ich hatte es von meinem Vater. Manchmal ertappe ich mich dabei, in seiner Art zu schulmeistern. Dann lachte Lilli und sagte: „Klugscheißer!" Aber in Thüringen wird nun mal gebraten, nicht gegrillt, hatte ich mich verteidigt.
Rolf kam eine Viertelstunde später als ausgemacht. Er kam nie pünktlich. Ich hätte den Spruch soufflieren können, den er sonst gebrauchte: „Pünktlichkeit ist die Höflichkeit der Könige. Ich bin mir meiner sozialen Stellung durchaus bewusst." Aber er entschuldigte sich nur mit einem schiefen Lächeln.
Vielleicht hatte sich in mir ein falsches Bild festgesetzt, denn ich habe ihn in den letzten Jahren selten gesehen, weil ich nur sporadisch in Weimar war. Mir fiel seine Erklärung zum Hagestolz ein. Vielleicht war es auch, weil ihm sein Freund fehlte, sein einziger Freund, den er je hatte. Er ist einsam, hatte Lilli mitleidig gesagt. Es war mir nicht entgangen, dass er in ihrer Gegenwart gelöster, lockerer wirkte. Lilli ist eine Frau, vor der man gar nicht griesgrämig herumlaufen kann. Oder war er ein bisschen verliebt in sie? Der alternde Goethe und die blutjunge Ulrike von Levetzow. Aber Rolf? Nein, Rolf bestimmt nicht.
Wir standen nebeneinander am Rost. Die heißen Kohlen waren gut durchgeglüht und hatten den notwendigen grauen Aschebelag. Ich bestrich die Eisenstäbe noch einmal mit Speck. Dann nahm ich die von Lilli vorbereiteten Würste aus der Schale und legte sie auf den

Rost. Es dampfte und zischte. Rolf sog den Duft ein. „Hat dir der Thüringer Weihrauch nicht gefehlt in Berlin?"
„Mir hat so manches gefehlt und sehr viel auch nicht", gab ich zurück.
Er nickte. „Weimar ist ein Dorf. Wisst ihr schon, wer es ist?"
Überrascht blickte ich auf.
Er lachte. „Weimar ist ein Dorf, sag ich doch."
Ich wendete die Würste, bevor ich antwortete. „Nein, noch nicht."
„Wer macht so etwas?"
Ich hatte nicht den Eindruck, dass er darauf eine Antwort haben wollte, also wechselte ich das Thema. „Onkel Ro…, also Rolf, du kannst zu uns kommen, wann immer du willst. Ich weiß doch, wie gern du bei meinem Vater gesessen hast. Lilli und die Kinder mögen dich auch. Vielen Dank übrigens, dass du ihr diesen Job verschafft hast. Es ist wichtig, dass sie auch etwas Eigenes hat."
„Wer gewänn an Seel und Leib solch ein Kind und solch ein Weib!", zitierte er. Das konnte nur von Goethe sein. Ich sprühte etwas Bier über die Würste, die schon eine knusprige Bräune angenommen hatten. Angeblich soll es den Geschmack des Bratgutes noch verbessern. Allerdings verfliegt der Alkohol sofort. Kleine Flammen züngelten auf, die schnell wieder verlöschten. Um Rolf in eine bessere Stimmung zu bringen, fragte ich: „Kannte Goethe eigentlich die Bratwurst?", obwohl ich die Antwort wusste.
Dankbar griff er das Thema auf. „Natürlich! Wenigstens einmal im Jahr hatte er den Zwiebelmarkt gewissermaßen vor der Nase. Den kann man sich nicht ohne Bratwurstduft denken. Übrigens auch im damals noch thüringischen Coburg. Da hat doch sein Freund Zelter, der Komponist, unter dem 10. Oktober 1827 an ihn geschrieben: Seit heute früh…"
Ich weiß nicht, wie oft ich diese Briefstelle von meinem Vater gehört habe, jedenfalls konnte ich gleichsam mitsingen und also klangen wir beide im Duett: „… 6 Uhr werden hier vor meinem Fenster, auf dem Platz, auf zehn verschiedenen Feuern, Würste gebraten; sollte dies Blatt danach duften, so weißt Du, woher es kommt." Dann lachten wir wie die Lausbuben über einen besonders schönen Witz

und ich sagte: „Man kommt in Weimar an Goethe nicht vorbei, selbst beim Thema Bratwurst nicht."

„Fehlt er dir?", fragte Rolf plötzlich unerwartet ernst. Natürlich meinte er nicht den toten Dichter.

„Ja", gab ich unumwunden zu, denn ich wusste sofort, an wen er gedacht hatte. „Obwohl er ein strenger Vater war."

„Mir fehlt er auch." Rolf nickte nachdrücklich. „Man hat nur wenige wirkliche Freunde im Leben. Ich hatte nur den einen." Er blickte in die verglühende Holzkohle und sagte dann scheinbar ohne Zusammenhang: „Es ist damals so viel verlorengegangen. So viel! Die Palermobriefe. " Er schüttelte traurig den Kopf. „Ich hatte wenige Tage zuvor Sebastian Kleinschmidt von der Zeitschrift Sinn und Form zugesagt, einen ausführlichen Essay darüber zu schreiben. Sie waren erst wenige Monate vorher auf einem Weimarer Dachboden entdeckt worden." Wieder eine Pause. „Man hat sie nicht mehr gefunden nach dem Brand. Ein unersetzlicher Verlust."

Goethe – das war sein Leben. Wenn diese eben erst entdeckten Briefe in den Flammen umgekommen sind, musste er das Empfinden haben, es sei ein Teil von ihm verbrannt.

An diesem Abend war mit Rolf nicht viel anzufangen. Er wirkte sehr bedrückt, gar nicht so heiter wie sonst, obwohl er sich alle Mühe gab, heiter zu erscheinen. Doch das geriet eher verkrampft. Was bedrückte ihn? War es die Einsamkeit allein, die er vermutlich am stärksten empfand, wenn er bei uns war? In diesem Haus hat er sich immer sehr wohl gefühlt. So gern er bei uns war, mit mir konnte er nicht disputieren wie mit seinem Freund, meinem Vater. Hagestolz, dachte ich. Aber von Stolz war da nicht viel zu spüren. Er nippte nur am Rotwein und wollte auch nicht, dass ich ihn nach Hause fuhr.

„Lass mal, Ekke. Die frische Luft tut mir gut. Und du brauchst einen klaren Kopf für deine Arbeit. Ihr werdet ihn schon finden. Dein Vater war sehr stolz auf dich. Er wird es dir nie gesagt haben."

Ich musste lachen. „Vater und Gefühle zeigen! Ich habe das sehr selten erlebt. Aber ich habe es gewusst, dass er nicht ganz unzufrieden mit seinem missratenen Sohn war, der sich so gar nicht für die hohe Literatur interessieren wollte."

„Ja, ja, ihr Banausen! Die hohe Literatur verspotten, aber heimlich den Faust rezitieren!“ Er blickte zu Lilli und bekam ein Küsschen auf die Wange.
Wir verabschiedeten uns. Ich sah ihm von der Gartentür aus noch eine Weile hinterher. Er drehte sich nicht um. Dann ging ich ins Haus. Lilli war dabei, die Reste des Abendessens wegzuräumen. Ich gab ihr einen Kuss.
„Wirst du jetzt auch melancholisch?“, fragte sie mit einem spitzbübischen Lächeln. Es war ihr also ebenfalls aufgefallen, wie seltsam sich Rolf verhalten hatte. „Er ist sehr allein“, sagte sie. „Es stört mich nicht, wenn er öfters zu uns kommt.“
„Er kommt deinetwegen.“
„Quatsch!“, sagte sie und wurde sogar ein bisschen rot, setzte aber gleich wieder ihr besonderes Lächeln auf und sagte: „Vielleicht. Wenn er ein paar Jahre jünger wäre…“
Wir ließen die Küche, wie sie war.

Früher haben mir der stechende Geruch und die unterkühlte Temperatur in der Gerichtsmedizin nichts ausgemacht. Die Toten, die dort lagen, die meisten schon in den Kühlfächern, manche noch auf dem Seziertisch abgedeckt oder zur Untersuchung vorbereitet, waren fremde Personen. Mich verband lediglich ein Fall mit ihnen. Diese Distanz muss man sich antrainieren, sonst verfolgen einen die Bilder bis in die Träume.
Als meine Mutter starb, saß ich lange an ihrem Bett. Sie war ganz ruhig eingeschlafen. Noch am Abend hatten wir mit ihr sprechen können. Mir schien, um ihren Mund spiele ein vorsichtiges Lächeln, als wäre sie zufrieden von der Welt gegangen. Ich hatte ihre Hand berührt, da durchfuhr es mich kalt und fremd. Ich kann heute noch nicht beschreiben, was ich dabei empfunden habe, aber es war gewiss nicht der Tod, sondern eher – so unsinnig das auch scheinen mag – es war ein anderes Leben.
„Neigst du zu Sentimentalität?“, fragte mich Pause, der mir im Saal entgegenkam.

Die Frage überraschte mich. Lilli hatte mich etwas Ähnliches gefragt. „Eigentlich – nein. Warum?“
„Ich schon“, sagte er. „Meine Kundschaft wäre in der Regel noch gar nicht an der Reihe. Oft sind es junge Leute, sogar Kinder.“
„Warum machst du es dann, ich meine, die Forensik?“
„Es fasziniert mich.“
Der Zusammenhang erschloss sich mir nicht. Vielleicht wollte Pause mich auch nur auf eine bizarre Weise verunsichern. „Was ist nun mit meinem – Kunden?“
Der Tote aus der Ilm lag abgedeckt auf dem Seziertisch. Pause nahm das Tuch ab wie ein Magier. „Voilà! So etwas ist mir auch noch nicht untergekommen. Todesursache: Schlag mit einem schweren Gegenstand, ein Stein, würde ich nach der Spurenlage sagen, winzige Splitterchen in der Epidermis. *Os frontale,* Stirnbein, zertrümmert. Anschließend wurde das Gesicht und der gesamte Körper auf eine Weise malträtiert, wie ich es noch nicht gesehen habe.“
„Lebte der Mann da noch?“
„Nein, das ist es ja, was mich zunächst stutzig machte. Wer misshandelt einen dermaßen, den er bereits getötet hat? Der ganze Körper ist mit Wunden und Prellungen übersät. Hinzu kommen mehrere Knochenbrüche, vier Rippen und drei Finger, beide Oberarme, rechtes Wadenbein.“
„Ein Sadist?“
Pause schüttelte den Kopf. „Waschmaschine“, sagte er.
„Das muss aber eine sehr große Trommel gewesen sein“, gab ich zu bedenken, ohne zu wissen, ob seine Bemerkung ernst gemeint war. „Wo habt ihr ihn gefunden?“
„Du warst doch vor Ort. In der Ilm.“
Er nickte wie ein Lehrer, der seinem begriffsstutzigen Schüler auf die Sprünge helfen will. „Wo genau? Die Ilm ist lang.“
Ich wunderte mich über die Frage, in der eine andere Frage mitschwang, die ich nicht erkennen konnte. „Knapp hinter dem großen Wehr, vielleicht hundert Meter davon entfernt.“ Ich zögerte einen Moment und stellte dann die Antwort als Frage: „Vom Wehr?“

Pause nickte anerkennend. „Aus dir könnte irgendwann mal ein brauchbarer Kriminalist werden. Wenn der Mörder die Leiche oberhalb des Wehrs abgelegt hat“, erklärte der Arzt, „muss ihn das Starkwasser nach den schweren Gewittern, die über dem Thüringer Wald in den vergangenen Tagen niedergegangen sind und die Flüsse deutlich anschwellen ließen, schnell weggespült haben. Am Wehr hat sich der leblose Körper zunächst verfangen in dem Gestrüpp und den großen Ästen, die dort angetrieben wurden, bis er überkippte und in den Strudel stürzte. Wasser kann enorme Kräfte entwickeln und der saugende Strudel, der am Grund des Wehrs entsteht, lässt sein Opfer so schnell nicht los. Der Tote muss wie in der Trommel einer großen Waschmaschine mehrere Stunden, vielleicht sogar Tage, mitsamt dem ganzen Treibgut aus Ästen und Flaschen und sperrigen Gegenständen auf dem steinigen Grund herumgewirbelt worden sein. Daher die zahlreichen Verletzungen am gesamten Körper und die vielen Frakturen. Alle *post mortem.*“
„Todeszeitpunkt?“
„Lässt sich nicht auf die Stunde genau bestimmen bei dem Zustand. Wasserleichen sind ohnehin problematisch. Ich würde sagen, vor vier Tagen.“
„Dann sag’s.“
Er blickte mich verwundert an.
„Ich bin der Sohn eines Germanisten. Sage es nicht würdevoll, wenn du es sagen willst, sondern sage, dass du es sagst.“ Ich hörte mich an, als spräche ich mit der Stimme meines Vaters. Wahrscheinlich hatte ich mehr von ihm geerbt, als ich ahnte. Oder war es, weil er mir mehr fehlte, als ich zuzugeben bereit war, weshalb ich ihn eher ungewollt imitierte?
Pause schüttelte den Kopf und wiederholte die Zeitangabe: „Vier Tage. Steht alles in meinem Bericht. Bekommst ihn per Fax, würde ich mal sagen.“ Und grinste. „Klugscheißer“, setzte er hinzu.
Ich musste lachen. Er hatte ja Recht. „Er war völlig unbekleidet. Das ist ungewöhnlich. Gibt es Anzeichen für eine Vergewaltigung oder so?“

„Nein“, erklärte er entschieden. „Gibt es nicht. Und nach dieser martialischen Behandlung im Strudel des Wehrs lassen sich auch keine fremde DNA oder sonstige Spuren nachweisen, die auf seinen Mörder hindeuten.“

Mehr für mich als für Pause fragte ich: „Warum nackt?“

„Finde es heraus. Irgendetwas müsst ihr ja auch selber können, Klugscheißerchen.“ Das letzte Wort war nicht böse gemeint. Ich begann Pauses Humor zu mögen.

Man entfernt die Kleidung des Getöteten nur, wenn man befürchten muss, dass sich an ihr eigene Spuren festgesetzt haben, überlegte ich. Aber wo ist der Mord geschehen und wo sind dem Toten die Kleider ausgezogen worden? Man transportiert doch keine nackte Leiche quer durch die Stadt.

„Ihr habt ihn in der Ilm hinter dem Wehr gefunden“, gab Pause zu bedenken. „Selbst wenn man konzediert, dass der Körper durch die Fluten mitgerissen worden ist, kann die Stelle, an der man ihn ins Wasser verbracht hat, nicht weit entfernt vom Fundort sein.“

Ich stimmte zu. „Es muss irgendwo hinter dem Wehr nach der Kegelbrücke passiert sein“, sagte ich. „Wahrscheinlich deutlich näher zum Fundort, denn der Fluss, auch wenn das Wasser mit seiner Kraft selbst größere Gegenstände mit sich reißt, macht auf der Strecke manche Biegung. Der Tote hätte schon weiter oben angespült werden müssen. Wir gehen davon aus, dass er vielleicht an der kleinen Holzbrücke über die Ilm, der Naturbrücke, abgelegt wurde. Von da an bis zum Wehr verläuft der Fluss fast geradeaus.“

„Würde Leo Maasrebe vielleicht abgelegt worden sein, wenn es Leo Maasrebe gewesen wäre“, sagte Pause. Und fügte grinsend hinzu: „Würde ich mal sagen.“

„Wenn der Mann, also der am Spielplatz Zeughof, sich beim Sturz verletzt und eine Blutspur hinterlassen hat, Leo Maasrebe war, ist der Mann auf diesem Tisch definitiv ein anderer,“ erklärte Pause entschieden.

Pause kannte meine Abneigung gegen das Wort definitiv noch nicht. „Das musst du mir mal verklickern.“

Pause hob und senkte die Schultern, als müsste er um Entschuldigung bitten, dass die Dinge sind, wie sie sind, und nicht, wie sie nach unserer Meinung sein müssten. „Ich habe die alte Blutprobe vom Zeughof, die mir Elke gegeben hat, mit dem Blut meines Kunden verglichen. Es gibt zahlreiche Ähnlichkeiten, aber keine komplette Kongruenz. Dieser Mann ist nicht euer entlaufener Tote vom Zeughof.“ Pause legte die ausgedruckten Untersuchungsergebnisse nebeneinander. Die Blutgruppen stimmten überein, zweimal AB Rhesusfaktor negativ.“

Ich sah Pause fragend an. „Ich denke, AB ist die seltenste Blutgruppe in Deutschland und betrifft nur sechs Prozent unserer Bevölkerung?“

„In der Kombination mit rh-negativ sogar noch seltener“, bestätigte Pause.

„Und? Ich meine, wenn beide Blutproben zu dieser äußerst seltenen Kombination gehören –, wo ist dann dein Problem? Wieso ist Maasrebe nicht Maasrebe?“

„Maasrebe kann durchaus Maasrebe sein. Der eine heißt Leo.“ Pause weidete sich an meiner Verblüffung.

„Ach, du Scheiße“, sagte ich völlig überrascht. „Zwillinge.“

„Scheiße darf man nicht sagen, dann ist die ganze gute Erziehung im Arsch. Hat mein Opa immer gesagt“, erklärte Pause und lachte dabei. Dann hob er fragend die Schultern und hielt die offenen Hände halbhoch vor. „Sage ich doch, ein bisschen was müsst ihr auch selber herausfinden. Der Unterschied zeigt sich in der DNA.“ Er legte zwei weitere Blätter auf den Tisch. „Eineiige Zwillinge haben die gleiche Blutgruppe. Bei Zweieiigen gibt es wie bei allen Geschwistern eine leicht erhöhte Wahrscheinlichkeit, dass sie die gleiche Blutgruppe haben – aber sie müssen nicht. Verschiedene Dinge sind durch die gleichen Eltern genetisch begünstigt. Bei eineiigen Zwillingen stimmen hundert Prozent der Gene überein, bei zweieiigen nur fünfzig Prozent. Eineiige Zwillinge haben zwar stets die gleiche Blutgruppe, sie können jedoch Größen- und Gewichtsunterschiede aufweisen. Während eineiige Zwillinge immer das gleiche Geschlecht haben, können zweieiige Zwillinge auch unterschiedlichen Geschlechts sein, also ein Junge und ein Mädchen. Hast du mich verstanden?"

Ich nickte.

„Erinnerst du dich an die verschiedenfarbigen Brüder Layton und Kaydon?"

Mit den Namen wusste ich nichts anzufangen.

„Sie wurden im Oktober 2006 in der ostenglischen Stadt Middlesbrough geboren. Kaydon war dunkelhaarig und dunkelhäutig wie seine Mutter, Layton hellhäutig und blond wie sein Vater – und trotzdem Zwillinge, zweieiige allerdings, denn nur bei denen ist so etwas möglich. Sie haben unterschiedliche Gene." Pause spielte seinen Triumph, uns den schnellen Erfolg vermasselt zu haben, genüsslich aus. Gleichsam dozierend fuhr er fort: „Unterschiedliche Expressionsmuster können bei den Geschwistern zu unterschiedlicher Ausprägung bestimmter Phänotypen führen. Wichtige epigenetische Mechanismen, die die Genaktivität bei unveränderter DNA-Sequenz der DNA beeinflussen, sind vor allem DNA-Methylierung und Histon-Acetylierung."

„Ist doch gut, Doc", unterbrach ich ihn. „Wo ist Leo Maasrebe, wenn das hier nicht Leo Maasrebe ist, falls jener Maasrebe vom Zeughof derselbe ist, der am Montag darauf in unsere Dienststelle polterte wegen des Bildes in der Zeitung – und nicht nur der gleiche."

„Sucht den Zwilling. Es muss ihn geben. Und bedanke dich bei Elke, die die Probe am ersten Fundort genommen hatte."

Mir fiel auf, dass er von Elke Otto sprach, als müsse man besonders freundlich zu ihr sein. „Dann wissen wir aber immer noch nicht, wer der Täter ist."

„Aber dann wisst ihr, wer der Tote ist: Leo Maasrebe oder sein Zwillingsbruder."

„Nach meiner Kenntnis weisen eineiigen Zwillinge mit zunehmendem Lebensalter Unterschiede im Muster der Genexpression immer deutlicher aus, je weniger Lebenszeit sie miteinander verbracht haben. Alle möglichen Umweltfaktoren können das epigenetische Profil beeinflussen."

Pause nickte anerkennend und konnte den Spott nicht lassen. „Du weißt ja mehr, als ich dachte! Zwillinge besitzen ununterscheidbare DNA-Profile. Und beide", er zeigte auf die nebeneinander liegenden Grafiken, „unterscheiden sich in mehreren Positionen. Selbst eineiige Zwillinge, die über die gleiche genetische Ausstattung verfügen, können sich beispielsweise durch Fingerabdrücke, Leberflecke oder Muttermale unterscheiden."
Ich starrte auf die Tabellen. „Da steh ich nun, ich armer Tor, und bin so klug als wie zuvor."
„Ach, Goethchen! Jetzt kriegt er auch noch das Zitieren!" Pause klopfte mir aufmunternd auf die Schulter. „Du schaffst das schon. Du hast gute Leute im Team", milderte er gleich wieder ab.
„Habe ich. Notfalls fragen wir unseren Gerichtsmediziner. Ist 'n kluges Kerlchen."
Pause lachte. „Sag ich doch! Und dabei haben wir sogar Glück, weil es sich offensichtlich um Zweieiige handelt. Mit den bisher bekannten Methoden ist nämlich eine Unterscheidung von eineiigen Zwillingen kaum möglich."
„Ach, wie mich das tröstet!", rief ich lachend, wurde aber gleich wieder ernst, als ich einen Blick auf den Seziertisch warf. Wer bist du und wer ist dein Mörder? Hat Kain seinen Bruder Abel erschlagen, weswegen Gott den Mörder auf besondere Weise gekennzeichnet hat, oder war es umgekehrt, und Abel ist der Mörder gewesen? Plötzlich fiel es mir ein: „Die Narbe!"
„Welche?", wollte Pause wissen. „Der ganze Körper ist mit Wunden und Prellungen übersät."
„Leo Maasrebe hat sich beim Sturz am Zeughof den Kopf aufgeschlagen."
„So eine Wunde kann man sich auch selber zufügen, um für den gehalten zu werden, der eine solche Narbe hat."
„Doc, du hast ein großes Talent, Mut zu machen", erwiderte ich.
Er lachte. „Ich find's heraus, würde ich mal sagen. Schickt mir die Fotos rüber, damit ich weiß, um welche Wunde es sich handelt. Wenn er sie hatte, bevor er getötet wurde, lässt sich das leicht feststellen trotz der vielen Blessuren, mit denen sein Körper inzwischen übersät ist."

Ich nickte zustimmend. Dann sah ich mich im Raum um. „Einsame Gegend“, sagte ich. „Bist du Forensiker geworden, weil man da keine Behandlungsfehler machen kann?“

Er lachte. „Du hältst wohl nicht viel von unsereinem, he? Selbst ein Metzger muss wissen, wie er das Messer richtig ansetzt. Ein falscher Schnitt, zwei Millimeter zu tief, und schon kann der Befund zu Fehleinschätzungen führen. Kaffee?“ Er lud mich in sein kleines Büro ein.

„Warum nicht?“ Ich hatte das Gefühl, er wollte mich kennenlernen. Schließlich werden wir auf Jahre miteinander zu tun haben. Da ist es schon wichtig, dass man weiß, wie der andere tickt. Das Interesse war im Übrigen auch auf meiner Seite.

Während er die Kaffeemaschine in Betrieb setzte, fragte ich ihn noch einmal, aber nun ohne ironischen Hintergrund: „Was hat dich eigentlich in die Forensik geführt?“

„Zufall“, sagte er. „Mehr oder weniger Zufall. Der Assistenzarzt eines alten Studienkollegen war krank geworden. Ob ich einspringen könne. Es pressiert, hatte er seiner Bitte Dringlichkeit gegeben. Warum eigentlich nicht? Obduzieren hatte ich während des Studiums gehabt. Wenn es nicht zu makaber wäre, könnte ich sagen, da habe ich Blut geleckt.“ Um mich zu foppen, schleckte er tatsächlich mit der breiten Zunge über die Lippen. Mediziner haben einen sehr eigenen Humor.

„Und da bist du bei der Fahne geblieben.“

„Nein, nicht gleich. Ich hatte eigentlich eine gute Stelle im Krankenhaus. Die Arbeit selbst hat mir auch Spaß gemacht, aber du hast ja keine Ahnung, wie die Hierarchie an so einem Klinikum funktioniert.“

„Ach, weißt du, bei uns…“

Er winkte ab. „Kein Vergleich, glaube mir. Ein bisschen weiß ich ja, wie es in eurem Stall zugeht. Aber gegen ein Krankenhaus herrscht bei euch die reine Demokratie.“

Ich widersprach ihm nicht, obwohl ich Beispiele hätte nennen können, die in unserem „Stall“, wie sich Pause auszudrücken beliebte, mit demokratischen Gepflogenheiten wenig zu tun haben. Aber bei der Polizei gibt es eben bestimmte Rangordnungen.

„Der Laden hier", Pause machte eine weite Bewegung mit der rechten Hand, als wolle er einmal durch den ganzen Seziersaal fahren, „ist überschaubar. Und ich kann relativ selbständig arbeiten mit meinen beiden Assistenten. Im Übrigen ist die Sektionsarbeit nur ein Teil meiner Tätigkeit, wenn ich auch nicht wie du ermittle. Ich konstatiere Fakten. Die Auswertung liegt bei euch beziehungsweise beim Staatsanwalt." Er reichte mir die Hand. „Du bekommst deinen Bericht. Mach was draus. Und wenn du Fragen hast – Anruf genügt oder komm' längsseits."
„Fischkopf?", fragte ich, denn den Begriff längsseits kannte ich von der Küste.
„Segler."
„Und ich dachte, die gesunde Bräune kommt vom Solarium."
Er lachte. „ Klugscheißer."
Mir gelang ein schiefes Grinsen. „Was man von dir nicht sagen kann, Doc. Jedenfalls, danke für deine Vorlesung in Sachen Zwillinge."
Wir gaben uns die Hand. Ich kann nicht sagen, dass ich besonders erleichtert in die Dienststelle zurückkehrte. Wer ist wer, wenn wer wer ist? Der Zwillingsbruder des Toten musste gefunden werden. Aber wo suchen, wenn man so gar keine Anhaltspunkte hat?

Was ich bei Pause hatte erfahren müssen, war ein herber Rückschlag, ohne Zweifel. Legte man unser bisheriges Wissen auf eine Waage und in die andere Schale alles, was wir nicht wussten, war der Unterschied mit den Händen greifbar. Ich weiß, dass ich nichts weiß. Vater hatte es natürlich auf Griechisch gesagt, aber das hatte ich längst vergessen. Es wäre zu schön gewesen, wenn ich meinen ersten Fall in Weimar gewissermaßen im Handumdrehen gelöst hätte. „Der Berliner", werden sie hinter meinem Rücken sagen, „mit seinen großstädtischen Erfahrungen, wäscht auch nur mit Wasser. Soll er doch mal zeigen, was er drauf hat."
Die Kollegen reagierten anders. Hans Brandt hatte alles, was er über Leo Maasrebe in Erfahrung bringen konnte, recherchiert und tabellarisch zusammengetragen. Als ich sagte, dass es wahrschein-

lich einen Zwilling Maasrebe gibt, nickte er nur und sagte: „Das überrascht mich nicht."
Warum konnte ich nicht einfach sagen, dass ich das Ergebnis seiner Arbeit lobenswert finde? „Spielen wir hier Hase und Igel? Was überrascht dich nicht?"
Statt seiner antwortete Astrid. „Mir geht dein mimosenhaftes Verhalten gegenüber Hans allmählich auf die Ketten. Was soll das? Man wird nicht größer, wenn man andere klein redet. Hans macht seit Jahren eine hervorragende Arbeit, wie er gerade wieder einmal beweist. Und damit du dich nicht auf den Falschen einschießt, Ekke Ponte: *Ich* wollte den Stuhl haben, auf dem du jetzt sitzt. Können wir uns nun wieder auf unsere Arbeit konzentrieren?"
Das hatte sich noch keiner getraut, mir so in die Parade zu fahren. Ich musste heftig schlucken. „Okay", sagte ich, „dann ist das klar. Hans, was hast du herausgefunden?" Ich überspielte meinen Ärger durch betonte Sachlichkeit. Aber so einfach wegstecken konnte ich Astrids Vorwurf nicht.
Ohne in seine Aufzeichnungen blicken zu müssen, referierte Hans knapp und präzise. „Leo Maasrebe wurde laut Urkunde am 13. Februar 1972 in Rostock geboren. Er hieß aber weder Leo noch Maasrebe, sondern Heinz Demmler. Er hatte einen Zwillingsbruder, dessen Name und Aufenthaltsort aber niemand kennt. Die Eltern sind 1973 über Ungarn in den Westen geflüchtet und haben ihre Kinder bei den Großeltern zurückgelassen. Die Großeltern sind 1975 bei einem sehr merkwürdigen Verkehrsunfall verstorben. Die Kinder kamen in verschiedene Pflegefamilien. Leo, also ursprünglich Heinz Demmler, adoptiert von einer Familie Maasrebe in Rostock, wurde Schweißer auf der Neptunwerft. Nach allem, was ich bisher herausfinden konnte, war er sehr jähzornig und ein Einzelgänger."
„Und sein Zwillingsbruder?", wollte ich wissen.
„Nichts", antwortete Hans. „Als ob es ihn nie gegeben hätte. Auch die Eltern Demmler sind unauffindbar. Jedenfalls habe ich bisher keine Spur. Aus Wuppertal, wohin sie damals vom zentralen Flüchtlings-Durchgangslager Gießen gekommen sind, hörte ich lediglich,

dass sie irgendwann in den achtziger Jahren ausgewandert sind. Australien? Südafrika? Ich bleibe aber dran."
„Dieser etwas merkwürdiger Verkehrsunfall, wie du dich ausdrückst", überlegte ich mehr laut als dass ich fragte, „hatte da jemand Bestimmtes die Finger im Teig?"
„Das war natürlich die Stasi!", sagte Hans in einem aggressiven Ton, der mich aufhorchen ließ. „Es gab in der DDR keinen Verkehrsunfall, den die Stasi nicht zu verantworten hatte! Mich kotzt das an."
Für einen Moment herrschte betretenes Schweigen. Auch die beiden Kolleginnen machten betroffene Gesichter, weil sie sich Hans' Wutausbruch nicht erklären konnten und weil sie zu Recht fanden, dass der sich, trotz meiner vorherigen Zurechtweisung, völlig grundlos gegen mich richtete.
Ich beschloss, nicht auf die Bemerkung einzugehen und wandte mich stattdessen wieder unserem Fall zu.
„Wie kommt Leo-Heinz Demmler-Maasrebe nach Weimar?", fragte ich in die Runde.
„Das kann ich nur vermuten", sagte Hans zu meiner Verblüffung wieder in einem ganz normalen Ton. „Wahrscheinlich wurde ihm der Boden ein bisschen zu heiß im hohen Norden, denn er ist mehrmals mit dem Gesetz in Konflikt geraten. Angeblich hat er auch ein, zwei Jahre eingesessen. Kläre ich ab. Prügeleien, Trunkenheit am Steuer, nächtliche Randale. Er soll mal die Einrichtung einer Bar in Kleinholz verwandelt haben. Wie heißt es so schön falsch? Er war halt kein Waisenknabe. Tapetenwechsel, Luftveränderung. Vielleicht sogar der Versuch, sein Leben auf die Reihe zu bekommen. Hat wohl nicht funktioniert. Und seit vier Tagen ist er spurlos verschwunden. Niemand weiß, wohin er sich davongemacht hat."
„Elke", wandte ich mich an die Kollegin, „habt ihr etwas Verwertbares in der Wohnung gefunden?"
Sie schüttelte den Kopf. „Nichts, worauf wir uns einen Reim machen konnten. Er wurde in den letzten Tagen nicht gesehen, sagen die Nachbarn, aber die waren auf ihren mürrischen Mitbewohner ohnehin nicht gut zu sprechen und haben ihn bestimmt nicht vermisst."

„Schreiben wir ihn zur Fahndung aus", resümierte ich.
„Ist schon passiert." Hans legte die Blätter, die er nicht gebraucht hatte, ordentlich auf Kante zusammen.
„Gute Arbeit, Hans." Mein Groll war fast verflogen.
Er nickte nur. „Ich bin übrigens gefragt worden, ob Astrid den Job übernehmen sollte. Ich habe nein gesagt."
Verblüfft starrte ich Astrid an.
„Er war schneller als ich. Ich bin dabei gewesen. Ich hätte auch nein gesagt. Können wir das Thema nun endlich begraben? Wir haben uns nämlich auf den Neuen gefreut. Der Name Ponte hat einen guten Klang in dieser Stadt. Ist aber nur Provinz, gelle?" Astrid schüttelte unwillig den Kopf. Das thüringische Urwort war reine Ironie. Ich war nur froh, dass Lilli die Szene nicht miterlebte. Es hätte eine Kopfwäsche extra bedeutet.
„Kaffee?", fragte ich in die Runde. „Meine Frau hat einen fabelhaften Streuselkuchen gebacken. Sie hat gesagt, ich solle meinen Einstand geben."
„Kluge Frau", sagte Elke und war schon auf dem Weg zum Kaffeeautomaten.
Astrid teilte den Kuchen auf. Sie gab mir ganz bewusst das kleinste Stück. „Du hast bestimmt schon zu Hause genascht, als die Streusel noch im Kühlschrank standen."
Ich war froh, dass sich die angespannte Stimmung, die Hans mit seiner unsachlichen Bemerkung herbeigerufen hatte, so friedlich auflöste. Hatte er etwas mit der Stasi zu tun gehabt oder regte ihn nur die schnelle Denunziation auf, dass alles, was in die Richtung „ungeklärter Fall" tendierte, natürlich und selbstverständlich der einstigen Staatssicherheit der DDR angelastet wurde?
Während wir unseren Kaffee tranken und den von allen über die Maßen gelobten Kuchen aßen, fasste ich zusammen.
Wir haben einen Toten, der weggelaufen ist. Wir haben einen Toten, der vier Tage später in der Ilm gefunden wurde. Der eine ist der andere trotz aller Ähnlichkeit nicht. Wir wissen, dass es Zwillingsbrüder gab. Der eine ist vermutlich unser Toter, der andere flüchtig beziehungsweise seit vier Tagen nicht mehr ge-

sehen worden. Der Tote war nackt, was den Schluss zulässt, dass es vielleicht einen Kampf gegeben hat, bei dem Blut oder andere Spuren des Mörders an die Kleidung des Getöteten gelangten. Wir haben einen Toten, dessen Körper durch die Rotation am Grund des Wehrs nahezu unkenntlich gemacht wurde. Wir haben keine Ahnung, wer wer ist. Und wir haben keine Ahnung, was hinter der Tat steckt. Nur Unfall oder Suizid können wir ausschließen. Die Todesursache war ein Schlag mit einem Stein auf den Hinterkopf. Motiv? Genauer Todeszeitpunkt? Person? Und was mich zusätzlich beschäftigte, war die Frage, wieso Maasrebe ausgerechnet jenen Zeitungsausschnitt vom Brand der Bibliothek aufbewahrt hatte, als sei es ein wichtiges Dokument oder Beweisstück. Er konnte unmöglich wissen, dass ich mich nach Weimar versetzen lassen würde, zumal er den Zeitungsausschnitt noch in Rostock besessen hatte.

„Ist nicht viel", sagte Astrid.

„Nicht viel ist mehr als gar nichts", konstatierte Elke. „Woher weißt du das eigentlich alles?", fragte sie Hans.

„Lokalkenntnis", erwiderte er zweideutig. Und um zu vermeiden, dass ich ihn noch einmal anblaffen könnte, erklärte er in meine Richtung: „Leo Maasrebe hat sein Bier öfters bei Mario im Sächsischen Hof eingenommen. Da erzählt man sich dies und das, wenn der Abend lang ist."

„Kann es sein, dass du ihm dort schon einmal begegnet bist?", fragte ich.

Hans verneinte. „Ich kenne Mario vom Sport. Ist aber länger her", erklärte er, weil ich seinen nicht mehr ganz so durchtrainierten Körper betrachtete. „Handball. Manchmal treffen wir uns. Alte Herren."

„Gut", sagte ich. Abschließend verteilte ich die zu erledigenden Aufgaben. Elke sollte den Kontakt zu Pause halten und alle relevanten Spuren noch einmal checken. Astrid bat ich, die Umstände und Folgen der Republikflucht der Demmlers und den Verbleib der Zwillinge zu klären. Hans sollte sich weiterhin um das Umfeld von Leo Maasrebe kümmern.

Die Besprechung war zu Ende. Die beiden Frauen räumten das Geschirr in unsere kleine Küche. Hans zögerte einen Moment. „Wegen vorhin", sagte er umständlich.
„Hans", sagte ich, „ich mag nicht, wenn einer plötzlich ein Kaninchen aus dem Zylinder zaubert. Aber ich war wohl auch eine Spur zu heftig. Wolltest du", wechselte ich das Thema, „wirklich nicht Chef werden?"
Er lachte. „Bin ich bescheuert? Schreib du mal schön die Berichte an die Öberen. Wir dachten übrigens damals, als wir die Computer und die ganze neue Technik bekamen, dass damit der Papierkram erledigt ist. Hach! Jetzt müssen wir alles doppelt absichern. Und wenn ein Schnipselchen Papier weggeworfen werden soll, muss es vorher abgeschrieben oder eingescannt und archiviert werden. Irgendwann kommen die Sesselfurzer in den oberen Etagen noch auf die Idee, dass die ausgestanzten Löcher nach dem Abheften des jeweiligen Bogens gezählt und registriert werden müssen. Nee, das ist nichts für mich."
Er hatte bereits die Türklinke in der Hand, da fiel mir noch eine Frage ein. „Sag mal, wann ist dieser Leo oder Heinz oder weiß der Kuckuck, wie der wirklich heißt, von Rostock nach Weimar gekommen?"
Hans blickte mich verdutzt an, schlug sich plötzlich mit der Hand vor die Stirn. „Ich Rindvieh! Vor vier Jahren hat die Bibliothek gebrannt. Aber laut Auskunft der Rostocker Kollegen saß unser Leo zu der Zeit in der JVA Bützow ein. Also müssen wir den suchen, mit dem du die Vase rausgeschleppt hast. Das kann rein rechnerisch gar nicht Leo Maasrebe gewesen sein. Gottverdammich, das war der Zwilling!"
Ich nickte bestätigend. „Schöne Grüße an deinen Freund Mischa. Er soll sein Archiv noch einmal durchforsten. Vielleicht werdet ihr fündig und fördert noch andere Bilder zutage, auf denen dieser Maasrebe zu erkennen ist."
„Komm doch mit. Die Hübsche hat schon gefragt, was du für einer bist", schlug Hans vor.
„Lieber nicht", lehnte ich ab. „Lilli backt sonst keinen Kuchen mehr für uns, wenn sie wirklich so hübsch ist, wie du sagst."

Hans grinste. „Ist sie. Und Gitte heißt auch noch so. Brigitte Hübsche."

Er war schon fast aus dem Zimmer, da stellte ich die Frage, die mir die ganze Zeit auf der Zunge lag, die ich aber in Gegenwart der beiden Kolleginnen nicht stellen wollte. „Was war das vorhin mit der Stasi?"

Hans blieb stehen und sagte leise. „Ich entschuldige mich."

Ich musste mich zusammennehmen, um nicht zu lachen, und es wäre auch unpassend gewesen, wenn ich Hans den Grund meiner Heiterkeit hätte erklären wollen. Ich dachte wieder einmal an meinen Vater. Der hat mir des Langen und des Breiten erklärt, warum die Redensart „ich entschuldige mich" unsinnig ist. Man kann um Entschuldigung bitten, ja, aber sich entschuldigen heißt, sich selbst von Schuld freisprechen. Merk dir das, mein Junge!

Hans sagte: „Ich war Oberleutnant der Volkspolizei der Deutschen Demokratischen Republik, Abteilung K, also Kripo. Natürlich gingen die Genossen von Guck und Horch bei uns ein und aus. Sie waren nicht besonders beliebt, weil sie sich ständig in unsere Arbeit einmischten, wenn es sich zum Beispiel um Kapitalverbrechen handelte. Kannst du die vom Bundesnachrichtendienst besonders leiden?"

„Da gibt es aber schon einen kleinen Unterschied, oder?"

Hans zuckte die Schultern. „Wenn du es sagst. Ja. Hinkt vielleicht ein bisschen, der Vergleich."

„Nicht alles, was hinkt, ist ein Vergleich", erwiderte ich.

„Jedenfalls, wir mochten es nicht, wenn die uns ständig ins Handwerk pfuschten, die Ermittlungen erschwerten oder sie aus so genannten politischen Gründen ganz an sich rissen und uns behandelten, als wären wir ihre Aktentaschenträger oder Lieferanten."

Mit der Erklärung konnte ich noch nichts anfangen. Es war jedenfalls keine Antwort auf meine Frage.

„Irgendwann ist mir der Kragen geplatzt. Sie hatten einen Mann verhaftet, der nach meiner festen Überzeugung unschuldig war und dem sie vorwarfen, einen schweren Verkehrsunfall absichtlich verursacht zu haben, bei dem einer aus der höheren Etage zum

Krüppel gefahren wurde. Es durfte nicht wahr sein, dass der Genosse Sekretär der Bezirksleitung in volltrunkenem Zustand auf die Straße getorkelt und in das Auto des Beschuldigten gelaufen ist. Der Genosse war besoffen, hatte ich unvorsichtigerweise in Gegenwart meines damaligen Chefs gesagt. Jedenfalls, ab dem nächsten Morgen durfte ich an der Pforte die Besucher auf ihre Personalausweise überprüfen."

„Dann verstehe ich aber nicht, warum du vorhin, na, sagen wir's mal vorsichtig, so ausgerastet bist und die Stasi verteidigt hast."

„Weil nunmehr die Stasi für jede Sauerei und jedes Verbrechen verantwortlich gemacht wird, als hätte es in der DDR nie einen stinknormalen Verkehrsunfall gegeben. Das Gegenteil eines Fehlers ist auch wieder ein Fehler. Und es klang mir vorhin sehr danach, als wolltest du den ungeklärten Unfall der Adoptiveltern von Maasrebe im Handumdrehung und ohne jeden Beweis als Stasimord klassifizieren. Ich bin da eben etwas empfindlicher als ihr jungen Burschen. Ich habe nicht dich gemeint, Ekke. Ist das jetzt gegessen?"

„Wir sollten vielleicht mal ein Bier bei Mario trinken. Oder zwei."

Hans hatte mir reichlich Stoff zum Nachdenken gegeben. Mein Erwachsenendasein begann im Grunde genommen zu einem Zeitpunkt, als die DDR in den letzten Zügen lag. Hans gehört einer anderen Generation an, obwohl der Altersunterschied so groß nicht ist. Ich kann mir schon vorstellen, dass er allergisch reagiert, wenn alles, was ja auch sein Leben war, in Bausch und Bogen nicht nur abgelehnt, sondern gänzlich verteufelt wurde. Das musste er persönlich nehmen, wenn es auch gar nicht so gemeint war.

Ich erinnerte mich eines Kneipiers in Berlin, gleich bei uns im Kiez um die Ecke, der jedes Mal, wenn er ein Bier auf den Tisch stellte, sagte: „Ich und Erich Honecker, wir haben da mal was verzapft." Oder: „Das Politbüro empfiehlt heute Eisbein mit Erbspüree." Eine Zeit lang war das auch ganz lustig gewesen, aber irgendwann wurde nicht mehr gelacht. Vergangenheit bewältigt man nicht mit Witzen und schon gar nicht mit schneller Denunziation.

So ist das wohl: Die Sieger schreiben die Geschichtsbücher, die Besiegten habe Geschichte geschrieben. Hans' Geschichte wird mich wohl noch einige Zeit beschäftigen. Trotz dieses vertraulichen Gesprächs, in dem er mir eine Seite seines Wesens offenbart hatte, blieb noch viel Fremdheit zwischen uns. Freunde waren wir damit noch lange nicht geworden. Vielleicht müssen wir das auch gar nicht, sagte ich mir. Respekt ist bereits eine wichtige Empfindung und eine tragfähige Basis für zukünftige gemeinsame Arbeit.

Kurz nach siebzehn Uhr verließ ich die Dienststelle. Ich beschloss, das Auto stehen zu lassen und über einen kleinen Umweg am Ilmufer entlang durch den Park nach Hause zu gehen. Ich ging die Straße Am Kirschberg hinauf, dann rechts bergab zur Ilm, wieder rechts über die kleine Eisenbrücke, vorbei am Hundeplatz, wo reger Betrieb herrschte. Auf der Wiese gegenüber hatten sich junge Leute um einen Grillplatz versammelt. Der Duft der Bratwürste kitzelte in meiner Nase.

„Appetit?“, rief einer der jungen Männer, als ich näher kam.

Warum eigentlich nicht? Es waren vier junge Burschen, so um die 20 herum. Die drei Mädchen waren deutlich jünger. Einer geht leer aus, dachte ich. „Wenn eine übrig ist, gern“, nahm ich die Einladung an.

„Bier?“, fragte der, der mich zur Wurst eingeladen hatte.

Ich lehnte dankend ab. „Nicht so früh am Tage. Was gibt es denn zu feiern?“

„Franziska hat Geburtstag.“

Franziska musste die Dunkelhaarige sein. „Glückwunsch“, sagte ich. „Geschenk kommt später.“

„Geburtstag auch“, sagte Franziska. Da lachten sie alle.

„Schmeckt an der frischen Luft am besten“, sagte ich anerkennend. Ich kam mir ziemlich albern vor, denn ich passte nicht in die Runde. Mit ein bisschen Glück – oder Pech – hätte ich der Papa von ihnen sein können. „Seid ihr öfter hier?“

„Mal hier, mal da.“ Der das sagte, sah ziemlich verwegen aus. Er war einen halben Kopf größer als ich. Die Lippen gepierct. Die Ohrläppchen getunnelt. Die Haare hatte er zu mehreren Rasterzöpfen gewunden. Am Gürtel, der die Hose auf halb Acht hielt, hatte er einen mächtigen Schlüsselbund mit einem Karabinerhaken befestigt, der vermutlich einen Kleinwagen hätte halten können. Auch die anderen – Mädchen wie Jungen –sahen ziemlich verwegen aus. Wenn ich so herumgelaufen wäre, hätte mir Vater aber Licht ans Fahrrad gemacht! Die ersten Jahre bei der Kripo bin ich sogar immer in Schlips und Kragen gelaufen. Das hat mir Lilli allerdings abgewöhnt, indem sie mir sportliche T-Shirts und Hemden mit offenem Kragen schenkte. Frauen ziehen Männer gern an.

Ich sah, wie sich Franziska eine Tüte drehte. Mir wurde ziemlich mulmig. Ich hätte etwas sagen müssen, aber da wäre ich gleich als Spießer erkannt worden. Hoffentlich kommt jetzt keiner vorbei, der mich kennt. Ich beeilte mich, die Wurst möglichst schnell zu essen, obwohl sie noch ziemlich heiß war. „Lasst euch bloß nicht erwischen, Leute. Wenn die Bullen hier vorbeikommen…"

„Die kriegen 'ne Wurst wie du, Kumpel", sagte der Lange.

„Oder 'ne Lulle." Franziska lachte und blies mir den Rauch ins Gesicht. „Warum sollen sich die Bullen hierher verlaufen?"

Ich machte eine unsichere Geste. „Die sind doch überall und nirgends."

„Hier ist nirgends", sagte einer der Jungs. Alle lachten.

„Wegen dem Toten, den sie aus der Ilm gefischt haben?", fragte die Brünette. „Hab' ich gesehen. Sah wirklich nicht gut aus."

Jetzt begriff ich den Grund ihrer Einladung. „Was wollt ihr denn wissen? Oder besser: Was könnt ihr denn dazu sagen?"

„Meine Oma sagt immer, wenn einer fragt, wer den Furz gelassen hat: Wer's zuerst gerochen, bei dem is' er rausgekrochen", erklärte der Lange.

Ich begriff nicht.

„Der Jogger", sagte die Brünette. „Den haben wir hier noch nie gesehen."

Jetzt war mir klar, dass die Einladung zur Bratwurst nicht zufällig geschehen sein konnte. Und offensichtlich wussten sie, wer ich war. „Der den Mann gefunden hat?", vergewisserte ich mich. „Seid ihr öfter hier?"

„Nicht unselten", erklärte Franziska. „Aber der ist nicht aus der näheren Umgebung."
Ich schüttelte verneinend den Kopf. „Warum sollte ausgerechnet der Mann etwas mit dem Toten zu tun haben, der uns erst auf ihn aufmerksam gemacht hat?"
„Wegen dem Furz", erklärte der Lange.
Ich hätte ihn am liebsten korrigiert: Wegen des Furzes. Aber das ließ ich stecken. Wenn der Jogger sonst nie in dieser Gegend gesehen wurde und seither auch nicht wieder hier vorbei gekommen ist, war das zumindest ein merkwürdiger Zufall, dass ausgerechnet er den Toten in der Ilm entdeckt haben wollte. In der Zeit, die ich mich mit den Jugendlichen unterhielt, waren gut ein Dutzend Spaziergänger und mehrere Radfahrer die Karolinenpromenade an der Ilm entlanggekommen.
„Und ihr seid regelmäßig hier?"
„Ist unsere Stammkneipe", erklärte einer der Jungs.
„Gut zu wissen, falls ich noch Fragen haben sollte. Danke für die Wurst. Und du", wandte ich mich an Franziska, „rauche in Zukunft etwas gesünderes." An alle gerichtet, sagte ich: „Wenn ihr den Mann mal wieder seht, lasst es mich wissen. Klaro? Ich kann euch ja meine Karte da lassen." Ich griff in meine Brusttasche.
„Lass stecken, Alter. Bist der Ekke Ponte."
Verblüfft starrte ich in die Runde.
„Weimar ist nicht sehr groß", sagte Franziska. „'tschuldige." Das bezog sich vermutlich auf die Provokation mit der Zigarette.
„Ich weiß gar nicht, wovon du redest", behauptete ich. „Was wünschst du dir denn zum Geburtstag?"
„Eine Rolle Drops und die Zulassung zum Studium."
„Drops wird schwierig. Was willst du studieren?"
„Jura. Auf Wunsch meines alten Herrn."
„Ist dein Chef", erklärte der Lange, „und mein zukünftiger Schwiegervater. Staatsanwalt Herlinger."
Die Welt ist ein Dorf und Weimar ist ein Dörfchen. Ich bedankte mich noch einmal für Wurst und Tipp. Über den Jogger werde ich mit Hans reden. Der hatte seine Personalien aufgenommen. Dann

verließ ich die Runde, bevor ich vielleicht zu hören bekam, dass einer der Neffe vom Oberbürgermeister und eine die Schwägerin vom Polizeipräsidenten ist. Wo hier jeder jeden kennt und alle miteinander verwandt sind!

Wir hatten seinerzeit den Fundort der Leiche gründlich abgesucht. Vielleicht, dachte ich, lässt sich noch irgendetwas oberhalb des Weges entdecken. Ich stieg den baumbestandenen Hang hinauf und suchte aufs Geratewohl nach etwas, von dem ich nicht wusste, was es sein soll. Aber es gab nichts zu finden. Da stieg ich gegenüber der Hundeschule den Hang wieder abwärts, blieb plötzlich stehen, weil mir etwas aufgefallen war, was normaler Weise nicht hier liegen sollte: menschliches Haar. Ich ging den Schritt zurück und bückte mich. Seltsam, dachte ich, wer lässt sich denn mitten im Wald die Haare schneiden? Ich sah mich um und fand noch weitere Haarbüschel. Mit unserem Toten aus der Ilm konnte das nichts zu tun haben, denn der trug sein Haupthaar komplett, als wir ihn herauszogen. Ich griff zum Handy, um Elke anzurufen.

„Ja, Chef?“ Sie hatte meinen Namen auf dem Display erkannt.

Ich erzählte ihr, wo ich mich befand und was ich gefunden hatte. Sie ließ es sich geduldig erklären, dann lachte sie plötzlich herzhaft los. „Was gibt es da zu lachen?“, fragte ich irritiert.

„Du bist bei der Hundeschule.“

„Ja“, sagte ich unwirsch.

„Dann wirst du dort noch mehr menschliches Haar finden. Es ist wegen der Füchse und Marder. Wenn die Witterung aufnehmen und es riecht nach Mensch, halten sie sich von dem Ort fern.“

„Aha. Und warum macht man das. Ich meine, wer streut Menschenhaare gegen Dachs und Fuchs in den Wald?“

„Ich sagte doch: Hundeschule. Die Betreiber wollen vermeiden, dass durch allerlei Getier Krankheiten auf den Platz eingeschleppt werden.“

Ich war überrascht. „Und woher weißt du das?“

„Weil ich ein kluges Mädchen bin. Und weil ich früher in Berlin einen Hund hatte, mit dem ich ein Mal die Woche zum Training gegangen bin. Hast du auch Kamm und Schere gefunden?“, fragte sie lachend.

Ich dachte an den mit den langen Zottelhaaren. „Hätte ich gebrauchen können. Ist Hans in der Nähe?"
Der war irgendwo im Haus unterwegs. Ich bat sie, ihm auszurichten, dass er den Jogger überprüfen solle.
„Der den Toten gefunden hat?"
Das bestätigte ich. Dann schaltete ich das Handy wieder ab und setzte meinen Weg fort. Ich musste noch einmal an den Trick denken, Fuchs und Dachs durch ausgestreute Menschenhaare abzuschrecken. Ob das auch bei Mardern hilft? Neulich hatte ich nämlich Marderspuren in der Nähe unseres Hauses festgestellt. Der hatte sich vermutlich bei unserem Nachbarn im Dach seines Hauses eingenistet. Ich wusste, dass die Tiere manchem Autofahrer zum Problem werden konnten, weil sie die Schläuche unter der Motorhaube anfraßen. Musst du mal ausprobieren, sagte ich zu mir selber. Kleines Leinensäckchen beim nächsten Mal mit zum Friseur nehmen und die abgeschnittenen Haare einsammeln. Vielleicht hilft das wirklich.
Ich hielt mich auf der Karolinenpromenade wieder rechts zur Stadt hin, links ging es nach Tiefurt.
Kurz vor der Kegelbrücke, keine fünfzig Meter nach den noch immer dröhnenden Wassermassen am Wehr, stieg ich den kleinen Hang zur Fundstelle hinab. Aber natürlich war dort nichts mehr zu finden, was mir hätte weiterhelfen können. Außerdem waren wir überzeugt, dass der Fundort nicht der Tatort sein konnte. Also stieg ich die Uferböschung wieder hinauf. Hoch oben über dem Karolinenweg thronte wie eine Festung das 1896 nach dem Vorbild des kleineren Lustschlosses im Park von Versailles aus Berkaer Sandstein errichtete Goethe-und-Schiller-Archiv, das älteste Literaturarchiv Deutschlands. Der mit verschiedenen Obstbäumen bestandene Hang sah recht ungepflegt aus. Keine Leute, keine Leute…
Das Wasser der Ilm war etwas zurückgegangen. Ich lief unter der Kegelbrücke hindurch und näherte mich der Sternbrücke. Zwei ältere Damen und eine junge Frau mit Kinderwagen fütterten die zahlreichen Enten mit kleingeschnittenem Brot. Hier unter der Brücke, die von der steilen Leibnizallee über die Ilm zum Schloss

links des Flusses führte, hätte der Mörder im Schutz einer kleinen Höhlung im steinernen Mauerwerk seinem Opfer die Kleidung ausziehen können. Allerdings hatten die Untersuchungen keine verwertbaren Spuren ergeben.

Vor mir öffnete sich der Park. Ich überlegte kurz, ob ich den linken Weg vorbei an der Quelle im Ochsenauge, einem kleinen, mit Natursteinen gefassten Becken Richtung Goethes Gartenhaus nehmen sollte, blieb aber am Ilmufer. Der Flusslauf verläuft tatsächlich bis zur Naturbrücke fast gerade wie ein Kanal. Erst dahinter macht die Ilm einen rechtwinkligen Knick. Über die große duftende, nun schon herbstliche Wiese, die bei Hochwasser besonders im Frühjahr nach der Schneeschmelze im Thüringer Wald ein einziger See werden konnte, mitunter sogar ein reißender Strom, der schwere Schäden hinterließ, blickte ich hinüber zu dem weltberühmten Gartenhaus Goethes. Feudal ist anders, dachte ich angesichts des einstigen Weinberghauses, das Goethe 1776 zusammen mit dem kleinen Garten ersteigert hatte und das sein erstes eigenes Wohnhaus in Weimar wurde. Sechs Jahre lebte und arbeitete er hier, bevor er 1882 in das mondäne Haus am Frauenplan umziehen konnte, das ihm sein Freund und Herzog Carl August überlassen hatte.

Spätestens hier, dachte ich, als ich mich auf das weiß gestrichene Geländer der Holzbrücke stützte, muss der Mörder sein Opfer ins Wasser verbracht haben. Auch hier hätte er die Möglichkeit gehabt, unentdeckt die Kleider des Toten zu entfernen.

Ursprünglich befand sich an dieser Stelle eine hölzerne Floßbrücke, die älteste Brücke des Ilmparks, über die Goethe, wenn er aus der Stadt kam, hinüber zu seinem Häuschen gelangte. Kurz bevor die künstlich angelegte enge Steintreppe durch das sogenannte Nadelöhr in den oberen Teil des Parks führt, plätschert in einem dünnen Strahl das kristallklare Wasser aus dem Berg in ein kleines Becken und fließt von da an als Rinnsal in die Ilm. Hier befand sich auch das mit einem eisernen Gitter gesicherte Mundloch, in der Sprache der Bergleute der überirdische Eingang in einen Stollen, zu den künstlich angelegten unterirdischen Gängen und Höhlen, in denen Herzog Carl August sein geliebtes Porterbier lagern wollte. Ende des 18. Jahrhunderts wurden die Stollen unter dem Travertin der Belvederer Allee zwischen Berkaer Straße und dem Ilmsteilhang am Nadelöhr für die geplante Brauerei mit Lagerkeller aufgefahren. Allerdings kam es nie zur Einrichtung einer Brauerei. Goethe hat einen Teil seiner Fossiliensammlung aus dem Travertin dieses Höhlensystem geborgen. Während des Zweiten Weltkrieges dienten Teile der zwölf Meter tief gelegenen Systeme als Luftschutzkeller, hatte mir Vater erzählt. Diese Stadt steckt voller Geschichte und Geschichten.

Ich prüfte die Festigkeit des Schlosses an der Tür, die den Ausgang des kleinen Bergwerkes sicherte. Allerdings hätte man sie von außen gar nicht öffnen können. Der Knauf war fest verschweißt. Ein Schlüsselloch befand sich nur auf der Innenseite. Sollte der Mörder vielleicht an dieser Stelle Leo Maasrebe aufgelauert und ihn erschlagen haben? Wir waren mit unseren Ermittlungen im Grunde genommen noch keinen entscheidenden Schritt weiter gekommen. Die jungen Leute vom Grillplatz hatten einen überlegenswerten Ansatz gegeben. Die Parkhöhle hatten wir bisher völlig außer Acht gelassen.

Erneut griff ich zum Handy. Diesmal war Hans wirklich dran. „Ich bin doch schon in der Spur!“, sagte er unwillig, als hätte ich ihn gemahnt.

„Das ist gut so. Komm zum Eingang der Parkhöhle, oben neben der Mensa am Liszthaus.“

„Ich weiß, wo das ist. Hast du etwas gefunden?“

„In zehn Minuten.“ Danach legte ich auf. Bevor ich den kurzen Weg zum oberen Eingang der Parkhöhle nehmen wollte, ging ich noch einmal zurück, um von der Brücke ins Wasser zu blicken. Als Kinder hatten wir oft von hier aus unsere selbst gebastelten Piratenschiffe losgeschickt. Sieger war, wessen Schiff als erstes das Wehr erreichte, wo es nach unten gerissen wurde. Komisch, dachte ich, welche Erinnerungen plötzlich hochkommen. Noch einmal blickte ich über die große Wiese hinüber zum Goetheschen Gartenhaus. Dann stieg ich durch das enge Nadelöhr nach oben. Der Weg führte Richtung Belvederer Allee. Ich roch die Mensa der

Bauhausuniversität, bevor ich den großen Kastenbau sehen konnte. Irgendwie riechen alle Mensen nach billiger Bratensoße.
Hans wartete bereits am Eingang zur Parkhöhle, der sich in unmittelbarer Nähe zum Liszthaus an der Marienstraße befindet. Er hatte auch einen Herrn Rolf Ritter, den zuständigen Mitarbeiter der Klassikstiftung, in deren Bereich das unterirdische Bauwerk gehörte, mitgebracht. Ich nickte anerkennend zu Hans und begrüßte den Mann mit Handschlag. Ich war überrascht von dem Händedruck Ritters. Das hätte ich von einem Beamten nicht erwartet, eher von einem Schmied. Oder war er in seinem früheren Leben Bergmann gewesen? Zu dritt stiegen wir die Treppen nach unten. Im Vorraum saßen zwei Studenten der Bauhausuniversität, die sich mit Einlassdienst etwas Geld zum schmalen Bafög-Budget hinzuverdienten.
„Worum geht es eigentlich?", wollte Ritter wissen. Hans hatte ihm das vorab nicht erklären können, weil er es selbst nicht wusste.
„Wo befindet sich der Schlüssel für das Schloss am Ausgang zur Naturbrücke?"
„Hier." Er öffnete einen kleinen Schlüsselkasten und holte das Bund vom Haken. „Aber eigentlich ist das der Eingang", verbesserte er mich. „Der Treppengang hinter dem Liszthaus war zwischenzeitlich zugeschüttet worden. Erst seit 1997 sind die unterirdischen Gänge als Museum wieder öffentlich zugänglich.
„An die Schlüssel kann also im Grunde genommen jeder herankommen?", fragte ich weiter, im Moment weniger interessiert an einem Vortrag über die Parkhöhle.
Ritter schüttelte verneinend den Kopf, als hätte ich ihm Vernachlässigung der Aufsichtspflicht unterstellt. „Nur, wer hier die Besucher einlässt. Und ich!"
„Erklärst du mir mal, worum es geht?", fragte Hans etwas gnatterig, den ich noch immer nicht in meine Überlegungen einbezogen hatte.
„Entschuldige, bitte", bemühte ich mich um einen freundlichen Ton. „Ich will herausfinden, ob Maasrebes Mörder auf diesem Weg gewissermaßen unterirdisch zum Mundloch bei der Naturbrücke gekommen sein kann, um nach der Tat, vielleicht sogar mit der Kleidung des Ermordeten, auf eben diesem Weg wieder zu ver-

schwinden. Ein Zugang durch das Mundloch erscheint mir fast ausgeschlossen."
„Das stimmt", schaltete sich Ritter in das Gespräch ein. „Das eiserne Tor ist nur von innen zu öffnen. Und auf diesem Wege, den wir jetzt gehen? Da müsste er sich in dem Labyrinth sehr genau auskennen. Außerdem ist es hier stockfinster. Und aus Sicherheitsgründen wird außerhalb der Besuchszeiten nur ein Notprogramm der gesamten Elektrik gefahren."
Ich behielt meine Überlegungen für mich. Wenn sich jemand hier unten auskennt, weiß er auch, wie er sich zu bewegen hat. An der Kasse liegt auch eine übersichtliche Karte aus. Das wäre das Geringste aller Probleme. Eine gute Stablampe spendet zudem genug Licht. Rolf Ritter schaltete die Beleuchtung der Gänge ein. Für eine Besichtigung der gesamten Anlage war leider keine Zeit. Ich nahm mir vor, in nächster Zeit mit Lilli und den Kindern die Parkhöhle zu besuchen. „Da fährt man nun nach Saalfeld zu den Feengrotten oder zur Barbarossahöhle in Rottleben, und hat so eine Höhle direkt vor den Füßen", sagte ich überrascht.
„Warum in die Ferne schweifen", zitierte Ritter, den das Lob freute. Noch so ein Goethekenner, dachte ich amüsiert.
„Ist keine Höhle", korrigierte mich Hans. „Das ist ein Bergwerk, weil von Menschenhand angelegt."
„Du weißt Bescheid, was?" Ich gönnte Hans den kleinen Triumph. Damals wusste ich noch nicht, dass er zu der kleinen verschworenen Gemeinschaft um Professor Steiner gehörte, die die Pflege und den Erhalt der Parkhöhle auf ihre Fahne geschrieben hatten.
„Ich glaube nicht, dass sich unser Mörder die Mühe gemacht hat, durch die finsteren Gänge zu schleichen, um Maasrebe rücklings zu überfallen", gab Hans zu bedenken. „Elke könnte das eiserne Tor am Mundloch untersuchen, ob Fremdspuren zu finden sind. Bezweifle ich aber auch stark. Wenn die Stelle am Nadelöhr der Tatort gewesen sein soll, was ich nicht ausschließe, hat er sich vielleicht mit ihm dort getroffen und ihn da getötet. Es muss in der Nacht gewesen sein. Da rennt niemand mehr durch den Park. Vielleicht hat er sein Opfer von der Brücke einfach in die zu der Zeit noch stark

fließende Ilm geworfen, vorher die Kleidung aus Gründen, die wir bisher nicht wirklich kennen, entsorgt. Da gebe ich dir Recht, Ekke. Wahrscheinlich hätten ihn die Sachen des Toten verraten können."
Schnell durchschritten wir die Stollen. Für die geologischen Besonderheiten hatte ich kein Auge. Ich achtete eher auf mögliche Spuren am Boden oder in den Ausbuchtungen rechts und links des Hauptweges. Allerdings fiel mir nichts auf, was ich mit meiner Theorie vom unterirdischen Weg des Mörders in Verbindung bringen konnte. Ich blieb plötzlich stehen, weil ich Musik vernahm. „Gehört das zur Führung?", fragte ich Ritter.
Er lachte. „Der Bratscher? Der sitzt fast den ganzen Sommer draußen vor dem Mundloch und verdient sich ein gutes Trinkgeld bei den Touristen."
Wir gelangten ans Mundloch. Ritter öffnete das Schloss und wir traten nach draußen. Tatsächlich saß dort ein älterer Mann mit einer Bratsche, der den Singvögeln Konkurrenz zu machen schien. Er lächelte uns freundlich zu. Hans warf ihm eine Münze in den Geigenkasten. Da verneigte sich der Musiker dankbar, ohne im Spiel innezuhalten.
Ich prüfte das Schloss, konnte aber nicht erkennen, ob es auf eine mir unbekannte Weise gewaltsam geöffnet worden war. Aber das sollte Elke überprüfen. „Falls sie etwas findet, müssen wir das gesamte Stollensystem auf Spuren untersuchen lassen. Vielleicht entdecken wir auch irgendwo unter dem Geröll die Kleidung Maasrebes", sagte ich.
„Gibst du Elke selbst Bescheid?", fragte Hans. „Ich würde nämlich gern mit Rolf noch etwas besprechen wegen unserer nächsten Veranstaltung. Wäre übrigens mal ein Tipp von mir: Veranstaltung im unterirdischen Vortragssaal. Weimar untertage, gewissermaßen."
„Guter Tipp", bedankte ich mich. „Musst du mir gelegentlich mehr erzählen."
Ich verabschiedete mich von Rolf Richter, nunmehr auf seinen kräftigen Händedruck vorbereitet, und dankte, dass er sich die Zeit genommen hatte für eine kurze Führung. Und zu Hans sagte ich auf Thüringisch: „Bis denne!"

Die Sonne blendete mich für einen Moment. Der Bratscher intonierte eine Melodie, die ich kannte: „Dreh dich nicht um – oh, oh, oh / Der Kommissar geht um - oh, oh, oh. / Alles klar, Herr Kommissar?" Noch so ein Bekannter von Hans, dachte ich. Oder war ich gemeint?

Fast wäre ich mit Rolf zusammengestoßen. Er kam gerade über die Naturbrücke. Wahrscheinlich war er in Goethes Gartenhaus gewesen. Er sah mich überrascht an und fragte: „Was machst du denn zu dieser Zeit und in dieser Gegend?"

Das hätte ich ihn auch fragen können. Aber vielleicht hatte er ähnliche Gründe wie ich, als ich beschlossen hatte, den Heimweg durch den Park zu nehmen. „Ich brauchte mal etwas Bewegung. Ständig am Schreibtisch oder im Auto", sagte ich, „da tut so ein kleiner Spaziergang gut. Ist das nicht die Stelle..."

Ich hatte den Satz noch nicht ganz ausgesprochen, da war Rolf schon beim Dozieren. „Hier hat die siebzehnjährige Christel von Lassberg am 17. Januar 1778 den Tod gefunden. Das wurde zum Anlass genommen, den bis dahin ziemlich verwilderten Park gärtnerisch zu gestalten. Goethe und der Hofgärtner Gentzsch haben eine Erinnerungsstelle für das arme Mädchen geschaffen, eine wunderbar künstliche, anmutige, wilde, einsiedlerische und doch nicht abgeschiedene Art von Fels- und Grottenwerk, wie Wieland formulierte."

„Nicht Goethe?", frotzelte ich.

Rolf lachte. „So herzlich befreundet waren die beiden nicht, dass ich sie verwechseln könnte. Im Ernst, das ist nicht dein eigentlicher Heimweg. Du suchst doch etwas. Die Geschichte von eurem Toten ist längst herum in Weimar. Wisst ihr denn schon mehr?"

„Na klar", sagte ich. „Der Gärtner war der Täter!"

„Gentzsch?", tat Rolf erstaunt, um dann gleich über seinen Einfall zu lachen.

„Genau der", flüsterte ich. „Aber sag's keinem weiter. Was ist, kommst du mit nach Hause. Lilli und die Kinder würden sich freuen."

„Und du?"
„Wenn du mir nicht wieder den ganzen Weinkeller leer trinkst." Ich biss mir auf die Zunge. Zu spät. Die Bemerkung war ausgesprochen.
„Ein andermal", sagte Rolf. Es klang ziemlich kühl.
Ich hatte ihn verletzt. Das tat mir leid, aber ich wollte meine Anspielung auf seinen Weinkonsum auch nicht zurücknehmen. Allerdings geht es mich auch nichts an, was er in seiner Freizeit macht. Ich bin nicht meines Onkels Hüter.
„Ein andermal" wiederholte er. Es klang jetzt milder. Müde?
Ich drängte ihn nicht, uns zu besuchen. Ich sah ihn gern bei uns, aber es musste keine Gewohnheit daraus werden. Wir gaben uns die Hand. „Der Gentzsch!", sagte er aufgeräumt und nun wieder in gewohnter Fröhlichkeit. „Wer hätte das gedacht!" Er lächelte vorsichtig. Es sah aus, als möchte er für etwas um Entschuldigung bitten.
Wir stiegen über die grob behauene Steintreppe in den oberen Teil des Parks. Ich nahm den Weg nach links, während Rolf Richtung Bibliothek nach rechts ging. Als ich mich noch einmal umdrehte, sah ich, wie er leicht staksend mit seinen langen Beinen und ohne sich noch einmal umzublicken, stadteinwärts Richtung Bibliothek und Schloss entschwand.
Von dieser Höhe aus hatte man einen weiten Blick über das sich nördlich und südlich erstreckende Ilmtal. Über die Belvederer Allee, die ich kurz danach passierte und nach dem ziegelroten, nach Bauhausmanier in strenger Linienführung errichteten Graf Kesslerschen Haus einbiegend, ging ich schließlich die Helmholtzstraße hinauf. Ich freute mich auf Lilli und die Kinder. Im Hinterkopf behielt ich noch immer die Begegnung mit Rolf. Oder war es eigentlich mein Vater, den ich eigentlich getroffen hatte und an den ich, da er nicht mehr lebt, seither öfter denken musste, als ich vorher an ihn gedacht habe?
Von zu Hause rief ich Elke an. Sie hatte das Schloss vom Mundloch bereits untersucht. Keine Fremdspuren. Der Jogger, der den Toten gefunden hatte, berichtete sie mir in Hans' Auftrag, käme eigentlich aus Apolda und war für ein paar Tage zu Besuch bei seiner

Schwester gewesen. Das erklärte, warum ihn die Jugendlichen vom Grillplatz nicht vorher oder später gesehen hatten.
Lilli war nicht zu Hause. Sie hatte bestimmt nicht damit gerechnet, dass ich an diesem Tag einmal pünktlich Feierabend machte. Wahrscheinlich war sie mit den Kindern unterwegs. Sie wollten schon seit langem ins Bienenmuseum in Oberweimar, erinnerte ich mich. Allein im Haus fühlte ich mich wie nicht recht zugehörig. Ich nahm mir eine Flasche Bier aus dem Kühlschrank und setzte mich in den Garten. Es roch schon ein wenig nach Herbst. Ich hatte gleich nach unserem Einzug die völlig überwucherte und dicht von Hasel umstandene Freifläche halbrechts hinterm Haus wieder entrümpelt, die Steinplatten neu gerichtet und die heckenartigen Sträucher ausgeschnitten. Damit war eine kleine schattige Oase entstanden. Drei weiß gestrichene Drahtstühle und ein kleiner runder Tisch mit Sprelacartfläche luden zum Verweilen ein. Manchmal saßen wir abends bei einem Windlicht hier und genossen die Ruhe des Gartens. Früher hätte ich das Bier aus der Flasche getrunken, aber das mochte Lilli nicht. Darum hatte ich mir angewöhnt, ein Glas zu nehmen. Lässt mich einfach allein sitzen, dachte ich, als müsste ich mich bedauern. Zur Strafe trinke ich mein Bier jetzt aus der Flasche! Aber dann goss ich es doch ins Glas.
Ich genoss die Stille des späten Nachmittags. In den drei großen Nadelbäumen, die gewissermaßen als Wächter des Anwesens zwischen der Rückfront des Hauses und dem Garten überschauten, zwitscherte es fröhlich. Zwei Eichhörnchen tobten zwischen den weit ausladenden Ästen. Ich schloss die Augen, um die Ruhe zu inhalieren. Da klappte eine Tür. Unser Nachbar zur Linken, Herr Bach, durchschritt mit geschultertem Spaten seinen Garten. Der Mann war fast 98 Jahre alt, aber von einer aufrechten Haltung, die jedem 50-Jährigen Ehre gemacht hätten. Seine Eltern waren beide Musiker am Theater und hatten die obskure Idee, ihren Erstgeborenen Johann Sebastian zu nennen, was Anlass zu mancher Hänselei gab. Und als er heiratete und nacheinander im Abstand von je einem Jahr sieben Söhne zeugte, nannten ihn seine Kollegen hinter vorgehaltener Hand in Anspielung auf den

großen Musiker „Meister der Fuge". Die Eltern hatten ihm aber nicht nur den doppelten Vornamen gegeben, sondern auch ihre unerfüllte Sehnsucht, bedeutende Musiker zu werden aufgepfropft. Er hatte seine Kindheit am Klavier verbracht und war dennoch kein erfolgreicher Pianist geworden. Aus Rache an seinen Eltern hatte er seinen Kindern verboten, irgendein Instrument zu lernen, nicht einmal Blockflöte.

Herr Bach war zu Hause ein Tyrann und der charmanteste Zeitgenosse gegenüber seinen Mitmenschen. Wir kamen gut miteinander aus, seit ich das Haus meiner Eltern übernommen hatte. Früher war ich nach seiner Meinung genau so ein unnützer Rotzlöffel wie seine sieben Söhne.

Ich sah, wie er durch den Garten schritt. Als er scheinbar zufällig zu mir herüberblickte, winkte ich ihm fröhlich zu. An einem Jochelbeerstrauch angekommen, setzte er den Spaten an, um ihn mit den Wurzeln auszugraben. Ich sah, dass es ihm Mühe bereitete, den Spaten ins Erdreich zu stechen. Sturer Bock, dachte ich, hast sieben Söhne, da musst du nur einen bitten. Aber nein, viel lieber wird er auf die Vorhaltung, sich zu sehr anzustrengen, knarrig antworten: „Es macht doch sonst keiner!"

Nach dem dritten Versuch, tief genug ins Erdreich einzudringen, reckte er sich und wischte mit einem großkarierten Taschentuch Stirn und Nacken ab. Ach, Johann Sebastian, dachte ich, das kann man ja nicht ansehen. Ich stand auf und ging zum Zaun. „Das sollten Sie lieber lassen, Herr Bach", sagte ich.

Er blickte mich schräg an. „Macht doch sonst keiner!"

Da stützte ich mich auf einen Pfahl und übersprang mit einer Flanke den niedrigen Scherenzaun. Er ließ sich ohne Widerstand den Spaten abnehmen. „Wo wollen Sie ihn denn hinpflanzen?", fragte ich.

„Der taugt nichts mehr. Wird gehäckselt und kommt auf den Komposthaufen.", war die Antwort.

Schade, dachte ich in Erinnerung an meine Kinderzeit. Da hatte ich gern mal über den Zaun gelangt und von den tiefschwarzen, süßen Beeren, eine Kreuzung aus Schwarzer Johannisbeere und

Stachelbeere, genascht, die in den Sommermonaten verlockend zu mir herüber blinzelten.
Es war gar nicht so einfach, des Wurzelwerkes Herr zu werden, aber ich wollte mir auch nicht die Blöße geben und an deren Widerstand scheitern. Herr Bach sah zu und gab mir gute Ratschläge. Da sah ich, wie Frau Bach einen großen Krug mit Saft auf dem Terrassentisch abstellte, drei Gläser dazu. „Mach mal Pause, Ekke!", rief sie. „Trink erst mal einen Schluck."
Die Unterbrechung war mir sehr recht. Ich stieß den Spaten ins Erdreich, machte den schmerzenden Rücken gerade, und rief: „Ich komme, Tante Mimi!" Während ich mich als Kind nicht getraut hätte, Onkel Bach zu sagen, sagte ich selbstverständlich Tante Mimi.
„Na", sagte die kleine zierliche Frau, der man keine sieben Söhne zugetraut hätte, „hat er's geschafft?"
Da begriff ich den Trick meines Nachbarn. Er hatte aus Erfahrung darauf spekuliert, dass ich ihn nicht allein gegen den Strauch kämpfen lassen würde. Ich musste lachen und sagte: „Ich hatte Appetit auf deine wunderbare Limonade und krampfhaft überlegt, was ich tun könnte, um ein Glas davon abzubekommen, Tante Mimi."
Johann Sebastian Bach blickte angestrengt in den Garten, als hätte er nichts von dem Gespräch mitbekommen. Scheinbar ohne jeden Zusammenhang sagte er: „Habt ihr ihn schon?"
Ich wusste, wovon er sprach. „Wen?"
Da sah er mich über den Rand seiner Hornbrille an. „In diesem Dorf wird selten eine Leiche aus der Ilm gezogen."
„Wir kriegen ihn", sagte ich schnell, ging aber nicht weiter auf das Thema ein. „Tante Mimi, womit kann ich mir ein zweites Glas deiner fabelhaften Limonade verdienen?"
Sie lachte. „Indem du einfach fragst."
Da hörte ich, wie die Kinder in den Garten stürmten und Bastienne ganz stolz rief: „Papa, Papa, eine hat mich gebissen. Aber ich habe nicht geweint!"
„Gestochen! Bienen stechen, die beißen nicht", korrigierte Bastian seine Schwester. Oh, dachte ich, steigst du in deines Großvaters Stiefel?

Ich verabschiedete mich von meinen Nachbarn und kehrte mit einer halbwegs eleganten Flanke auf mein Grundstück zurück.
„Was ist denn mit dir los?“, fragte Lilli besorgt, weil sie sah, dass ich nach der Flanke das Gesicht leicht verzogen hatte.
„Ich glaube, ich habe Rücken.“
„Na, denn komm, alter Mann, ich habe eine gute Salbe.“ Sie gab mir einen herzhaften Kuss. Da spürte ich den Rücken kaum noch.

Ich fuhr am nächsten Tag nach Rostock. Da die Zugverbindungen ab Berlin miserabel sind, weil nur Regionalzüge und keine IC verkehren, entschied ich mich doch für das Auto, obwohl das um diese Jahreszeit und mitten in der Woche auch kein reines Vergnügen ist, jedenfalls bis hinter dem Berliner Ring. Spätestens nach der Abzweigung Richtung Hamburg wird es fast gemütlich. Auto fahren entspannt mich.
Ich kam kurz nach Mittag in Rostock an. Da ich bis fünfzehn Uhr – für diese Zeit hatte ich mich bei den Kollegen in der Blücherstraße angemeldet – noch fast zwei Stunden hatte, entschloss ich mich, nach Warnemünde zu fahren, um am Alten Strom ein Fischbrötchen direkt vom Kutter zu genießen. Der Geruch des Meeres, vermengt mit dem Duft geräucherter Fische und dem leicht beißenden Dieselgestank der Kutter dazwischen, hat mich schon immer fasziniert. Vielleicht hing das mit dem ersten unbeschwerten Urlaub zusammen, den ich vor nunmehr zwölf Jahren mit Lilli in Warnemünde verbracht habe. Es roch nach Liebe, so unsinnig das auch klingen mag.
Das Brötchen war knackfrisch. Der Fisch schmeckte fabelhaft. Ich gestattete mir sogar ein hanseatisches Bier dazu. Eins muss erlaubt sein. Dann schlenderte ich auf der Mole bis zum Leuchtturm hinaus. Ich genoss den Anblick des weiten, leicht aufgewühlten Meeres und verfolgte die ein- und auslaufenden Schiffe und vorbeirauschenden Segelboote. Ahoi! Wohin fahrt ihr? Nehmt mich mit! Rhythmisch schlugen die Wellen gegen die der Mole vorgelagerten großen Granitblöcke. Die Gischt schäumte. Die Luft schmeckte nach Salz. Eine leichte Brise wehte landein.

Ein Junge, vielleicht zehn Jahre alt, warf seine Angel immer wieder in die brausende Gischt. In seinem kleinen Eimer schwammen drei gespenstisch aussehende, etwa 15 Zentimeter lange Fische mit einem unansehnlichen Maul und strahlenbewehrten Brustflossen.
„Schmecken die?“, fragte ich ihn.
„Knurrhahn!“ Der Junge grinste mich an.
Ganz schön kess, der Kleine, dachte ich. „Da hast du aber einen komischen Vornamen abbekommen!“, gab ich zurück.
Er sah mich schräg an, um herauszufinden, ob ich wirklich keine Ahnung hatte oder ihn nur auf den Arm nehmen will. „Die heißen so, weil sie mit ihrer Schwimmblase Geräusche machen können. So ’n Knurren. Klar schmecken die. Lass dir mal von deiner Frau ’ne richtige Fischsuppe kochen. Da gehört Knurrhahn unbedingt zu. Ich angle doch keinen Schrott nicht!“ Er schien in seiner Ehre als Angler gekränkt.
„Danke. Wieder etwas gelernt. Ich werd’s ihr ausrichten. Trotzdem, appetitlich sehen sie nicht aus.“
Er blickte in Richtung Eimer. „Kannste haben.“
Ich legte ihm die Hand auf die Schulter und bedankte mich für das Angebot. „Mach’s gut, Knurrhahn. Ich muss weiter.“
„Denn man tau, Löffelschnitzer!“ Alles, was hundert Meter landeinwärts wohnt, sind nach Ansicht der „Fischköpfe“ schlicht und einfach „Löffelschnitzer“. Die eher humorige als böswillige Bezeichnung der Berliner für die Bewohner des Erzgebirges hatte sich also inzwischen bis an die Küste ausgebreitet. Der Junge lachte, wandte sich aber sofort wieder seiner Angel zu. Der nächste Knurrhahn hatte angebissen.
Ich sah ihm noch ein wenig zu. Er betrieb sein Geschäft mit der Ernsthaftigkeit eines Großen. Fast hätte ich die Zeit vertrödelt. Ich fuhr auf der Stadtautobahn zurück, vorbei an den Neubauvierteln, die in Rostock nicht ganz so monoton wie Kasernen aussehen. An der mit Klinker versehenen Giebelseite eines Hochhauses strahlte eine mächtige Sonnenblume über die ganze zwölfetagige Front. War das nicht das Haus, das vor einigen Jahren von Nazis und

verblödeten Leuten überfallen wurde, um Ausländer zu klatschen, wie es in der Sprache dieser Ungeheuer heißt?
Fast noch schlimmer aber waren jene Leute, die zusahen oder wegsahen, statt sich schützend vor die Menschen in dem Haus zu stellen. Wenige Jahre zuvor galten diese Neubauviertel als Hochburgen sozialistischer Wohnkultur. Damals bekam nicht jeder eine solche komfortable Wohnung. Das waren oft sogenannte gute Genossen und ausgezeichnete Facharbeiter. Wer eine Neubauwohnung zugewiesen bekam, schätzte sich glücklich. Ich erinnere mich sehr wohl, wie sehr wir uns, Lilli und ich, gefreut haben, als wir eine Zweieinhalb-Zimmer-Wohnung beziehen durften, Zentralheizung, großer Balkon, Einbauküche und Bad. Damals waren die meisten Wohnungen mit oft vorsintflutlichen Kachelöfen bestückt. Jeden Morgen die Aschekästen herausnehmen, mit etwas Holz die daraufgelegten Briketts zur Glut bringen und warten, bis sie gut durchgeglüht waren. Erst dann durfte die Klappe geschlossen werden. Wir hatten in unserer ersten kleinen Wohnung einen solchen mit kackbraunen Kacheln aufgerichteten Ofen, der vom Flur aus bestückt werden musste und zwei Zimmer gleichzeitig beheizte. Das war schon ein Fortschritt gegenüber den alten Feuerstellen in jedem Zimmer. Zugegeben, wenn man am Abend durchgefroren nach Hause kam, war es sehr angenehm, sich mit dem Rücken an den Ofen zu lehnen. Da vergaß man die tägliche Kohlenschlepperei vom Keller bis zur dritten Etage. Aber so eine Neubauwohnung war schon ein bedeutender Fortschritt, was allerdings auch entsprechend gewürdigt werden sollte: Verwirklichung des Wohnungsbauprogramms von Partei und Regierung! In jedem Haus gab es eine sozialistische Hausgemeinschaft. Man feierte und redete miteinander. Man flaggte vorschriftsmäßig zum 1. Mai und zum Tag der Republik die Fahne mit Hammer, Sichel, Zirkel und Ährenkranz. Man beging Wohngebietsfeste und legte gemeinsam Grünanlagen im Rahmen des Nationalen Aufbauwerkes an. Hat nicht der Schriftsteller Günter Grass von einer kommoden Diktatur gesprochen?
Wo waren diese staatstreuen Bewohner, stolze Bürger des ersten deutschen Arbeiter- und Bauernstaates, als das Rostocker Haus mit

der Sonnenblume samt ausländischen Bewohnern abgefackelt werden sollte? Hatten sie sich aus Bequemlichkeit und Karrieresucht damals nur ein Tarnkleid übergestreift, den guten Menschen von Sezuan vortäuschend, um wie in Brechts Schauspiel ihr eigentliches Wesen als Shui Ta, als gerissener, brutaler Unmensch, hinter einer Maske zu verstecken?
Als Kriminalist läuft man Gefahr, durch den täglichen Umgang mit allerhand Grobzeug bis zu den übelsten Vertretern der Spezies *Homo sapiens* die Menschheit nur noch durch diese Brille zu sehen. Man muss von Anfang an lernen, dass die Ausnahme nicht die Regel ist. Dennoch, ich bekam einen schalen Geschmack im Mund, als ich das Sonnenblumenhaus passierte. Wo waren damals eigentlich die Vertreter der Kirche, die sich im Nachhinein gern als Friedensbringer und Botschafter der Freiheit gerierten? Wo waren diese guten Menschen, bevor das Haus brannte? Was waren das für Leute, die den Satz „Wir sind das Volk!“ okkupierten und schrien: „Wir sind *das* Volk!“? Deutsche Metamorphose.
Die Neubauviertel Lichtenhagen, Lütten Klein und Evershagen, alle zum Verwechseln ähnlich, befanden sich auf der rechten Seite der Stadtautobahn von Warnemünde Richtung Rostock, auf der linken Schmarl und Groß Klein. Schon sah ich die vielen Türme der Hafenstadt. Warum sind wir eigentlich nicht in diese Stadt gezogen, wenn es Berlin schon nicht sein sollte? Hafenstädte versprechen Welt. Aber für nostalgische Erinnerungen und unnütze Träume war ich nicht nach Rostock gekommen.
Die Kollegen in der Blücherstraße empfingen mich freundlich auf die mir sympathische Art der Norddeutschen. Einige sprachen ein gemütliches breites Platt, wenn sie sich miteinander unterhielten.
Ich war wegen Leo Maasrebe gekommen, um dessen Identität zu klären und um herauszufinden, ob, und wenn ja, welche Kontakte zwischen den beiden Brüdern bestanden haben. Die Kollegen hatten schon vorgearbeitet, indem sie sogar von einem Zahnarzt, der Maasrebe vor fünf Jahren wegen bei einer Prügelei ausgeschlagener drei Zähne behandelt hatte, den Gebissabdruck des Gesuchten angefordert hatten. Ich schickte die Unterlage per E-Mail unverzüglich

an Elke, damit sie die bei Pause vergleichen konnte. Aber von einem Zwillingsbruder wusste man nichts in Rostock.
„Möchtest du einen Kaffee?", fragte mich der Kollege, in dessen Dienstzimmer wir uns zurückgezogen hatten.
„Gern", bedankte ich mich. „Bei Kaffee bin ich korrupt."
Er lachte. „Milch? Zucker?"
„Schwarz. Schlimm genug, dass Wasser rein muss", erwiderte ich.
„Wir hätten auch Bohnen zum Kauen."
Ich liebe diesen trockenen norddeutschen Humor. Er goss siedend heißes Wasser aus einem elektrischen Kocher auf das Kaffeepulver in einer mächtigen Keramiktasse. Man trank hier im Norden den Kaffee gern türkisch. Der war so kräftig, dass ich nun doch etwas Milch gebraucht hätte. Aber eh der mir eine Kuh aus der Asservatenkammer holt, dachte ich, und trank die bittere Brühe.
Bei Durchsicht der Akten stellte ich mit Erstaunen fest, dass Hans dank seiner Lokalkenntnisse, wie er das hintersinnig nannte, sehr gute Ergebnisse vorgelegt hatte. Leo Maasrebes Konterfei und seine Akte, gesammelt wegen zahlreicher kleinerer und mittlerer Delikte, rundeten das mir bereits bekannte Bild ab. Er hatte zwei Jahre im nahen Bützow in der JVA abgesessen, weil er massiv gegen Bewährungsauflagen verstoßen hatte. Er war kein unbeschriebenes Blatt in Rostock. Warum er die Stadt verlassen hatte, wusste aber niemand. Vielleicht ist ihm der Boden unter den Füßen zu heiß geworden. Oder hatte sein Umzug nach Weimar etwas mit seinem Bruder zu tun?
Leo Maasrebe hatte bis zu seinem Umzug in einem Hochhaus in Dierkow, eine der Neubausiedlungen rechts der breit und gemächlich dahinziehenden Warnow, gewohnt. Von den Nachbarn erinnerte sich kaum einer an ihn. Ja, kann sein, dass der hier mal gewohnt hat, lauteten die Auskünfte, aber die Zeiten sozialistischer Hausgemeinschaften mit gemeinsamen Feiern im Wäschekeller oder auf dem noch unbebauten Gelände vor dem Haus waren längst vorbei. „Dat is all lang her, dat wier früher west", hatte einer zu Protokoll gegeben. Nur die ganz Alten, die von Anfang an in dem Block gewohnt haben, erinnerten sich, irgendwie, als ihnen das

Foto gezeigt wurde. Die neu Hinzugezogenen kannten nicht einmal den Namen ihres Nachbarn. Es war kälter geworden im Land.
Beim Durchsehen der Unterlagen fiel mir auf, dass sich Maasrebe während seiner Haftzeit in Bützow einer Blinddarmoperation unterziehen musste. Na, da haben wir doch etwas! Ich rief gleich bei Pause an und fragte, ob unser Toter eine Blinddarmnarbe hat.
„Minimal-invasive Operationsmethode. Wusste gar nicht, dass die dass in Rostock schon drauf hatten. Guter Operateur. Appendix", lautete die Auskunft.
Ich bedankte mich. „Und was ist mit dem Gebiss?"
„Identisch. Aber das habe ich Elke Otto bereits mitgeteilt. Die beschwert sich übrigens, dass du ständig telefonierst und sie deshalb nicht durchkommt."
Die Reise nach Rostock hatte sich gelohnt. Der Tote in der Ilm war Leo Maasrebe. Das stand nun fest. Definitiv, dürfte Hans jetzt sagen. Ungeklärt war, wer gemeinsam mit mir die Barockvase gerettet hatte. Das hätte durchaus der Zwillingsbruder von Leo gewesen sein können, denn für die Anwesenheit Leos in Weimar an diesem 2. September 2004 gab es keinen Nachweis, konnte es auch gar nicht geben, denn der saß zu diesem Zeitpunkt in der JVA Bützow ein. Ist der Mann, der nach der Veröffentlichung des Bildes in der Zeitung am 8. September in unsere Dienststelle kam, nun Leo Maasrebe gewesen oder sein Zwillingsbruder? Stimmte der von Pause errechnete Zeitpunkt – und ich hatte keinen Grund, daran zu zweifeln –, müsste Leo Maasrebe um diese Zeit bereits tot in der Ilm gelegen haben. Spielten die beiden das Spiel vom Hasen und vom Igel mit uns oder handelten sie unabhängig voneinander? Eher unwahrscheinlich. Es gab bestimmt einen Zusammenhang. Es musste einen geben. Aber welchen?
Das Telefon klingelte. Der Rostocker Kollege nahm ab und reichte mir den Hörer über den Tisch: „Dein Spannemann."
Hans hielt sich nicht bei der Vorrede auf. „Der Tote ist Leo Maasrebe, definitiv."
„Weiß ich doch", sagte ich lässig. Irgendwann erzähle ich ihm den Witz von dem Mann, der um jeden Preis einen Elefanten kaufen

wollte, um ihn per Kran in der extra verstärkten dritten Etage seines Hauses in der Toilette unterbringen zu können. Alles nur, um seinem klugscheißerischen Bruder, wenn der bei ihm mal aufs Klo musste und verdutzt wieder herauskam und sagte: „Auf deinem Klo is'n Elefant", locker erwidern zu können: „Weiß ich doch."

Mit der Feststellung, dass der Tote aus der Ilm Leo Maasrebe war und die entlaufene Leiche vom Zeughof allem Anschein nach sein Zwillingsbruder, wussten wir zwar schon etwas mehr als vor wenigen Tagen, aber eigentlich tappten wir noch immer völlig im Dunklen, solange wir den Bruder nicht ausfindig gemacht hatten. Von dem fehlte bisher jede Spur. Wahrscheinlich mussten wir mit unserer Recherche sehr weit zurückgehen in die Zeit, als die beiden Kinder des Ehepaars Demmler an verschiedene Pflege-Eltern weggegeben wurden, also noch DDR-Zeit, um eine erfolgversprechende Spur aufnehmen zu können.

„Was habt ihr über diese Familie Demmler herausfinden können?", fragte ich den Rostocker Kollegen, den ich noch von Weimar aus um diese Recherche gebeten hatte.

Er schüttelte unzufrieden den Kopf. „Nicht viel. Da solltest du anderenorts nachfragen. Republikflüchtige wurden standesamtlich gewissermaßen aussortiert von der Firma Guck und Horch, wenn du verstehst, was ich meine."

Ich verstand. „Und eine Familie Maasrebe?"

Das bestätigte er mir. „Die hatten einen Sohn namens Leo. Aber in den hiesigen Unterlagen findet sich kein Hinweis auf eine Adoption. Leo wurde in der Rostocker Universitätsklinik als einziger Sohn der Maasrebes geboren. Das ist urkundlich belegt. Aber das sagt noch gar nichts. Damals wurde manches beurkundet, um etwas anderes zu vertuschen. Ist heute schwer nachvollziehbar. Der Vater Maasrebe war übrigens ein bekannter Funktionär. Muss aber nicht beliebt gewesen sein, wie mir ein älterer Kollege erzählte, der ihn noch gekannt hat."

„Die waren wohl selten beliebt", sagte ich.

„Es gab solche und solche. Aber mehr solche als andere." Es war nicht genau auszumachen, wie er das meinte.

„Urkunden sind auch nur beschriebenes Papier", bestätigte ich ihm. Wenn es eine Familie Demmler in Rostock in der fraglichen Zeit gar nicht gegeben hatte, einer ihrer Söhne, Heinz, aber als Leo von Maasrebes adoptiert wurde, wie Hans herausgefunden hatte, muss die Geburtsurkunde nachträglich gefälscht oder wissentlich falsch ausgestellt worden sein. Dazu würde sich allerdings im Standesamt nichts finden lassen. Solche Akten lagerten an einer ganz anderen Stelle. Dort müsste sich auch ein Nachweis über den Verbleib des Zwillingsbruders finden lassen.
Ich hätte an dem Nachmittag noch zurückfahren können und wäre spätestens Mitternacht zu Hause gewesen. Aber die Rostocker Kollegen hatten mir ein Zimmer im „Haus Sonne" unmittelbar am Markt bestellt. Nachtfahrten mochte ich eh nicht besonders. Ich beschloss, Lilli anzurufen und erst am nächsten Morgen gleich nach dem Frühstück loszufahren. Vielleicht schaffte ich es sogar, den Sonnenaufgang über dem Meer in Warnemünde zu erleben. Den kleinen Umweg wollte ich mir gönnen. Wenn ich in Warnemünde bin, kaufe ich noch eine ordentliche Portion frischen Fisch, am besten rauchwarme Sprotten direkt vom Kutter, nahm ich mir vor. Knurrhahn lieber nicht.
Der Rostocker Kollege begleitete mich zur Pforte. Als wir auf dem Gang waren, hörte ich, wie ein Mann ziemlich lautstark in einem Zimmer protestierte: „Die BRD ist überhaupt kein Staat, sondern eine GmbH der USA! Wir sind auch keine Bürger, sondern Personal dieser Firma. Darum haben wir auch keinen Personenausweis wie Angehörige eines wirklichen Staates, sondern nur einen Personalausweis. Wir sind Personal dieser Firma! Sie haben mir überhaupt nichts zu sagen. Sie sind auch nur Personal! Es gelten noch immer die Gesetze des Deutschen Reichs!"
„Aus welcher Anstalt ist denn der entflohen?", fragte ich amüsiert.
Der Kollege winkte ab. „Harmloser Spinner. Den haben wir jedes Quartal einmal im Haus. Ich glaube, diesmal hat er einen Gerichtsvollzieher, der Geld bei ihm eintreiben wollte, vom sogenannten Deutschen Polizeihilfswerk verhaften lassen."

„Einer von diesen beknackten Reichsbürgern?“, fragte ich. Von dieser Truppe hatte ich schon gehört. Die versuchten, der Öffentlichkeit zu erklären, dass der Staat, auf den sich die deutsche Staatsangehörigkeit bezieht, nach wie vor das Deutsche Reich als solches ist, haben aber kein Problem damit, alle Vorteile dieses Nicht-Staates für sich in Anspruch zu nehmen.
Der Kollege nickte. „Die wissen genau, wo Barthel den Most holt. Spinner eben. Schlimmer sind die, die den Leuten solchen Schwachsinn einreden. Aber die krieg' mal zu fassen. Sie verweisen auf ihr per Verfassung verbrieftes Recht auf Meinungsfreiheit. Ausgerechnet die auf die Verfassung! Nun ja, solange sie keine Häuser anbrennen oder Zuwanderer angreifen. Er winkte ab. „Demokratie ist eben manchmal Scheiße.“ Er lachte.
Ich verstand, was er meinte. Ich musste an das Sonnenblumenhaus in Evershagen denken. „Der Schoß ist fruchtbar noch, aus dem das kroch“, fiel mir eine Strophe von Bert Brecht ein.
Wir verabschiedeten uns. Ich bedankte mich noch einmal. „Kein Problem“, sagte der Kollege. „Halt' mich auf dem Laufenden. Ist damit dein Fall gelöst?“
„Schön wär's“, war meine Antwort. „Jetzt fängt er erst richtig an. Als Nächstes müssen wir nach seinem Bruder suchen. Der ist dringend tatverdächtig, wenn ich auch noch nicht weiß, wie die Fäden gesponnen sind.“
„Kennst du den Bruder?“
„Kennen ist zu viel gesagt. Er ist mir wahrscheinlich mal als Leiche entkommen oder hat mit mir eine Barockvase gerettet, jedenfalls einer von beiden.“
Der Kollege sah mich schräg von der Seite an. „Aha. Woher kommst du? Weimar? Ist euch der Schiller nicht auch abhanden gekommen? Oder war das sein Zwilling, der Goethe?“
Er spielte auf die Tatsache an, dass im Ergebnis einer aufwendigen Untersuchung herausgekommen war, dass die Gebeine im Schiller-Sarkophag in der berühmten Fürstengruft zu Weimar gar nicht dem toten Dichter, sondern einer völlig fremden Person gehörten. Ich intonierte die Melodie des Liedes „Das kann doch

einen Seemann nicht erschüttern". Aber darüber kann man wahrscheinlich nur in Weimar lachen, wenn man den Präsidenten der Klassik-Stiftung kennt.

Abends im Hotel rekapitulierte ich das Ergebnis meiner Rostockreise. Ich hatte zuvor noch einen gemütlichen Bummel über die Kröpeliner Straße gemacht, dem ersten Boulevard der DDR, der aber nicht Boulevard heißen durfte, sondern Erlebniszone genannt werden musste laut Sprachregelung für die Medien. Zweifelsfrei war der Tote in der Ilm jener Mann, der als Kind republikflüchtiger Eltern per Adoption vom Heinz Demmler zum Leo Maasrebe geworden war. Das belegte der Vergleich der Zähnen und die nachweisliche Blinddarmnarbe. Eine weitere markante Unterscheidung zu seinem Zwillingsbruder würden die Fingerabdrücke ergeben, denn die sind selbst bei eineiigen Zwillingen unterschiedlich. Das Problem war allerdings, dass wir den Bruder noch nicht ausfindig machen konnten, denn wenn aus Heinz Demmler ein Leo Maasrebe geworden ist, könnte der Bruder auch einen anderen Namen erhalten haben. Den Namen Demmler hatte Hans im Netz gesucht. Allein im Telefonbuch tauchte er 642 Mal auf. Da waren Recherchen bei der Stasi-Behörde in Berlin erforderlich. Die Genossen hatten akribisch über alles Buch geführt und manche „Adoption" vernebelt. Das sollte Astrid klären. Wahrscheinlich ließ sich dann auch das Motiv für den Mord finden. Ich war zuversichtlich, denn ich hielt das eine Ende des Fadens in der Hand. Wenn es nicht mehrere Fäden gab.

Ich verließ das Hotel am nächsten Morgen ohne Frühstück und fuhr zu den Kuttern nach Warnemünde. Ich schaffte es sogar, wenige Minuten nach sechs Uhr auf der Mole zu stehen, um den Sonnenaufgang zu beobachten wie damals, als ich mit Lilli den ersten gemeinsam Urlaub an der Küste verbrachte. Der Himmel war schon blutrot gefärbt. Zur gleichen Zeit, da die Färbung verblasste, tauchte am Horizont der eher wie ein riesiger Eidotter aussehender Rand der Sonne auf. Als sie zu etwa einem Drittel zu sehen war, schien es, als ob sich die Ränder über dem Wasser zusammenzogen. Gleich macht es flupp, hörte ich Lilli in Erinnerung an jenen

Morgen sagen. Tatsächlich schien die Sonne mit einem glucksenden Geräusch aus dem Wasser zu tauchen wie ein Korken, der für einen Moment untergetaucht worden war. Jetzt schwebte sie dicht über dem Meer, ein großer roter Feuerball, der schnell in ein kräftiges Gelb wechselte. Ich dachte sehr an Lilli.
Ein Blick auf die Uhr sagte mir, dass ich mich beeilen musste, wenn ich bis Mittag wieder in Weimar sein wollte. Schnell kaufte ich mir ein Fischbrötchen auf die Hand. Es knackte herrlich, als ich hineinbiss. Eine Handvoll frische Sprotten und ein schönes Stück frisch geräucherten Aal ließ ich mir einpacken. Dann sputete ich mich. Mein Auto hatte ich am Bahnhof abgestellt. Nach Hause! Der Duft des geräucherten Fisches erfüllte das Innere des Wagens. Ein Stück Ostsee fuhr mit.

Astrid war es gelungen, mit Unterstützung von Staatsanwalt Herlinger Zugang zu den in Berlin lagernden Akten der Stasi-Behörde zu bekommen. Ich hätte mitfahren und bei der Gelegenheit die einstigen Kollegen aufsuchen können, aber ich entschied mich, in Weimar zu bleiben, um Astrid in ihren Ermittlungen nicht zu beeinflussen oder den Gedanken bei ihr aufkommen zu lassen, dass ich wieder zum hauptstädtisch erfahrenen Vorgesetzten mutierte. Ehrlich gesagt, so sehr zog es mich gar nicht in die alte Dienststelle. Das Gefühl kannte ich schon in einem anderen Zusammenhang. Es war mir immer sehr gut gegangen zu Hause. Da ich Vaters permanente Vorhaltungen und Belehrungen kannte, seit ich denken konnte, war das eben so. Er hat mich ja nie disziplinieren wollen, wie das unser Nachbar Johann Sebastian Bach mit seinen sieben Söhnen, mitunter sogar begleitet von körperlicher Ertüchtigung, wie er seine gelegentlichen Handgreiflichkeiten euphemistisch nannte, praktizierte.
Ich hatte eine schöne Kindheit. Aber als ich zum Studium nach Berlin ging, spürte ich keine besondere Sehnsucht nach Weimar. Verdunstungskälte, sagte Lilli, als ich ihr davon erzählte.
„Wie das?“, fragte ich.

„Wenn man eine Flasche Wodka mit einem nassen Tuch umwickelt und in die Sonne stellt, wird der Schnaps kalt", erklärte mir Lilli.
„Aha? Und was hat das mit meinen Eltern zu tun?"
„Die Feuchtigkeit verdunstet. Für den Wechsel von flüssig zu gasförmig wird Wärmeenergie gebraucht. Dieser Vorgang entzieht der Flasche Wärme und kühlt den Schnaps", erklärte Lilli.
Irgendwo im Hinterstübchen meldete sich die Erinnerung an den Physikunterricht. „Weil ich zu Hause abgedampft bin, entwickelte sich ein Kühleffekt?"
Ob das mit der Verdunstungskälte stimmte oder nicht, konnte ich nicht bejahen und nicht verneinen. Jedenfalls hatte ich das rational nicht zu erklärende Gefühl, Berlin könnte plötzlich eine Enttäuschung werden. So etwas ist mir, erinnerte ich mich plötzlich, auch früher schon einmal passiert, als ich noch ein Kind war, also noch weit vor meinem Weggang aus Weimar und der Entfernung von meinen Eltern. Ich bin in den Ferien stets und gern bei meinen Großeltern gewesen, die in einem kleinen Dorf nahe Weimar lebten. An diese Zeit erinnerte ich mich später gern, denn Großvater, den ich sehr liebte, war das ganze Gegenteil meines strengen Vaters. Mit ihm bin ich viel durch die Wälder und Felder gewandert. Er hat mir die Heilkräuter erklärt und gezeigt, wo die Eidechsen leben, und mir beigebracht, welche Melodien die Vögel zwitschern. Das war immer spannend mit ihm. Großmutter hat mich häufig in ihre Arme genommen. Zwar fürchtete ich manchmal, in ihrem mächtigen Busen zu ersticken, aber ihre körperliche Wärme habe ich sehr genossen. Als ich aber später, viele Jahre später, noch einmal in das Dorf gefahren bin, um ein bisschen Kindheit nachzutanken, lebten die beiden Alten schon lange nicht mehr. Ich fühlte mich fremd in dem Ort. Er passte nicht zu meinen Erinnerungen. Die Häuser der Kindheit sind eben viel größer. Ich hätte nicht sagen können, dass mich etwas an dem Dorf besonders anginge. Es war mir fremder geworden als jedes Dorf, in dem ich zufällig zu tun hatte.
Ich fuhr nicht mit nach Berlin, weil ich mir eine Enttäuschung ersparen wollte. Das war gewiss unsinnig, aber es war so. Hatte mich die gemütliche Provinz schon eingeholt?

Das Ergebnis von Astrids Reise brachte uns wesentlich weiter. Zunächst hatte sie Akteneinsicht in der Stasi-Behörde nehmen können. Das Ehepaar Demmler war 1973 über Ungarn in die Bundesrepublik Deutschland geflüchtet. Ihre beiden Söhne, die Zwillinge Heinz und Friedrich hatten sie bei den Großeltern zurückgelassen. Aber die galten als politisch indifferente Bürger, wie die Unterlagen auswiesen. Offiziell hieß es, sie seien zu alt, um die Kinder zu sozialistischen Persönlichkeiten erziehen zu können. Heinz und Friedrich wurden ohne Rücksicht darauf, dass sie Zwillinge waren, getrennt und kamen zunächst in zwei verschiedene Heime. Von dort aus wurden sie an Pflegeeltern vermittelt. Heinz kam zu einer Familie Maasrebe in Rostock, die ihren Sohn Leo wenige Monate vorher durch eine Krankheit verloren hatten. Deshalb gaben sie dem Heimkind seinen Namen. Eine offizielle Urkunde über die Adoption existierte allerdings nicht. Der Vorgang musste auf einer ganz anderen Ebene abgewickelt worden sein. Genosse Maasrebe galt als wichtiger Kader. Das neue Kind wurde anstelle des verstorbenen ins Bettchen gelegt. Nicht einmal die Nachbarn erfuhren von diesem Austausch.

„Laut Unterlagen", sagte Astrid, „war die Ehe der Maasrebes zu diesem Zeitpunkt schon gefährdet. Vielleicht sind sie mit dem Verlust ihres eigenen Kindes nicht klargekommen."

„Gut möglich", sagte ich. „Weiß man, wie oder woran das Kind gestorben ist?"

„Das ist ja das Seltsame", sagte Astrid. „Dazu steht nichts in den Akten. Es gibt nur eine vage Andeutung, wonach der Vater bereits von dem Kleinkind soldatischen Gehorsam verlangt haben soll. So ein Würmchen, lautet die Aussage einer Nachbarin hinter vorgehaltener Hand, das schreit schon mal außer der Reihe. Kinder schlagen! Feiner Genosse, der."

„Ich glaube", sagte Astrid, „die Eltern haben versucht, ihre Ehe mittels des auf dem Parteiweg besorgten Kindes zu retten, ohne zu begreifen, dass sie ihre kaputte Beziehung an dem Kind abarbeiteten. Das spürt ein Kind, wenn es auch dieses Unwohlsein nicht benennen kann. Leo muss ein sehr widerspenstiger Bursche geworden sein.

Die Schule hat er mit Ach und Krach geschafft, zweimal sitzengeblieben. Da war an eine Laufbahn, wie sie dem Vater vorschwebte, nicht mehr zu denken. Erstaunlicherweise hat ihm sein Lehrmeister auf der Werft, wo er eine Lehre als Schweißer absolvierte, ein gutes Zeugnis ausgestellt. Durchaus möglich, dass der besser wusste als der Vater, wie mit dem Jungen umzugehen ist. Leo hat seine Lehre mit guten Noten in den meisten Fächern abgeschlossen."

„Aber nicht in allen?" Ich ahnte die Antwort.

„In Staatsbürgerkunde, wie man das damals nannte, hatte er mit Rücksicht auf das Ansehen seines Vaters eine geschmeichelte Vier."

Trotz dieser guten Lehrzeit wurde Leo zu einem sogenannten Problemfall. Sein Lehrmeister ging in Rente. Der junge Schweißer sollte in einem sozialistischen Kollektiv zu einem guten Staatsbürger geformt werden. Das Gegenteil war die Folge.

„Je mehr man sich bemühte, den Halbwüchsigen zu einer sozialistischen Arbeiterpersönlichkeit zu erziehen, desto weiter rutschte er ab. Er trank. Er schwänzte die Arbeit. Er bestahl Kollegen. Sein Vater schmiss ihn aus der Wohnung." Astrid ergriff sichtlich die Partei von Leo Maasrebe. „Der musste doch in der Kriminalität landen!"

„Und nun ist er tot", konstatierte ich.

„Und wir wissen nicht, warum. Wir wissen auch nicht, wer ihn umgebracht hat." Astrid hätte mit dem, was sie über Leo Maasrebe beziehungsweise den einstigen Heinz Demmler herausgefunden hat, zufrieden sein können. Sie war es aber nicht. Ich auch nicht. Wir spürten, dass es immer nur Bruchstücke waren, die kein ganzes Bild ergaben, weil wir bisher noch keine Ahnung hatten, wie dieses Puzzle am Ende aussehen sollte.

Ich bat Elke und Hans zu mir. „Wir müssen uns die Wohnung von Leo Maasrebe noch einmal vornehmen. Das machst du mit deinen Spezialisten, Elke. Dreht jedes Blatt Papier um, untersucht jedes der wenigen Bücher, die er hatte. Klopft Wände und Dielen ab. Wir haben etwas übersehen, eine Winzigkeit vielleicht, aber eine entscheidende. Befragt die Nachbarn noch einmal. Mit Pause rede ich selber. Die Tage im Wasserstrudel haben sicherlich die meisten

Spuren abgewaschen. Aber vielleicht doch nicht alle. Eine fremde DNA unter den Fingernägeln oder so. Da muss etwas sein!" Ich klang, als wollte ich mir selber Mut machen.

Da sagte Hans: „Chef, ich will ja nicht schon wieder ein Kaninchen aus dem Hut zaubern, aber es gibt in Berlin so einen Kunst- und Antiquitätenhändler, ich würde eher sagen Kunst und Krempel. Ich habe den Namen gegoogelt und bin fündig geworden."

„Friedrich Demmler", ergänzte Astrid zu meiner Verblüffung. „Alexanderstraße. Der Zwillingsbruder. Du hast bisher nur den ersten Teil meines Berichts gehört, Ekke."

Ich fühlte mich wie ein Fußballspieler auf der Reservebank, der unbedingt aufs Feld wollte, aber der Trainer war mit der Leistung seiner Elf zufrieden und dachte nicht an Auswechseln.

Nun erfuhr ich den zweiten Teil der Geschichte von Astrid und Hans. Friedrich Demmler hatte es besser getroffen als sein Bruder. Zwar wurde auch er in eine fremde Familie abgegeben, hatte aber bei seinen Pflegeeltern nichts auszustehen. Im Gegenteil, die beiden verwöhnten den Jungen, so gut sie nur konnten. Freilich weckten sie damit auch Begehrlichkeiten, die sie nicht mehr erfüllen konnten. Friedrich war ein pfiffiges Kerlchen. Er half seinen Pflegeeltern, die eine kleine Buchhandlung mit Antiquariat besaßen, im Geschäft. Schnell fand er heraus, wie man einen alten Druck mit ein paar Wasserflecken, verschiedenen Chemikalien und künstlichen Rostflecken zu einem Originalstich fälschen konnte. Dann machte man vor die zweistellige Summe, die der alte Herr auf der Rückseite vermerkt hatte, noch eine kleine Eins oder Zwei und drehte dieses nunmehr als original deklariertes Kunstwerk einem weniger kundigen Käufer als einmaliges Schnäppchen an. Flugs waren ein Hunderter oder zwei extra in der eigenen Tasche verschwunden.

„Und das hat funktioniert?", wollte Elke wissen.

„Hat es", bestätigte Astrid. „Bis eine unangemeldete Tiefenprüfung des Finanzamtes den Schwindel aufdeckte. Der Vater hat sein ganzes Erspartes zusammengenommen und zusätzlich den Laden verkauft, um die aufgelaufenen Steuerschulden begleichen zu können. Aber er hat den Sohn nicht angezeigt."

Für die beiden Alten war das ein schwerer Schlag. Sie starben bald darauf – wie man so etwas nennt: an gebrochenem Herzen. Heinz hat nach der Wende selbst ein Geschäft aufgemacht, Kunst und Krempel eben in der Alexanderstraße.
„Hat er vielleicht dort seinen alten Trick perfektioniert?", wollte ich wissen.
Astrid schüttelte den Kopf. „Es gibt laut Auskunft des Finanzamtes in ganz Berlin wahrscheinlich keinen seriöseren Antiquar als Friedrich Demmler. Das machte ihn mir verdächtig. Die Kollegen in Berlin sind der Ansicht, dass er den Laden als Schutzschild für ganz andere, einträglichere Geschäfte benutzt. Aber sie wissen nicht, was er macht. Er lebt auch nicht sonderlich über seine Verhältnisse. Er ist ein freundlicher Buchhändler mit einer etwas schäbigen Baskenmütze, Ärmelschonern und ziemlich ausgetretenen Schuhen. Er fährt ein fast zehn Jahre altes Auto und wohnt in einer kleinen Stube hinter seinem Laden. Es liegt nichts gegen ihn vor. Von einem Zwillingsbruder wussten die Berliner Kollegen übrigens nichts."
„Aber er", sagte Hans.
„Ich denke", sagte ich, „die sind im frühesten Kindesalter voneinander getrennt worden? Die wussten doch gar nichts voneinander."
„Ich habe mich bei der Telekom erkundigt. Normalerweise kommt man an diese alten Daten nicht heran. Aber ich kenne da eine. Die war mir noch einen Gefallen schuldig. Jedenfalls, vor sechs Jahren, da lebte Maasrebe noch in Rostock, bekam er einen Anruf aus Berlin. Firma Kunst und Krempel." Hans legte mir den Verbindungsnachweis auf den Tisch.
„Nein!", entfuhr es mir. Hans genoss seine Rolle. „Das Seltsame ist, es handelt sich um das einzige Mal, dass die beiden miteinander telefoniert haben. Vier Jahre später ist Leo nach einer zweijährigen Haftstrafe aus der JVA Bützow entlassen worden und kurz darauf nach Weimar umgezogen. Man könnte annehmen, dass Friedrich den Kontakt dadurch verloren…"
„…oder ihn auf eine uns bisher unbekannte Weise weiter gepflegt hat", schlussfolgerte ich.

Hans wiederholte wie mein Echo: „...oder auf eine uns bisher unbekannte Weise gepflegt hat." Es war eigentlich sein Satz. „Rechnen wir mal: Im Jahre 2002 ein telefonischer Kontakt von Friedrich Demmler zu Leo Maasrebe. Mitte 2004 zieht Maasrebe in die JVA Bützow ein. September 2004 brennt die Bibliothek. Es muss also Demmler gewesen sein, der zu diesem Zeitpunkt in Weimar war und mit dir die Vase aus der brennenden Bibliothek geholt hat. 2006 wird Leo Maasrebe entlassen. Noch im selben Jahr zieht er nach Weimar um. Den Grund dafür kennen wir nicht. 2008 finden wir seine Leiche in der Ilm. Wo ist Friedrich Demmler die ganze Zeit? Ein friedfertiger Antiquar in Berlin, der brav seine Steuern zahlt."
„Gut", schloss ich die Besprechung ab. „Dann sehen wir uns den netten Herrn Demmler doch mal an. Wir bitten ihn zur Klärung eines Sachverhalts zu uns zu kommen. Ich will den Berlinern nicht durch eine vielleicht voreilige Verhaftung, für die wir im Übrigen gar keine Handhabe hätten, in die Quere kommen. Informieren müssen wir sie trotzdem, denn wir wollen nicht im fremden Revier wildern. Wir wissen also, dass er Leo Maasrebes Bruder ist und wir wissen, dass er ihn vor sechs Jahren einmal angerufen hat. Dass Leo Maasrebe", korrigierte ich mich, „vor sechs Jahren von dem Anschluss dieses Berliner Antiquariats angerufen wurde."
Nun hatten wir zwei Fadenenden in der Hand. Aber war es derselbe Faden? Ein dickes Knäuel lag noch vor uns, das entwirrt werden musste.

Kurz vor Dienstschluss kam Lilli. Ich freute mich, sie den Kollegen vorstellen zu können und sie hörte das Lob über ihren Einstandskuchen gern. „Den nächsten backe ich, wenn er seinen Ausstand gibt."
Das gab verdutzte Gesichter. „Wieso Ausstand?", fragte Hans. Da erst merkte er, dass Lilli nur Spaß gemacht hatte. Später sagten sie mir, ich hätte eine sehr sympathische Frau. Aber da sagten sie mir nichts Neues

Lilli hatte mich abgeholt, weil wir eine Hose für mich kaufen wollten. Das heißt, Lilli wollte, dass ich mir eine neue Hose kaufte. Dabei hatte ich doch schon eine! Ich ergab mich in mein Schicksal. Nach vier Geschäften mit Aussuchen, Anprobieren und Weitergehen kehrten wir in den ersten Laden zurück. Die Hose wurde ein Pullover. Hatte ich aber auch schon einen.

Auf dem Heimweg fragte sie mich: „Sag mal, hast du Rolf irgendwie verletzt?"

„Ich? Wie denn das?" Mir fiel meine deplatzierte Bemerkung über den Wein in unserem Keller ein, den er nicht wegtrinken sollte.

„Ich habe ihn heute gefragt, wann er mal wieder bei uns vorbeikommt und er hat gesagt, dass er die Woche keine Zeit habe. Dein Mann, hat er schließlich gesagt, weil ich ihn erstaunt ansah, hat wohl Angst, dass ich ihm den gesamten Rotweinbestand wegtrinke."

„Das war doch nur Spaß!", verteidigte ich mich nicht ganz aufrichtig.

„Er hat es für ernst genommen, Ekke. Da musst du wohl die falsche Tonlage erwischt haben. Oder bist du eifersüchtig, weil er mir ein bisschen den Hof macht?"

„Quatsch!", widersprach ich. Aber: „Ja, ich habe es ernst gemeint. Er trinkt den Rotwein nicht, er säuft ihn neuerdings", machte ich mich steif. „Wenn die beiden zusammen saßen", sagte ich und Lilli wusste, wen ich neben Rolf meinte, „da haben sie zwar auch eine ganze Flasche leer gemacht, aber irgendwie, na, wie soll ich sagen, irgendwie mit Stil. Rolf kippt den Wein einfach runter. Ich will ja nicht behaupten, dass er..."

Ich wollte sagen: Dass er säuft; aber den Satz sprach ich lieber nicht zu Ende. Ich wollte es nicht über Rolf sagen. Es wäre respektlos gewesen. Das hatte er nicht verdient.

„Und warum säuft er, wie du meinst?" Lilli hatte das nicht gesprochene Wort durchaus verstanden. Ihre Stimme lag um eine halbe Oktave höher.

Ich wollte mich nicht streiten. „War blöd von mir", räumte ich ein. „Lade ihn zum Wochenende ein."

„Wochenende ist gut", erklärte sich Lilli einverstanden. „Aber *du* lädst ihn ein."

Ich gab mich endgültig geschlagen. „Ich lade ihn ein. Aber nur, wenn du Thüringer Klöße und Sauerbraten machst."
„In Fachkreisen nennt man so etwas Nötigung. Strafgesetzbuch Paragraf 240, Absatz eins bis drei. Ich kenne mich aus."
„Irgendwann verhaue ich dir noch mal den Hintern wegen mangelnder Subordination gegenüber Vorgesetzten", sagte ich und war froh, dass die kleine Verstimmung nicht angehalten hatte.
„Vorgesetzter ist Amtsanmaßung! Strafgesetzbuch Paragraf 132. Ich bin mit einem studierten Juristen und praktizierenden Bullen verheiratet. Ich weiß Bescheid, mein Lieber" Sie lachte mich aus. „Rouladen, nicht Sauerbraten."
Was soll man mit so einer Frau machen?

Friedrich Demmler hätte, wenn er etwas schlanker gewesen wäre, von Spitzweg gemalt sein können. Er war sauber, aber ärmlich gekleidet. Seine Stimme klang zurückhaltend, jedoch nicht unterwürfig. Früher hätte man gesagt: höflich. Ein Wort, das leider etwas aus der Mode gekommen ist.
Gedanklich verglich ich den etwas schüchtern wirkenden Antiquar aus Berlin mit dem Mann, der wenige Tage zuvor polternd in mein Büro gekommen war, um sich über die Veröffentlichung seines Fotos in der Zeitung zu beschweren. Ich wusste ja, dass es sich um Zwillinge handelte, aber es fiel mir schwer, den einen für den anderen zu halten. Während Leo Maasrebe ziemlich polternd dahergekommen war, gab sich Friedrich Demmler ziemlich devot, fast schüchtern. Nun gut, sagte ich mir, die beiden haben sehr unterschiedliche Entwicklungen genommen, sind oder waren in verschiedenen Lebensbereichen zu Hause, deutliche Ähnlichkeiten in den Gesichtszügen und in der Statur waren zwar zu erkennen, aber ansonsten unterschieden sie sich in Habitus, Sprechweise und Auftreten erkennbar.
Leo Maasrebe war zweifelsfrei tot. Dieser Herr Demmler aus Berlin könnte unsere entlaufene Leiche vom Zeughof gewesen sein, doch die uns bekannten Fakten ergaben kein klares Bild.

„Herr Demmler, ich bedanke mich, dass Sie unserer Einladung gefolgt sind", begann ich das Gespräch. „Dies ist im Übrigen kein Verhör, sondern bestenfalls eine Befragung zu einem Sachverhalt. Wir brauchen Ihre Hilfe, um einen Mordfall aufzuklären." Ich gab mir Mühe, möglichst freundlich zu erscheinen. Er sollte keinen Verdacht schöpfen, dass wir ihn mit dem Tod seines Bruders in Verbindung sahen. Vielleicht war er sogar selbst der Mörder.
Er lächelte fein. „Ich bitte Sie, die Polizei. Ich hoffe, ich kann Ihnen behilflich sein."
„Sind Sie einverstanden, wenn wir das Gespräch aufzeichnen?", fragte Astrid, die ich gebeten hatte, mir zur Seite zu stehen. Während ich Demmler befragen wollte, sollte sie ihn genau beobachten und seine Reaktionen analysieren.
„Aber ja doch, Sie brauchen es schließlich für Ihr Protokoll. Ich habe nichts zu verbergen. Fragen Sie mich. Ach, dürfte ich Sie um ein Glas Wasser bitten? Die lange Reise von Berlin, Sie verstehen?"
„Oder Kaffee?", fragte Astrid.
„Nein, nein, machen Sie sich keine Umstände. Ein Glas Wasser tut es. Wissen Sie, wenn man sein ganzes Leben zwischen trockenen Büchern verbringt, muss man täglich ein bis zwei Liter Wasser zu sich nehmen. Aber auch sonst, wenn ich Ihnen das empfehlen darf. Der Körper trocknet schneller aus, als einem lieb ist. Die Nieren, Sie verstehen?"
Wir verstanden. Astrid goss ihm Selterswasser in ein Glas. Er nippte daran und bedankte sich mit einem freundlichen Lächeln. „Zu gütig."
Der verarscht uns, dachte ich grimmig, ließ mir aber nichts anmerken und blieb bei meinem verbindlichen Gesprächston. Der mimt uns den netten Bücherwurm und ist vielleicht ein eiskalter Mörder, ging es mir durch den Kopf. Kain, wo ist dein Bruder Abel? Ich tat, als wäre ich von seiner Nettigkeit berührt. „Herr Demmler, Sie haben einen Bruder, einen Zwillingsbruder."
Er hätte jetzt eigentlich erstaunt sein müssen über unser Wissen, doch in seinem Gesicht stand nichts als Traurigkeit. „Ach Gott, ja, der arme Heinz. Was haben die aus ihm gemacht! Ich glaube, diese

Maasrebes haben ihm sogar den Vornamen weggenommen und ihn Leo geheißen.“
„Leo Maasrebe gibt es nicht mehr“, sagte Astrid.
Da hellten sich seine Gesichtszüge plötzlich auf. „Oh!“, sagte er. „Dann hat er meinen Rat befolgt? Das sollte mich aber freuen. Der Heinz. Vielleicht schafft er es doch noch, auf einen guten Weg zu kommen. Sie kennen ihn? Wie geht es meinem Bruder?“
„Welchen Rat?“, wollte ich wissen, ohne seine Frage zu beantworten.
„Nun, ich habe durch Zufall vor ein paar Jahren erfahren, wo er lebt und welchen Namen sie ihm gegeben haben. Da habe ich ihn angerufen, weil ich mich mit ihm treffen wollte. Verstehen Sie, nach fast vierzig Jahren finde ich meinen Bruder wieder! Ich habe ihm sogar vorgeschlagen, zu mir nach Berlin zu kommen. Und er solle doch seinen richtigen Namen wieder annehmen. Können Sie sich vorstellen, wie sehr ich mich gefreut habe? Unsere Eltern damals – nun ja, ich kann verstehen, dass sie dieses Land verlassen wollten. Aber sie hatten zwei Kinder, zwei kleine Kinder.“
Astrid blickte kurz in meine Richtung. Ich sah, dass sie sich ebenso wenig beirren ließ wie ich. „Was hat er gesagt zu Ihrem Vorschlag, nach Berlin zu kommen und seinen eigentlichen Namen wieder anzunehmen?“, setzte ich nach.
Der Mann sah uns treuherzig an. Sein Gesicht drückte Traurigkeit und Verdruss aus. „Er hat, wenn Sie das unanständige Wort gestatten, aber genau das hat er gesagt, er hat gesagt, ich könne ihn mal am – Arsche lecken. Sagt man das zu seinem Bruder nach so vielen Jahren? Ich meine, wir sind Zwillinge und haben uns das letzte Mal gesehen, als wir noch ganz klein waren. Ich habe immer wieder versucht, mich gedanklich in diese Zeit zurückzuversetzen in der Hoffnung, irgendwelche Bilder der Erinnerung aufzurufen. Aber da war nichts. Nur dieses unbestimmte Gefühl, dass mir jemand oder etwas fehlte. Erst als ich ihn sah, von Angesicht zu Angesicht sah, konnte ich mir dieses unerklärliche Gefühl erklären. Wissen Sie, der Vergleich klingt wahrscheinlich sehr abwegig, aber genau so war es: Ich hatte ein halbes Leben nur mit einem Arm gelebt und treffe dann zufällig auf einen, der den anderen Arm hat. Das klingt

verrückt, ja?“ Doch dann hellten sich seine Gesichtszüge wieder auf. „Wenigstens das hat er gemacht, der Heinz. Wenigstens das.“
„Was?“, fragte ich.
„Nun, seinen eigentlichen Namen wieder angenommen. Sie haben doch gesagt, diesen Leo Maasrebe gibt es nicht mehr. Wissen Sie, wo sich mein Bruder aufhält? Unsere Wege haben sich nach dieser einen Begegnung wieder getrennt. Ich weiß nicht, wo er abgeblieben ist. Vielleicht sollte ich einen zweiten Versuch unternehmen, die Verbindung neu zu knüpfen. Er ist mein Bruder. Man muss ihn verstehen. Er hatte eben nicht so viel Glück im Leben gehabt wie ich.“ Er hielt kurz inne, als müsse er über etwas nachdenken. Dann meinte er: „Nun ja, Glück! Das sagt man so, wenn man nicht nur Pech gehabt hat im Leben. Man muss zufrieden sein, sonst frisst einen die Unzufriedenheit auf.“
„Er ist tot, Herr Demmler. Ihr Bruder ist vor wenigen Tagen in einem schlimmen Zustand aus der Ilm gefischt worden. Wir werden dann noch mit Ihnen in die Gerichtsmedizin fahren müssen, damit Sie ihn identifizieren können.“ Ich gab mir keine Mühe mehr, den netten Kommissar zu spielen. Der Mann redete mir zu viel. Wer so viel redet, will etwas verbergen, das nicht zur Sprache kommen soll. Das eben noch freundlich-devote Lächeln fiel wie eine Maske ab. Demmlers Gesicht drückte Überraschung und Unglaube aus. Mit fahrigen Händen langte der Mann nach dem Wasserglas und hätte den Inhalt fast verschüttet. Er trank zunächst hastig, dann mit langen Zügen das Glas leer und stellte es zurück auf den Tisch. Vermutlich wollte er Zeit gewinnen, um seine weitere Taktik zu bedenken. Einen Moment hielt er das Glas noch umfasst. Dann schüttelte er den Kopf, als könne er nicht glauben, was ich ihm soeben gesagt hatte. Er sah Astrid an, er sah mich an. Er hob die Hände und ließ sie wieder auf den Tisch fallen. „Wieso denn? Aus der Ilm? Warum hat er das getan?“
Ich ließ ihm ein wenig Zeit, um seine Mimik zu beobachten. Der Mann spielte uns etwas vor, nicht unbegabt, aber durchschaubar, wenn man wusste, was wir wussten oder doch wenigstens vermuten konnten.

„Herr Demmler, es war kein Selbstmord. Ihr Bruder ist das Opfer eines Gewaltverbrechens geworden."
Demmler sah uns fassungslos an. Plötzlich schlug er mit beiden Fäusten auf den Tisch, dass das leere Glas hüpfte. Dann stand er abrupt auf, ging zum Fenster, trommelte mit den flachen Händen auf die Fensterbank, drehte sich um. Hass, der blanke Hass war in seinem Gesicht zu lesen und sein Körper drückte Wut aus. „Das ist ihre Schuld!", schrie er mit einer Stimme, die man dem scheinbar schüchternen Mann nicht zugetraut hätte. „Das ist einzig und allein ihre Schuld! Das hätten sie nicht tun sollen."
Für einen Moment glaubte ich, er meine mich, aber er fuhr, nun fast mit tränenerstickter Stimme, fort: „Wie kann man zwei kleine Kinder allein lassen, nur weil man in einem angeblich besseren Land leben will? Erklären Sie mir das, Herr Kommissar! Erklären Sie mir das, junge Frau!" Hatte er tatsächlich Tränen in den Augen? Seine Stimme wurde dünn, fast unhörbar. „Früher oder später. Als ich damals mit ihm gesprochen habe… Vielleicht hätte ich mich einfach in den Zug setzen müssen, um nach Rostock zu fahren."
Dann, verunsichert: „Wieso eigentlich Weimar? Er war doch in Rostock zu Hause. Oder nicht?"
„Sie haben nur das eine Mal mit ihm telefoniert?" Ich ließ mich nicht beeindrucken von seinem Ausbruch. Lass ihn reden, dachte ich. Jetzt soll er reden.
„Ich hätte nach Rostock fahren müssen!", beharrte er, als hätte er meine Frage gar nicht gehört. „Wieso Weimar?", wiederholte er.
„Er ist von Rostock nach Weimar umgezogen. Haben Sie eine Ahnung, warum er das getan hat? Haben Sie nur das eine Mal mit ihm telefoniert?", wiederholte ich meine Frage.
Demmler schüttelte verneinend den Kopf. „Nein, ich weiß es nicht. Vielleicht hatte er es schon länger vor. Wir haben nicht darüber gesprochen, damals."
„Und später?"
Er schüttelte wieder verneinend den Kopf. „Es war nur ein einziges Telefonat. Es gab auch nur das eine Treffen.
„Worüber haben Sie denn gesprochen?", fragte ich.

„Ja, worüber? Dass er diesen komischen Namen hat. Dass er irgendwo auf der Werft arbeitet. Es ging ihm wohl finanziell nicht besonders gut."
„Wie kommen Sie darauf?", erkundigte ich mich.
„Er hat mich angepumpt. Er hat gesagt, so ein feiner Pinkel wie du, der hat doch Knete. Der kann doch seinem armen Bruder mal was rüberwachsen lassen."
„Sind Sie ein feiner Pinkel?"
Er starrte mich an. „Sehe ich so aus? Er hat gedacht, weil ich ein kleines Geschäft habe in Berlin, müsste ich ein feiner Pinkel sein. Ich hätte ihm gar nichts borgen können."
„Hätten Sie denn, wenn Sie es gekonnt hätten?", hakte ich nach.
„Entschuldigen Sie bitte, Herr Kommissar", widersetzte er sich meiner Frage. „Sie unterziehen mich der Mühe, mit dem Zug mehrere Stunden von Berlin nach Weimar zu fahren, die gleiche Strecke heute Nachmittag zurück. Sie sagen, es ginge um einen zu klärenden Sachverhalt. Dann erzählen Sie mir, dass mein Bruder gewaltsam zu Tode gekommen ist. Ist das ein Sachverhalt? Und nun interessieren Sie sich für meine finanziellen Verhältnisse und ob ich meinem Bruder Geld geliehen hätte, wenn ich dazu in der Lage gewesen wäre? Also schön, ich hätte ihm nichts gegeben, denn er hat gesagt, ich solle ihn am Arsche lecken." Diesmal machte er keine Pause vor dem Wort. In seiner Stimme schwang auch nichts von Bescheidenheit oder Demut mit. Der Bursche stinkt, davon war ich überzeugt. Er glaubt, dass wir ihm nur dieses eine Telefonat nachweisen können, dessen Inhalt er uns nach seiner Lesart wiedergibt, denn sein Gesprächspartner kann nichts mehr sagen.
Wieder wechselte er die Tonart. „Umgebracht, sagen Sie?"
„Haben Sie eine bestimmte Vermutung, was den Täter betrifft?", erkundigte ich mich.
Demmler lehnte sich in seinem Stuhl zurück. „Vermutung? Nein. Eigentlich nicht. Woher auch."
„Und uneigentlich?"
„Herr Kommissar, er ist – er war mein Bruder. Wie auch immer. Als er mich wegen des Geldes angegangen ist, nun ja, ich hatte das Gefühl,

dass ihm jemand ganz mächtig im Nacken sitzt. Einer, der nicht viel Federlesens macht, wenn Sie verstehen, was ich meine. Hat er sich mit den falschen Leuten eingelassen? Ich weiß es nicht. Aber ich hatte schon den Eindruck, dass er in finanziellen Schwierigkeiten war."
„Wie viel wollte er denn haben?" Wenn Astrid die rechte Hand flach auf den Tisch legt, bedeutet das: Der Mann lügt. Das hatten wir abgesprochen. Astrid legte die rechte Hand flach auf den Tisch. Ich nickte.
„Weiß ich nicht mehr." Er machte irgendwelche fahrigen Bewegungen mit den Händen.
„Viel?", fragte ich unbeirrt.
„Ich weiß es nicht mehr!", beharrte er.
„Tausend Euro?"
„Kann sein."
Ich legte nach. „Mehr als tausend Euro?"
„Vielleicht."
„Zehntausend Euro." Meine Stimme klang scharf. Das war keine Frage mehr.
„Ja. Kann sein. Ja!", räumte er genervt ein. „Woher sollte ich die denn haben? Zehntausend Euro, das ist für unsereins ein Vermögen. Darüber können Sie nur lachen mit Ihrem Beamtengehalt. Ist mir schon klar. Ich bin froh, wenn mir das Finanzamt am Monatsende nicht den Laden dichtmacht. Der wollte tatsächlich zehntausend Euro von mir haben. Und ich dachte, ich hätte nach all den Jahren endlich meinen Bruder wiedergefunden. Verwandtschaft muss man haben, aber verfeindet muss man mit ihr sein, hat mal einer gesagt." Er machte eine wegwerfende Handbewegung. „Sonst noch etwas?" Das klang sehr von oben herab.
Wir schwiegen beide. Da wurde ihm wohl klar, dass er sich erheblich im Ton vergriffen hatte. Kleinlaut sagte er: „Darf ich ihn sehen?"
„Eine Frage noch." Ich tat, als sei das reine Routine, die zu jeder Einlassung gehört. „Wo waren Sie am 8. September 2008, einem Montag, zwischen zwanzig und dreiundzwanzig Uhr?"
„Ist das der Todeszeitpunkt?"
„Wo waren Sie um diese Zeit?"

Er lächelte milde. „Ich habe wie immer Punkt achtzehn Uhr meinen Laden in Berlin geschlossen, um ihn eine Stunde später für einen kleinen Lichtbildvortrag wieder zu öffnen. Es waren etwa zwanzig Leute da. Das alte Stadtschloss in zeitgenössischen Kupferstichen. Ich kann Ihnen die Liste der Teilnehmer gern zukommen lassen. Darf ich ihn jetzt sehen?"
Ich ging auf die Frage wieder nicht ein. „Herr Demmler, wo waren Sie am 2. September 2004?"
Er zögerte mir ein paar Sekunden zu lang, bevor er verunsichert antwortete: „Herr Kommissar, das liegt vier Jahre zurück. Wie soll ich mich ausgerechnet an diesen bestimmten Tag erinnern?"
„An diesem Tag brannte die Herzogin-Anna-Amalia-Bibliothek in Weimar", half ich ihm auf die Sprünge.
Da schien er sich wieder zu erinnern. „Oh Gott, ja! War das nicht furchtbar? Glauben Sie mir, da blutet einem alten Bücherwurm noch immer das Herz. Unvorstellbar, was der Weltkultur verlorengegangen ist, unwiederbringlich! Stimmt, das war im September 2004. Ich habe es im Fernsehen verfolgt."
„Sie waren nicht zufällig an diesem Tag in Weimar?", fragte ich scheinbar beiläufig. Aber er ließ sich nicht aus dem Takt bringen.
„Nein, Herr Hauptkommissar. Ich war mit Sicherheit nicht in Weimar, als die Bibliothek brannte. Wie ich gelesen habe, ist die Ursache nie ganz aufgeklärt worden. Seltsam, wo die Polizei doch sonst alles herausfindet." Das war nur mühsam kaschierter Hohn. Ich überlegte einen Moment, ob ich ihm das Foto mit der Vase vorlegen sollte. Aber das hätte nicht bewiesen, dass er der zweite Mann auf dem Bild war. Es hätte ja durchaus sein Bruder sein können. Ich wusste ja, dass es Leo Maasrebe nicht war, aber dieses Wissen behielt ich noch für mich. Allerdings fragte ich mich, wieso Maasrebe ein Zeitungsbild aufbewahrt haben soll, das nicht ihn, sondern seinen Bruder zeigte? Oder hat er es nicht aufbewahrt, sondern sein Bruder, der es mit einer ganz bestimmten Absicht in eine Schublade seines Zwillingsbruders verbracht hatte? „Wir überprüfen das, Herr Demmler. Sie sind ein gründlicher Mensch. Sie werden Ihre alten Kalender doch noch haben?"

„Aber gewiss. Ich kann keinen Schnipsel Papier wegwerfen, Berufskrankheit. Schon gar keinen Kalender oder dergleichen. Ich glaube, ich habe mindestens die letzten zwanzig Jahre lückenlos beisammen. Entschuldigen Sie bitte, dass ich auf die Uhr sehe", wechselte er wieder das Thema. „Ich will heute noch zurück nach Berlin. Morgen früh pünktlich um neun muss ich meinen Laden aufschließen. Könnte ja sein", sagte er fast heiter, „dass sich mal ein Kunde zu mir verläuft. Die Geschäfte gehen zurzeit nicht besonders gut. Und die Kundschaft nimmt einem Koofmich", fiel er ins Berlinerische, „unregelmäßige Öffnungszeiten übel. Sie haben gesagt, ich müsse meinen Bruder identifizieren?"
Ich nickte. „Vermutlich sind Sie der einzige Verwandte, den er noch hatte. Herr Demmler", sagte ich. „Damit ist unsere Befragung beendet. Ich danke Ihnen. Sie haben uns sehr geholfen. Die Liste Ihrer Vortragsgäste schicken Sie uns bitte umgehend zu. Reine Routine, aber wir müssen Ihr Alibi natürlich überprüfen. Und wenn möglich, auch den Kalender von 2004. Das heißt, ich werde einen meiner Kollegen in Berlin bitten, das zu übernehmen, dann haben Sie keine zusätzlichen Kosten." Er sollte keine Gelegenheit haben, noch irgendetwas zu manipulieren.
Er lächelte fein, ich würde sogar sagen: hinterhältig. „Natürlich können Sie meinen Kalender von 2004 einsehen. Auch alle anderen, wenn Sie es für erforderlich halten, Herr Kommissar."
„Hinterlassen Sie uns noch Ihre Bankverbindung, damit wir das Geld für Ihre Fahrkarte und den Verdienstausfall überweisen können. Jetzt bringe ich Sie zu Ihrem Bruder. Vielen Dank für Ihre Hilfe, Herr Demmler." Ich stand auf.
Er blickte mich verunsichert an und sein Gesichtsausdruck bedeutete: Welche Hilfe? Es ratterte in seinem Kopf. Das sah ich ihm an. Er wusste nicht, wie ich das gemeint hatte. Er wusste nicht, dass es nur ein Bluff war, mit dem ich ihn aus der Reserve locken wollte. Mit dem Mann war ich noch lange nicht fertig. Der hat eine Leiche unter den Brettern. Wahrscheinlich die Leiche seines Bruders. Aber ich hatte noch keine Ahnung, wie ich ihm das nachweisen konnte.

In der Gerichtsmedizin gab er sich gar nicht die Mühe, den trauernden Bruder zu spielen. Er sah nur kurz hin und nickte. „Ja, das ist er. Kann ich jetzt gehen? Mein Zug fährt in dreißig Minuten."
Ich brachte ihn zum Bahnhof. Ich wollte sehen, dass er auch wirklich einstieg. Der Zug rollte an. Demmler blickte kurz zu mir. Er lächelte milde. Oder boshaft? Wir sind noch nicht fertig miteinander, dachte ich vergnatzt. Wir hatten wenig aus ihm herausfragen können. Aber der Kerl stank zehn Meter gegen den Wind.

Wir sahen uns das Video vom Verhör zu viert an, fuhren manche Szene zurück, um sie ein zweites und drittes Mal zu betrachten, hielten das Bild an, regelten die Lautstärke rauf und runter. „Dieser Mann hat Dreck am Stecken", behauptete ich. Alle nickten. Elke sagte: „Hat er. Aber hat er seinen Bruder ermordet?"
Hans sagte: „Definitiv."
Ich wollte ihn schon zurechtweisen.
„Definitiv wissen wir es nicht", vollendete er augenzwinkernd den Satz. Da die anderen lachten, stimmte ich ein.
Elkes Frage war berechtigt. Wenn uns gut zwanzig Leute bestätigen können, dass Friedrich Demmler am Montag, den 8. September 2008, ab neunzehn Uhr einen Vortrag über das Berliner Stadtschloss in seinem Laden gehalten hat, kann er unmöglich zur gleichen Zeit in Weimar gewesen sein, um seinen Bruder zu ermorden.
„Dieses impertinente Grinsen!", sagte ich. „Er ist überzeugt, dass wir nichts gegen ihn in der Hand haben. Dieser Irrtum ist unser Vorteil."
„Sehr viel ist es wirklich nicht", warf Elke ein. „Aber gar nichts ist es auch nicht. Mit Geduld und Spucke fängt man jede Mucke, hat meine Oma gesagt."
Ich erinnerte mich an meinen Großvater. Er hat mich oft zum Angeln mitgenommen und mir eine kleine Angelrute geschenkt. Ich war mächtig stolz, wenn wir beide in aller Frühe zum See wanderten. Ich tat es Großvater gleich, bestückte den Haken mit einem Wurm und warf die Schnur aus. Es dauerte nicht lang, da tauchte der Schwimmer ab. Sofort zog ich die Rute an. Pose und Haken

sprangen aus dem Wasser – aber der Haken war leer. Das passierte mir noch zwei, drei Mal, bis Großvater sagte: „Du musst Geduld haben, Junge. Der Fisch probiert erst einmal nur, aber er muss den Haken schlucken. Warte, bis die Pose unter Wasser bleibt. Dann sitzt er fest. Dann hast du ihn.“ Der Schwimmer war erst einmal kurz abgetaucht. Friedrich Demmler, fühle dich ruhig sicher. Am anderen Ende der Angel sitzen wir.

„Machen wir weiter“, sagte ich.

Astrid ließ das Video weiterlaufen bis zu der Stelle, als er das erste Mal seine Rolle als netter Buchhändler vergaß.

„Ja. Kann sein. Ja! Woher sollte ich die denn haben? Zehntausend Euro, das ist für unsereins ein Vermögen. Darüber können Sie nur lachen mit Ihrem Beamtengehalt. Ist mir schon klar. Ich bin froh, wenn mir das Finanzamt am Monatsende nicht den Laden dichtmacht. Der wollte tatsächlich zehntausend Euro von mir haben. Und ich dachte, ich hätte nach all den Jahren endlich meinen Bruder wiedergefunden.“

Ich ließ anhalten. „Er reagiert allergisch auf die zehntausend Euro, als hätten wir ihn an einem neuralgischen Punkt getroffen.“

Hans nickte. „Aber der zweite Teil der Szene ist interessanter: Und ich dachte, ich hätte nach all den Jahren endlich meinen Bruder wiedergefunden. – Da schwingt etwas mit, eine alte Verletzung, ein Trauma vielleicht. Er kann sich zwar nicht bewusst erinnern an die kurze gemeinsame Zeit und die anschließende Trennung von seinem Bruder, *nota bene* Zwillingsbruder, aber im Unterbewusstsein muss das eine tiefe Wunde sein. Auch der Teufel hat eine schwache Stelle, wenn es um seine Großmutter geht. Nun findet er seinen Bruder wieder. Aber der freut sich nicht. Der sagt: Leck mich am Arsch.“

„Wäre das ein Mordmotiv? Verletzte Gefühle?“, fragte Astrid.

Das bezweifelten wir alle. „Außerdem“, sagte Elke, „war er am Tattag und zur Tatzeit weit weg in Berlin mit seinem Vortrag über das Stadtschloss. So dreist wird er nicht sein, uns ein falsches Alibi zu geben, das leicht zu überprüfen ist. So dumm schon gar nicht. Zwanzig Leute kann er nicht bestechen, eine Falschaussage zu machen.“

Wir gingen noch einmal auf die Stelle, als es aus ihm herausbrach, als er die Beherrschung verlor und schrie: „Das hätten sie nicht tun sollen. Wie kann man zwei kleine Kinder allein lassen, nur weil man in einem angeblich besseren Land leben will? Erklären Sie mir das, Herr Kommissar! Erklären Sie mir das, junge Frau!"
Hans zeigte mit dem Finger auf die Szene. „Das ist sein wunder Punkt. An der Stelle war er das einzige Mal ehrlich. Er hat das nie verwunden. Unterstellen wir mal, er wollte seinen Bruder tatsächlich wiederfinden. Es gelingt und er hat die Hoffnung – lass ihn sonst sein, wie er ist – wenigstens ein Stück Familie zurückzugewinnen. Nach allem, was wir wissen, muss das mit den Pflegeeltern auch nicht zum Besten gelaufen sein. Er hat sie doch ins Unglück gestürzt mit seinen Betrügereien. So hart verpackt kann doch keiner sein, dass er gänzlich auf Familie verzichten will. Aber dann lässt ihn Heinz alias Leo kalt stehen. Leck mich am Arsch! Wie würdet ihr reagieren?" Er sah uns prüfend an.
„Ich kann mir vorstellen, dass ihn Leo Maasrebe bös verletzt hat. Aus der unterschwelligen Sehnsucht, von mir aus auch Liebe zu seinem verloren geglaubten Bruder wird Hass. Wir wissen ja nicht, was sonst noch vorgefallen ist", gab Astrid zu bedenken.
Ich schüttelte verneinend den Kopf. „Das liegt sechs Jahre zurück."
„Sagt Demmler", stellte Hans nüchtern fest. „Übrigens, Chef", er vermied es noch immer, mich beim Vornamen zu nennen, „war ich bei Mischa und habe mir seine komplette Datei der Brand-Bilder auf den Stick gezogen. Ich bin noch dabei, sie systematisch durchzusehen. Vielleicht gibt es auch noch andere Fotos von Demmler. Maasrebe kann es ja wirklich nicht gewesen sein. Da hätte er sich in Bützow Urlaub nehmen müssen. Ich kann dir die, auf denen du zu sehen bist, gern ausdrucken. Das mit der Vase kennst du ja bereits."
Ich bedankte mich für das Angebot, kehrte aber wieder zum eigentlichen Thema zurück. Ist der nette Herr Demmler der Mörder seines Bruders Heinz alias Leo? Bis auf dieses eine Telefonat aus dem Jahre 2002 gibt es keine uns bisher bekannte Verbindung. Aber was will der Kleinkriminelle Maasrebe nach seiner Haftzeit in Weimar? Andererseits wissen wir nicht, was dem Antiquar Demmler

außer ein paar läppischen Fälschungen, das Stück zu hundert Euro, angelastet werden konnte. Auch das lag schon Jahre zurück. Er ist ein unsympathischer Zeitgenosse, ein Schleimer und ein Betrüger. So einen muss man bestimmt nicht mögen. Aber wollte ich alle unsympathischen Zeitgenossen unter Generalverdacht stellen, bliebe am Ende nur noch ein *mächtiges Häuflein* sympathischer Leute übrig.

Bin ich ungerecht? Bringt solche Denkweise der Beruf mit sich, weil man täglich mit Leuten zu tun hat, die Gesetze eher für ein Übel als für notwendig halten und nur die akzeptieren, von denen sie etwas profitieren? Solche wie dieser spinnerte Reichsdeutsche in Rostock, wenn der auch harmlos war. Ich erinnerte mich vage an eine Philosophievorlesung im Seminar Strafrecht über Immanuel Kant. Der sprach von einem natürlichen Hang des Menschen zum Bösen. Selbstsucht, Neid, Rache und die Widrigkeiten, die auf den Menschen einwirken, feiern in allen Gesellschaftsordnungen immer wieder fröhliche Urständ'. War es nicht ein fataler Irrtum, dass es in einer kommunistischen Gesellschaft keine Verbrechen mehr geben wird, weil der Mensch gut, der sozialistische es ohnehin ist?

„Was meinst du, Ekke?“, fragte Astrid.

Ich schreckte aus meinen Überlegungen auf. „Ja, ja. Was hast du gesagt? Entschuldige.“

„Sind wir überhaupt auf der richtigen Spur oder laufen wir Gefahr, uns an eine naheliegende Konstruktion zu halten, dabei aber wichtige andere Hinweise zu vernachlässigen?“

Da sagte ich den Satz, den ich erst in diesem Augenblick dachte und von dem ich selbst überrascht war: „Er hat seinen Bruder nicht getötet.“

Sie sahen mich verdutzt an. Ich konnte meine Behauptung nicht beweisen. „Er war es nicht. Über sieben Ecken hängt er in der Sache drin. Aber er war es nicht. Bauchgefühl. Ich weiß, das hat bei einer seriösen Ermittlung nichts zu suchen. Aber wer nichts im Bauch hat, hat auch nichts im Kopf. Lebensweisheit meines Großvaters.“

„Also alles auf Null.“ Hans ließ seine Unterlagen unwirsch auf den Tisch klatschen.

„Alles auf Null Komma eins. Die Pose ist erst ein Mal abgetaucht."
Damit konnten die anderen nichts anfangen, aber das war mir in diesem Moment egal. Ich wollte den Kollegen meine Sinneswandlung auch nicht erklären, noch nicht. Ich wusste ja selbst nicht, was mir da plötzlich eingefallen war.

Natürlich gab es Sauerbraten auf vogtländische Art, wie es Lilli von ihrer Großmutter gelernt hatte. Soßenlebkuchen, etwas Johannisbeermarmelade und geraspelte Zartbitterschokolade gehörten unbedingt dazu. Anstelle der thüringischen Klöße hatte sie sich sogar die Mühe gemacht, echte vogtländische, sogenannte Griengeniffte aus rohen Kartoffeln zu Klößen geformt, zwanzig Minuten ziehen lassen, nicht aufwellen, dampfend auf den Tisch bringen, wie sie ihre Großmutter immer zubereitet hatte.
Rolf war begeistert und ich küsste meine Frau schwungvoll auf den Mund. Bastienne und Bastian bekamen auch ein dickes Lob, denn sie hatten der Mama geholfen. Ich freute mich gleichermaßen über Rolf, der nicht so miesepetrig daherkam wie in den letzten Tagen. Es schmeckte ihm vorzüglich. Das sah man, das beteuerte er eins ums andere Mal. Natürlich - wie konnte es anders sein -zitierte er Goethe aus einem Brief an Charlotte von Stein vom 25. Mai 1780: „Ich dachte nicht, dass sie mir entgehen könnten, drum kam ich halb achte wieder wie die Tauben zum gewohnten Futter. In Ihrer Abwesenheit lass ich mir doch etwas Sauerbraten hohlen, und geb Ihnen dagegen eine gute Nacht. Adieu."
Wir lachten schallend, was Rolf irritierte. Ich glaube, man kann ihn nachts aus dem Tiefschlaf holen, ihm ein Stichwort zurufen und er weiß, was Goethe in diesem Zusammenhang gesagt hat. Goethe hatte schließlich zu allem etwas gesagt!
Das brachte mich wieder auf ein Thema, das wir schon einmal angesprochen hatten. „Was ist das eigentlich mit diesen Briefen aus Palermo?"
Rolfs Gesichtsausdruck veränderte sich schlagartig. „Es ist furchtbar. Es ist wirklich furchtbar. Diese zwölf Briefe waren der Wissenschaft bis August 2004 völlig unbekannt. Man wusste lediglich,

dass sie geschrieben worden waren, aber sie galten als verschollen. Und da findet doch ein junges Ehepaar, das ein abbruchreifes Haus geerbt hat, beim Entrümpeln im Dachgebälk diese Briefe. Das müsst ihr euch einmal vorstellen! Wir waren allesamt wie vom Donner gerührt, als die beiden jungen Leute bei uns anfragten, ob wir so etwas gebrauchen könnten. Ob wir originale Goethebriefe gebrauchen könnten!"

Wenn Rolf in Fahrt kam, war er kaum zu bremsen. Er war den Tränen nahe, als er erzählte, dass er diese Briefe in den Händen gehalten hatte. Dass er sie gelesen hatte. Mit Sebastian Kleinschmidt, dem Chefredakteur von „Sinn und Form", einer Literaturzeitschrift, war schon vereinbart worden, dass dort die Erstveröffentlichung mit Rolfs Kommentaren erscheinen sollte. „Wisst ihr, was das für mich bedeutet hätte? Ahnt ihr das?"

Wir wussten es nicht, aber es musste etwas ganz Großartiges sein, wenn Rolf uns so fragte.

„Ich bin nur ein kleiner, unbedeutender Goetheforscher", stapelte er tief und wehrte unseren Einwand generös ab. „Gut, man kennt mich vielleicht im engeren Zirkel, aber diese Briefe mit meinen Kommentaren versehen, versteht ihr, das wäre eine Weltsensation geworden. Ich, der vergessene Bücherwurm aus Weimar – und dann kennt mich die gesamte Fachwelt. Vielleicht hätte ich eine Professur bekommen. Vielleicht wäre ich in die Akademie berufen worden. Nur raus aus dieser beschissenen Bibliothek, wo Leute neuerdings das Sagen haben, die… Na, ich will nicht ungerecht sein. Die machen auch nur ihren Job, wo wir früher zur Arbeit gegangen sind." Er brach unvermittelt ab. „Und dann das!"

„Was?", fragte ich.

„Der Brand", sagte er mit dünner Stimme. „Weg. Alles Asche. Wir hatten noch nicht einmal angefangen, die zwölf Briefe zu scannen und zu sichern für meine Arbeit."

„Onkel Rolf", versuchte Lilli ihn zu trösten, „das ist doch schon Jahre her. Es ist furchtbar, gewiss, aber das sind bestimmt nicht die einzigen unwiederbringlichen Verluste. Schau mal, die Noten der Herzogin Anna Amalia zum Beispiel."

Er lächelte sanft. „Das ist lieb, dass du mich trösten willst, Lilli. Und dein Sauerbraten ist phänomenal. Aber ich bitte euch, Goethes Briefe aus Palermo gegen die meinetwegen ganz hübschen Liederchen der Herzogin.“ Er winkte ab. „Entschuldigt, dass ich euch die Sonntagsstimmung verdorben habe.“
„Unsinn“, widersprach ich ihm. „Hast du nicht. Wir trinken nachher einen guten Rotwein aus Vaters Altbeständen und rauchen eine Zigarre in der Bibliothek, wie ihr beide das früher immer gemacht habt. Ich erinnere mich gern daran. Komm, wir gehen nach oben.“
Lilli protestierte. „Was ist mit dem Nachtisch? Onkel Rolf, rote Grütze von Früchten aus eigener Ernte!“
Sein Gesicht hellte sich wieder auf. „Lilli, du bist eine Verführerin! Wenn du mal die Nase voll hast von diesem Ignoranten, was ich nur allzu gut verstehen könnte “, er schielte schelmisch zu mir und fuhr fort, „ich bin da!“
Lilli gab ihm einen Kuss auf die Wange. „Morgen? Da ist er in seiner komischen Dienststelle und rennt irgendwelchen ominösen Leichen hinterher, die ihm ständig entlaufen.“ Lachend ging sie in die Küche, um den Nachtisch zu holen. Rote Grütze!
Das Telefon klingelte. Ich las auf dem Display, dass es Hans war. „Leute, es ist Sonntag!“, sagte ich in den Raum hinein und nahm das Gespräch an.
Ohne Vorrede und Erklärung sagte er: „Du musst kommen, Chef. Sofort!“
„Es ist Sonntag“, versuchte ich zu protestieren.
„Du musst kommen, bitte.“ Dass er bitte sagte, irritierte mich. Es klang dringlicher als „sofort“.
Lilli kam ins Zimmer zurück. Sie sah das Telefon in meiner Hand, sie sah meinen Gesichtsausdruck. Wir sind lange genug miteinander verheiratet – Lilli wusste, was das bedeutete. „Ich hebe dir eine Schale auf.“
Da war ich bereits in der Tür.

Sie saßen zu dritt im Besprechungsraum. An einem Sonntag kurz nach Mittag. Was war passiert, das keinen Aufschub duldete?
„Unser netter Herr Demmler hat tatsächlich nur ein einziges Mal mit seinem Bruder telefoniert." Hans legte den Ausdruck der Telefonverbindungen des Antiquars für den fraglichen Zeitraum vor mich hin. Die Stelle war grün markiert.
„Sensationell!", sagte ich sarkastisch. „Und deswegen geht mir Lillis rote Grütze durch die Lappen?"
„Von seinem Apparat im Buchantiquariat", erklärte mir Hans trocken.
Da ging mir der berühmte Seifensieder auf. „Er hat einen weiteren Anschluss?" Das war eigentlich keine Frage mehr.
„Unser Friedrich nicht", spielte Hans seine Trümpfe genüsslich aus.
Da platzte mir der Kragen. „Hör mal, es ist Sonntag. Wir waren gerade beim Mittagessen und haben Besuch. Sagst du jetzt endlich, was Sache ist? Ich mag diese Kaninchenausdemhutzaubernnummer nicht!"
„Sei doch nicht gleich so gereizt, Ekke", versuchte Astrid zu vermitteln. Ich sah, wie Hans' Gesicht rot anlief. Aber das war mir egal.
„Die Berliner Kollegen haben ganze Arbeit geleistet", sagte Astrid an Hans' Stelle, um die Situation zu versachlichen. „Sie hatten ihn wohl schon lange unter Wind. Unsere Anfrage war nur noch der berühmte letzte Tropfen, der das Fass zum Überlaufen brachte. Sie haben seine Buchhandlung systematisch unter die Lupe genommen und sind dabei auf eine Visitenkarte gestoßen, die er bei irgendeiner Gelegenheit zwischen die ganzen alten Schwarten gesteckt und dann vergessen hat oder einfach nicht wegwerfen konnte, weil er nie auch nur ein Schnipselchen Papier wegwirft. Seine Worte. Doktor Friedrich von der Warnow, Privatdozent. Er hat eine Villa in Berlin-Dahlem, wo er sehr zurückgezogen lebt. Friedrich Demmler setzt sich jeden Freitag in sein halb verrostetes klappriges Auto, steigt in einer Tiefgarage in einen Mercedes 300 SL um, legt seine schäbigen Klamotten ab und kutschiert im feinsten englischen Tuch in seine Villa. Die ist von oben bis unten mit den teuersten Antiquitäten, Bildern, Büchern und Möbeln bestückt."

Astrid legte mir die Kopie der Visitenkarte des noblen Herrn vor, die die Berliner Kollegen per E-Mail geschickt hatten.
„Was hast du genau herausgefunden, Hans?“ Ich wollte ihn wieder ins Gespräch bringen. Natürlich hatte ich vorhin überreagiert. Aber er konnte einem manchmal auch ganz heftig auf die Nerven gehen mit seinem „Ich weiß etwas, was du nicht weißt“.
„Die Berliner haben ein Handy sichergestellt und mir die Verbindungen der letzten Jahre ausdrucken lassen. Darunter war eine Nummer, die sich zunächst nicht zuordnen ließ. Aber auch das ist inzwischen kein Problem mehr. Sie gehört einem Nachbarn von Leo Maasrebe, dem er erzählt hat, er bekäme keinen Handyvertrag, weil er bei der Schufa gemeldet ist.“
„So clever war Leo Maasrebe nicht“, warf Astrid ein. „Das hat ihm einer angeraten, der einen Coup lange geplant und gründlich durchgerechnet hat.“
„Sein feiner Herr Bruder“, setzte Elke den Gedanken fort. Dem konnten wir nur zustimmen.
„Aber warum?“, fragte ich in die Runde. „Was ist eigentlich mit Demmlers Kalender?“
„Friedrich Demmler war am 4. September 2004 nicht in Weimar. Aber ein Privatdozent Doktor Friedrich von der Warnow ist am Vortag im Hotel Elephant abgestiegen und am Tag nach dem Brand wieder abgereist. Das ist die Auskunft der Rezeption des Hotels.“ Hans legte eine Kopie des Anmeldeformulars auf den Tisch.
Trotz meines noch nicht ganz verrauchten Ärgers von vorhin musste ich Hans meinen Respekt zollen. „Gute Arbeit. Dann lassen wir uns den Herrn Baron doch mal kommen.“
„Er sitzt bereits in Untersuchungshaft in Berlin. Da er hier unter Mordverdacht steht, wird er uns morgen früh überstellt.“ Das hatte Astrid veranlasst.
Ich lehnte mich in meinem Stuhl zurück und betrachtete meine Kollegen, wobei ich jedem zunickte. „Ich hatte als Kind ein Kaleidoskop, so eine Röhre mit verschiedenfarbigen Glassplittern gefüllt. Jedes Mal, wenn ich das Gerät rüttelte und danach hindurchblickte, ergab sich ein anderes Bild. Wir haben eine Menge Fakten, Kolle-

gen. Wir haben noch nichts, was den Mord an Leo Maasrebe durch seinen Zwillingsbruder beweist, denn zur Tatzeit hielt er seinen Vortrag. Zwanzig Zeugen. Nichts zu machen."

„Lass den feinen Herrn erst einmal kommen. Sein Fehler ist, dass er sich für schlauer hält, als es die Polizei ist. Wer so dumm ist, macht Fehler. Früher oder später." Astrid war sehr zuversichtlich.

„Und wenn es nicht Zwillingen waren, sondern drei von der Sorte?", dachte Elke laut nach.

Ich hob schon entsetzt die Hände, aber da lachte sie. „Hans hat das recherchiert. Es gibt keinen dritten Maasrebe-Demmler. Kannst wieder durchatmen, Ekke."

Für einen Moment hatte ich wirklich die Luft angehalten. „Das wäre der Super-GAU gewesen! Gut", schloss ich die Besprechung ab. „Es ist Sonntag. Meine rote Grütze steht im Kühlschrank. Bis die Berliner Kollegen mit Friedrich Demmler alias Baron von der Warnow, Doktor und Privatdozent bei uns eintreffen, können wir eh nichts machen. Er ist ein Hochstapler, die fallen tief. Bis morgen, Kollegen. Schönen Restsonntag noch."

Ich wunderte mich, dass die Drei sitzen blieben.

Hans blickte zu Astrid, als wollte er bitten: Mach du das.

Mein Anpfiff hatte gewirkt. Hans zauberte sein Kaninchen elegant in ihren Hut.

„Seit einigen Monaten", sagte Astrid, „gibt es mehr oder weniger lange Gespräche, die der Baron mit einem Teilnehmer in Weimar geführt hat. Es ist nicht sein Bruder, auch nicht sein Nachbar. Außerdem er war vier Tage vor dem Mord an Leo Maasrebe in Weimar, als Baron standesgemäß abgestiegen im Hotel Elephant. Es ist davon auszugehen, dass er sich mit seinem Bruder getroffen hat, denn laut Gesprächsnachweis des Hotels hat er zwei Tage vor dem Mord bei Maasrebes Nachbar angerufen. Worum es in dem Gespräch ging, wusste der Nachbar nicht, aber er bestätigte, dass Leo Maasrebe danach sehr aufgeräumter Stimmung war."

Wieder ergab das Kaleidoskop ein anderes Bild

„Der andere, ich meine, den Demmler in Weimar mehrfach telefonisch kontaktiert hat, wer ist das?", wollte ich wissen.

„Es ist eine Dienstnummer. Wegen des Wochenendes konnte ich noch nicht genau herausfinden, um wen es sich dabei handelt."
Hans legte mir den Verbindungsnachweis vor und zeigte auf acht Nummern, die er blau markiert hatte. Sein Gesichtsausdruck verriet nichts Gutes.
Ich sah mir den Beleg an. Hans hätte mir auch mit der flachen Hand ins Gesicht schlagen können, so entsetzt war ich. Ich krächzte heiser: „Rolf. Doktor Rolf Winter, wissenschaftlicher Mitarbeiter an der Herzogin-Anna-Amalia-Bibliothek."
Die Kollegen begriffen mein Entsetzen nicht. Hans hatte das Telefonbuch schon in der Hand und fand die Privatadresse. „Dann aber nichts wie hin! Wenn er nicht schon über alle Berge ist."
„Er ist nicht zu Hause", sagte ich mit kratziger Stimme.
„Wo ist er? Du kennst ihn?" Astrid sah, wie mich die Nachricht getroffen hatte.
„Er sitzt bei mir zu Hause und wartet, dass ich mit ihm eine Zigarre rauche und in der Bibliothek eine Flasche Rotwein trinke, wie er das mit meinem Vater häufig zelebriert hat."
Hans blies die Luft hörbar aus, als hätte er sie mehrere Minuten angehalten. „Vater, die Scheune brennt." Er griff zum Telefon. „Ich schicke zwei Beamte."
Ich bat ihn, damit zu warten. „Er ist bei mir zu Hause. Wie soll ich den Kindern erklären, dass Onkel Rolf abgeführt wird?" Ich rief Lilli an und bat sie, Rolf auszurichten, dass es bei mir länger wird und dass wir die Zigarre später rauchen. Lass dir etwas einfallen, warum er nach Hause gehen soll."
Lilli fragte nicht. Sie hatte an meiner Stimme erkannt, dass sie einfach tun sollte, worum ich sie gebeten habe. „Geht in Ordnung, Schatz." Da sie einfach noch etwas Nettes sagen wollte, weil sie spürte, dass ich in keiner besonders guten Verfassung war, fügte sie hinzu: „Deine Grütze steht im Kühlschrank. Kannst sie ja heute Abend essen."
War Rolf das fehlende Glied in der Kette? „Es ist Sonntag, Kollegen. Geht nach Hause. Ich informiere den Haftrichter." Mir war übel.

Hans legte mir die Hand auf den rechten Arm. „Willst du raus aus dem Fall? Wir würden das verstehen." Auch die beiden anderen nickten.
„Wir schließen die Sache gemeinsam ab." Ich wäre mir feige vorgekommen, wenn ich quasi desertiert wäre. So viel Professionalität muss sein, dass ich meine privaten Befindlichkeiten unter Kontrolle halten konnte. Ich wusste, dass es mir schwerfallen würde, dem langjährigen Freund meines Vaters, der stets wie ein richtiger Onkel für mich gewesen ist, den meine Kinder liebten und den meine Frau mochte, ihm beim Verhör gegenüber zu sitzen.
Elke nickte mir zu. „Das finde ich auch, Ekke." Ich wusste, dass sie für die anderen Kollegen sprach. Das tat gut.
„Wir sehen uns morgen früh. Ich erledige das. Der Haftrichter wird sich freuen, wenn ich ihm den Sonntag verderbe", versuchte ich es mit einem Scherz.
Astrid bot sich an zu bleiben. Ich lehnte dankend ab. Hans legte mir noch einmal die Hand auf die Schulter. „Tut mir leid, Ekke." Als müsste er sich entschuldigen, dass er das mit Rolf herausgefunden hatte.
Als sie gegangen waren, zögerte ich noch einen Moment, den Haftrichter anzurufen. Ich dachte über meine Kollegen nach, deren Chef ich erst vor wenigen Tagen geworden war. Gute Truppe, sagte ich halblaut. Gute Truppe. Dann griff ich zum Telefon.

Lilli war entsetzt, als ich ihr sagte, was geschehen war. Sie weinte. Ich nahm sie in die Arme. Ich tröstete sie, indem ich sagte, dass wir bisher nur wussten, dass es zwischen dem verdächtigen Demmler, dem ermordeten Maasrebe und Rolf eine überraschende Verbindung gab, die mit dem Verbrechen gar nichts zu tun haben musste. Ich glaubte es selber nicht, aber ich wollte Lilli beruhigen.
Sie sah mich an. Ihre Wangen waren noch feucht von den Tränen.
„Kann das etwas mit den Goethebriefen zu tun haben?", fragte sie, um hinzuzufügen: „Armer Onkel Rolf."
„Kaum, Schatz. Die sind damals verbrannt. Nein, wir wissen noch nicht, wo sich die Wege kreuzen. Gehen wir ein bisschen", schlug ich Lilli vor. „Ich brauche etwas Luft."

„In den Park an die Ilm?"
„Eher nicht. Wir gehen ins Gehädrich. Der Park ist mir zurzeit etwas vergällt. Weimar hat genug andere schöne Ecken."
Lilli sagte den Nachbarn Bescheid und bat sie, für eine Stunde auf die Kinder aufzupassen. Die waren ohnehin mit deren beiden Enkelkindern beim Indianerspiel beschäftigt. „Könnt auch zwei Stunden weggehen!", rief uns Bastian hinterher.
Wir gingen die Helmholtzstraße hoch, bis sie in die Rainer-Maria-Rilke-Straße mündete, und hielten uns links in Richtung Klinikum. Ich hatte den Arm um Lillis Schulter gelegt. Sie schmiegte sich an meine Seite. Es tat gut, sie zu spüren. Aber wir sprachen nicht. Jeder war mit seinen Gedanken beschäftigt, die sich eigentlich um dasselbe Thema drehten: Rolf. Ich hatte keinen Sinn für die hübschen Vorgärten und die schmucken Einfamilienhäuser, vor denen wir manchmal, wenn wir ins Gehädrich spazieren gingen, stehenblieben, um uns an der Blütenvielfalt zu erfreuen.
„Die Kollegen haben mich gefragt, ob ich aus den Ermittlungen wegen Befangenheit ausscheiden will", sagte ich in unser langes Schweigen.
Lilli blieb stehen und sah mich ernst an. „Das wirst du nicht tun, Ekke."
„Nein", erwiderte ich, „das werde ich nicht tun. Ich verrate Rolf nicht."
Lilli nickte. „Was ist da bloß geschehen? Was hat er mit diesem Demmler in Berlin und dem Tod von dessen Bruder in Weimar zu tun?"
„Wir wissen es noch nicht, Schatz. Die beiden haben in letzter Zeit sehr oft miteinander telefoniert."
„Wer mit wem?", fragte Lilli.
„Demmler", antwortete ich. „Demmler hat Rolf wiederholt in der Bibliothek von Berlin aus angerufen. Ja, ich schließe nicht aus, dass die Palermobriefe das Verbindungsstück sein könnten. Aber wie? Noch wissen wir nichts Genaues."
„Ihr könnt demnach auch noch nichts ausschließen?"
Das bestätigte ich ihr. „Wir werden sehen, was die Befragung morgen früh ergibt."

Die Rilkestraße machte eine rechtwinklige Kurve. Die hellen Gebäude des Klinikums waren zu sehen. Wir gingen aber geradeaus weiter. Der Straße gabelte sich. Wir wählten den leicht ansteigenden, etwas holprigen rechten Weg, vorbei an den Gärten beiderseits, in denen einfache Lauben und Bungalows, aber auch massive, schmucke Häuser standen.

„Gehädrich, hat mir Vater einmal erklärt, geht zurück auf das alte Wort Gehedere, mittelhochdeutsch für Zank und Hader. Es bezeichnete ein umstrittenes Land. Mit Hederich, dem Ackerunkraut, hat es nichts zu tun."

„Und wenn er unschuldig ist?" Lilli ging auf meine Erklärung des Wortes nicht ein. Wahrscheinlich hatte sie gar nicht hingehört, weil sie mit ihren eigenen Gedanken beschäftigt war. Oder sie spürte, dass ich krampfhaft versuchte, nicht von Rolf und seiner Verbindung mit dem Mord an Maasrebe zu sprechen.

„Der Haftrichter hat nicht gezögert, als ich ihm die Fakten vorgetragen habe."

„Und wenn er unschuldig ist?", wiederholte Lilli ihre Frage.

Ich ging schweigend neben meiner Frau weiter. Und wenn er unschuldig ist? – fragte ich mich mit ihren Worten. Schließlich sagte ich: „Ich weiß nicht, ob er Maasrebe umgebracht hat, aber ich weiß, dass er in das Verbrechen verstrickt ist. Sind die Palermobriefe Goethes damals wirklich verbrannt oder sind sie womöglich gestohlen worden? Von Rolf? Er ist ein Fanatiker, wenn es um Goethe geht. Was kann ein windiger Antiquar aus Berlin, der Zwillingsbruder des Ermordeten, von einem leitenden Mitarbeiter der Anna-Amalia-Bibliothek wollen?"

„Vielleicht wollte er ihm etwas verkaufen?", gab Lilli zu bedenken. „Er handelt mit alten Folianten und historischen Drucken. Kann doch sein, dass er etwas hatte, was er zu Geld machen wollte und er war auf der Suche nach einem potenten Käufer?"

„Du denkst wirklich an die Palermobriefe?", fragte ich.

„Wäre jedenfalls eine Option", bestätigte Lilli. „Oder etwas in der Art. Er war doch damals dabei, als die Bibliothek brannte. Du selbst hast diese Vase mit ihm gerettet. Ist es so abwegig, dass er die

Gelegenheit genutzt hat, um sich bei dem ganzen Durcheinander in dem brennenden Haus umzusehen nach etwas, was sich leicht mitnehmen lässt? Er ist Antiquar. Er weiß, wonach er suchen muss. Da fallen ihm zum Beispiel diese Briefe Goethes in die Hände."
Das klang nicht abwegig, aber ich zweifelte. Solche wertvollen Briefe werden nicht irgendwo herumgelegen haben, dass sie ein Dieb einfach einstecken konnte. Und wie töricht müsste einer sein, der das Diebesgut an eben die Bibliothek verkaufen will, der er es bestohlen hat?
„Nicht an die Bibliothek", entgegnete Lilli, „sondern an einen – na, sagen wir einmal, fanatischen Goetheforscher? Hat Onkel Rolf nicht immer wieder von diesen Briefen gesprochen? Neulich hat mir Bastian mehrmals von einem Jungen aus seiner Klasse erzählt", schien Lilli das Thema unvermittelt zu wechseln, „der eine DVD in einem Geschäft gestohlen hat. So etwas, hat Bastian beteuert, würde er nie tun. Würde er nie tun. Würde er nie tun. Das machte mich hellhörig. Ich habe diese DVD in seinem Zimmer gefunden. Opernarien mit der Anna Netrepko! Als ob er sich neuerdings für klassische Musik interessieren würde. Es war der Kick."
„Bastian stiehlt?", fragte ich entsetzt, ohne den Zusammenhang zwischen ihm und Rolf zu begreifen, den mir Lilli zu verstehen geben wollte.
„Das probieren alle Kinder einmal aus. Ich habe das mit ihm und dem Händler geklärt."
„Nicht mit seinem Vater?" Das ärgerte mich.
„Ekke, wenn ich mit jeder Kleinigkeit zu dir gelaufen käme, die die Kinder angestellt haben, wäre ich den ganzen Tag auf den Beinen. Es ist erledigt. Man kann nicht zwei Mal mit der gleichen Sache vor dem Richter stehen. Er hat seine Lektion gelernt."
Darüber müssen wir noch einmal reden, mein Schatz, dachte ich. Aber es war jetzt die Zeit nicht und nicht der Ort für eine Debatte über das richtige Erziehen eines DVD-stehlenden Kindes.
„Ich meine", sagte Lilli und kam wieder auf das eigentliche Thema zurück, „dass Onkel Rolf in letzter Zeit sehr oft von diesen Briefe gesprochen hat. Es könnte doch der Versuch gewesen sein, auf

einen Konflikt aufmerksam zu machen, in den er sich, auf welche Weise auch immer, verstrickt hat. Wie Bastian. Der Junge wollte mir eigentlich sagen, dass nicht sein Freund, sondern er selbst den Diebstahl begangen hat, dass er sich schuldig fühlte und entdeckt werden wollte. Er fürchtete die Strafpredigt nicht so sehr, denn er wollte sich von der Lüge befreien."

Das war mir nun wirklich um drei Ecken gedacht. „Dann müsste Rolf die Briefe gestohlen haben, nicht Demmler. Nein, das ergibt keinen Sinn, Lilli. Und dann hätte Rolf diesen Demmler erschlagen müssen, nicht seinen Zwillingsbruder."

„Zwillinge kann man schon mal verwechseln", gab Lilli zu bedenken.

„Ja", räumte ich ein, „aber Spekulieren führt in die Irre. Wer wer ist, haben wir bereits geklärt. Ich muss mich an die Fakten halten, sonst komme ich in Teufels Küche. Niemand wäre im Übrigen glücklicher als ich, wenn sich herausstellen sollte, dass Onkel Rolf unschuldig ist, niemand!" Mir fiel erst hinterher ein, dass ich wieder Onkel gesagt hatte

Da erklärte Lilli mit einer Überzeugung, die mich überraschte: „Nein, das ist er nicht."

Wir hatten die Höhe erreicht, von der man rückblickend weite Teile Weimars überblicken konnte. „Vielleicht hätten wir doch in Berlin bleiben sollen. Es ist so furchtbar."

Hatte Lilli Angst um Rolf? Ich nahm meine Frau in die Arme. „Die Kinder", sagte ich. „Wie sollen wir das den Kindern erklären?"

Das war keine gute Nacht. Am Montag früh fuhr ich bereits kurz nach sechs in die Dienststelle, weil ich mich mit den Details, die vor allem Hans zusammengetragen hatte, noch einmal beschäftigen wollte. Als ich auf unserem Flur anlangte, hörte ich, dass die Kollegen ebenfalls in aller Frühe gekommen waren. Soviel zum Thema Provinz und verschlafenes Nest und Kommichheutnichtkommichmorgen.

„Kann ich dir einen Kaffee machen?", fragte Astrid. Die Maschine blubberte schon.

„Versuch's mal, ob du es kannst." Es war ein müder Witz. Uns allen war nicht zum Scherzen. Ich spürte vor allem, wie ich vorsichtig gemustert wurde, als wären sie noch gar nicht sicher, ob ich mich nicht doch entschlossen hätte, wegen Befangenheit in die zweite Reihe zurückzutreten.

„Ich habe mir gestern Nachmittag die Wohnung von Maasrebe mit zwei Kollegen noch einmal Zentimeter für Zentimeter vorgenommen", berichtete Elke als wir alle mit unserem Kaffee am Tisch saßen. „Es sind einige Fingerspuren, die wir bisher noch nicht zuordnen konnten. Ich glaube nicht, dass sein Bruder so dumm war, ihn zu Hause aufzusuchen. Aber Rolf Winter muss bei ihm gewesen sein. Die Fingerabdrücke habe ich ihm gestern gleich abgenommen. Er sitzt übrigens in der Zelle und starrt die Wand an. Ich habe die Kollegen gebeten, ihn genau im Auge zu behalten. Nicht, dass er uns entkommt wie die Leiche am Zeughof."

„Du hast Recht, wenn er – auf welche Weise auch immer – mit dem Tod von Maasrebe in Verbindung zu bringen ist, besteht Suizidgefahr. Ich kenne ihn." Nach einer kleinen Pause sagte ich: „Ich kenne ihn überhaupt nicht."

Wir teilten uns auf. Astrid und ich sollten Demmler vernehmen, Hans und Elke Rolf, den ich in Gedanken noch immer beim Vornamen nannte.

Demmler wurde zum Verhör gebracht. Man hatte ihn in seiner Dahlemer Villa verhaftet. Er trug einen eleganten, maßgeschneiderten Anzug, Kaschmirschal, an der linken Hand ein auffälliger Siegelring. Privatdozent Baron Dr. von der Warnow. Welch eine lächerliche Anmaßung! Aber er verfügte zweifellos über ein ausgeprägtes schauspielerisches Talent. Den ganz anderen Habitus seines Bruders hatte er überzeugend gespielt.

„Herr Demmler, ich erinnere mich Ihres maliziösen Lächelns, als Sie mir aus dem abfahrenden Zug hinterhergrinsten. Darf ich es Ihnen anbei zurückgeben?"

Er schwieg kurz, sagte dann aber sehr von oben herab: „Kann es sein, dass Sie befangen sind, Herr Kriminalhauptkommissar Ponte?"

Ich reagierte nicht.

Astrid eröffnete das Verhör mit dem Verlesen der tatsächlichen Personalien.

Demmler schwieg.

„Sie stehen unter dem dringenden Tatverdacht, ihren Bruder Leo Maasrebe aus niedrigen Beweggründen ermordet und dann in die Ilm geworfen oder die Tat in Auftrag gegeben zu haben."

Er schwieg. Hatte ich da ein verächtliches Zucken um seine Mundwinkel gesehen?

„Wo waren sie am 8. September 2012 zwischen 22 Uhr abends und drei Uhr morgens?"

Er schwieg. Er blickte auf seine sehr teure Armbanduhr.

„Wie schade", sagte Astrid. „Sie werden Ihren feinen Anzug, Ihre seidene Unterwäsche, Ihren teuren Schmuck und die wunderbare Uhr beim Kalfaktor abgeben müssen, bekommen aber eine veritable Anstaltskleidung und sehr praktische Schuhe ohne Schnürsenkel."

Er schwieg.

Es klopfte. Ein Beamter brachte eine elegante Dame herein. „Dr. Johanna Bär. Ich bin seine Anwältin." Sie deutete mit einer knappen Kopfbewegung in Richtung Demmler, den sie aber nicht mit Handschlag begrüßte. „Ich möchte mit meinem Mandanten unter vier Augen sprechen."

Zehn Minuten gönnte ich ihr, dann betrat ich wieder mit Astrid den Raum.

„Was konkret werfen Sie meinem Mandanten vor?", fragte die Anwältin. Ich hatte nicht den Eindruck, als läge ihr besonders viel an dem Fall. Eidechse, dachte ich. Sie sieht aus wie eine Eidechse. Der kurze Unterkiefer, das fliehende Kinn, schien mit dem langen Hals eine Linie zu bilden. Die Lippen waren sehr schmal, die Augen eher farblos als blau zu nennen.

„Wir ermitteln gegen ihn wegen des Verdachts, entweder die Tat selbst begangen zu haben oder daran beteiligt gewesen zu sein: Mord an seinem Bruder Leo Maasrebe."

„Worauf gründet sich Ihr Verdacht?" Die Dame bemühte sich gar nicht erst, höflich zu sein.

„Ich denke, Sie hatten Akteneinsicht?", konterte ich, auch nicht unbedingt freundlich.
„Da steht, dass Herr Demmler ein Doppelleben führt. Da steht, dass sich in seinem Haus wertvolles Inventar unbekannter Herkunft befindet. Da steht, dass er in einem Metallkoffer eine Million Euro versteckt hat. Da steht, dass er entgegen seinen ursprünglichen Aussagen Kontakt mit seinem später bedauerlicherweise zu Tode gekommenen Bruder hatte. Da steht, dass er zum Zeitpunkt des Brandes der Herzogin-Anna-Amalia-Bibliothek zufällig in Weimar gewesen ist, was er in einer früheren Befragung – übrigens ohne Rechtsbeistand – geleugnet hatte. Da steht nicht" – und bei diesem Wort hob sie deutlich die Stimme –, „dass er seinen Bruder getötet hat. Im Übrigen, zum infrage kommenden Zeitpunkt war mein Mandant in Berlin und hat einen Vortrag vor etwa zwanzig Personen gehalten. Das ist verifiziert. Durch Ihre Behörde! Er kann seinen Bruder definitiv nicht getötet haben."
Hans sah mich kurz an, als wollte er sagen: Siehst du, definitiv ist nicht nur mein Wort. Aber ich hatte keinen Nerv für solches Geplänkel.
„Wenn er es nicht selber war, hatte er einen Komplizen. Wir sind dabei, ihm das nachzuweisen."
„Wie schön für Sie. Mein Mandant gibt zu, ein Doppelleben geführt zu haben. Mein Mandant gibt zu, sich auf illegale Weise in den Besitz wertvollen Inventars gebracht zu haben. Mein Mandant gibt zu, aus Misstrauen gegenüber den Banken einen Betrag in Höhe von einer Million Euro in seinem Haus deponiert zu haben. Mein Mandant gibt zu, Kontakt zu seinem verloren geglaubten Bruder nach Jahren gefunden und wieder herzustellen bemüht war. Mein Mandant gibt zu, seine Anwesenheit zur Zeit des Brandes in Weimar verschwiegen zu haben, weil er unter falschem Namen im Hotel Elephant abgestiegen war. Mein Mandant erklärt, seinen Bruder nicht getötet zu haben. Nichts davon rechtfertigt eine Inhaftierung meines Mandanten. Fluchtgefahr besteht auch nicht. Wenn Sie erfolgreich sein sollten, Herr Kriminalhauptkommissar, können Sie sich gern wieder an mich wenden. Herr Demmler", richtete sie das

Wort an ihren Mandanten, „wir können gehen. Die Mordvorwürfe sind haltlos. Wegen anderer Imponderabilien vertrete ich Ihre Interessen gern vor den Berliner Behörden."
Demmler wollte schon aufstehen. „Frau Doktor Bär", sagte ich mit Schmelz in der Stimme, „es tut mir aufrichtig leid, aber das geht nicht. Parallel zu diesem Verhör findet ein weiteres mit einer anderen Person statt, vermutlich mit seinem Komplizen. Und Fluchtgefahr bei der Menge an Delikten besteht durchaus." Dem Beamten gab ich ein Zeichen. „Bringen Sie Herrn Demmler in seine Zelle zurück."
Die Anwältin wusste, dass sie mich mit ihrem forschen Auftreten nicht ins Bockshorn hat jagen können. Sie stand ebenfalls auf. „Man sieht sich." Sie lächelte verbindlich und ging. Ihrem Mandanten warf sie keinen einzigen Blick zu. Die Luft schien eisig zu sein. Ich hätte mich nicht gewundert, wenn die Fensterscheiben beschlagen wären.
„Ich schau noch bei Hans und Elke rein. Kommst du mit?", fragte Astrid.
„Macht ihr das zu dritt. Vielleicht später. Ich sehe mir die Aufzeichnung des Verhörs an."
„Verstehe. Aber gib den Fall nicht ab, Ekke. Das würden wir alle bedauern."
Seltsam, dachte ich, wir kennen uns erst wenige Tage. Doch es ist, als wären wir schon ein altes Ehepaar, von dem der eine weiß, was der andere denkt. „Der Kapitän geht als letzter von Bord oder mit dem Dampfer unter. Macht euch keine Sorgen."

Den halben Tag beschäftigte ich mich mit irgendwelchem bürokratischen Unfug und suggerierte mir, dass das schließlich auch erledigt werden muss, aber ich zögerte, mir das Verhör von Rolf anzusehen.
Elke kam. „Ich habe da noch etwas gefunden in Maasrebes Wohnung." Sie hielt mir eine Asservatentüte vor, in der sich wenige Fasern befanden. „Feinstes Mohair."
„Vom Paletot des Herrn Baron?"

Elke nickte. „Er war also auch in der Wohnung. Leider lässt sich nicht nachweisen, wann das gewesen ist. Aber eine Lüge mehr. Hast du dir unser Verhör schon angesehen?"
Ich verneinte.
„Tu's, Ekke. Das Ergebnis wird dir nicht gefallen. Demmler ist raus aus unserem Fall. Ich weiß nicht, woher du diese Ahnung hattest, als du gesagt hast: Er war es nicht."
Für diesen Satz konnte es nur eine Erklärung geben. Wenn es Demmler nicht war, muss es Rolf gewesen sein. Trotzig schaltete ich den Rechner an.
Rolf Winter, dieser fast zwei Meter große Mann, saß wie ein Häufchen Unglück auf seinem Stuhl. Die Augen leer. Nichts von seinen meist zu leichtem Spott verzogenen Mundwinkeln. Er wusste offensichtlich nicht, wohin er mit seinen Händen sollte.
„Herr Doktor Winter, haben Sie Leo Maasrebe getötet?", fragte Astrid ohne Umschweife, nachdem die Personalien geklärt waren. Kaum hörbar, aber ohne Zögern kam die Antwort: „Ja." Er machte gar keine Anstalten, um die Sache herumzureden.
„Lauter, bitte!", forderte Astrid.
„Ja. Ja!" Er sah nur kurz auf und senkte wieder den Kopf. Die Antwort fuhr mir wie ein Messer ins Herz. Ich hatte noch immer gehofft, dass er es nicht gewesen ist.
„Dann schildern Sie uns bitte den Tathergang."
„Ich möchte Herrn Hauptkommissar Ponte sprechen." Er flüsterte ohne aufzusehen.
„Herr Ponte ist anderweitig beschäftigt. Den Tathergang." Astrid ließ keine Ausflüchte gelten.
Alle Versuche, ihn zum Reden zu bringen, scheiterten. Er versteifte sich auf den Satz: „Ich habe ihn getötet." Er verlangte immer wieder nur nach mir.
Ich nahm den Hörer auf. „Bringen Sie mir bitte den Untersuchungsgefangenen Winter ins Verhörzimmer drei."
Als ich den Raum betrat, saß er bereits da. Konnte es sein, dass er sich freute, mich zu sehen? Ich bat den Beamten, uns allein zu lassen. Nun saßen wir uns gegenüber und schwiegen zunächst.

„Kaffee?“, fragte ich.
Ein müdes Lächeln. „War nicht von Rotwein und einer Zigarre die Rede?“
Sollte das der untaugliche Versuch sein, mich sanfter zu stimmen? Dachte er, ich würde ihm irgendwelche Vorrechte einräumen? Ich ließ uns zwei Kaffee kommen. Er schlürfte. „Heiß.“
Ich sah ihn unverwandt an. Dann machte er sich gerade auf dem Stuhl und sagte: „Diese Briefe. Das wäre es gewesen.“ Es schien, er gewänne seine alte Haltung zurück. Er trank einen weiteren Schluck. „Aber gut.“ Das bezog sich wohl auf den Kaffee. Und dann: „Wissen es die Kinder?“
„Nein. Du bist für eine längere Dienstreise unterwegs. Lilli weiß es.“
„Du hast eine sehr gute Frau.“
„Wollen wir anfangen?“
Er nickte. Ich schaltete das Gerät ein. Nach einer weiteren Pause wiederholte er: „Diese Briefe. Das wäre es gewesen.“ Dann gab er sich einen Ruck und erzählte die ganze Geschichte. Mich erstaunte die Gelassenheit, mit der er die Ereignisse schilderte. Als sei er froh, die Last abwerfen zu können, die ihn seit der Tat niederdrückte. Ich dachte an Lilli, was sie über Bastian und die gestohlene DVD erzählt hatte.
Vor drei Monaten hatte sich ein offensichtlich wohlhabender und gebildeter Mann telefonisch bei ihm gemeldet, anonym. Er sagte, er hätte die Briefe. „Ich wusste sofort, wovon die Rede war, denn all die Jahre habe ich mich gefragt, wie die Palermobriefe aus meinem Schreibtisch, der unversehrt geblieben war, haben verschwinden können. Im Haus wusste niemand, dass ich sie in meinem Zimmer aufbewahrte. Das war nicht gestattet angesichts des enormen Wertes der Briefe. Darum ließ ich alle im Glauben, dass sie bei dem großen Feuer verbrannt sind, wovon ich ja selbst auch überzeugt war. Oder mir einredete. Verbrannt? Der anonyme Anrufer lachte nur böse. Er zitierte aus dem ersten Brief. Ich kannte sie fast auswendig. Du weißt ja, im Zitieren bin ich gut. Ich hatte mich gründlich mit ihnen beschäftigt. Ich sagte, wenn Sie die Briefe haben, sind Sie verpflichtet, diese ohne Zögern an uns zurückzugeben, sonst würde ich die

Polizei verständigen. Aber er lachte nur noch boshafter. Er sagte: Wie wollen Sie der Polizei erklären, dass diese enorm wertvollen Dokumente in Ihrer Schreibtischschublade gelegen haben, obwohl sie unter Vorkehrung aller Sicherheitsmaßnahmen ins Archiv gehörten und nur gegen zwei Unterschriften, die Ihres Chefs und des Archivleiters, herausgegeben und dann ganz bestimmt nicht wie ein gewöhnliches Dokument in Ihr Büro verbracht werden durften. Dafür gibt es gesonderte Räume in der Bibliothek. Was also wollen Sie der Polizei sagen, weshalb Sie keine Anzeige erstattet haben, als Sie die Briefe in Ihrem Schreibtisch nicht vorfanden, nachdem Sie Ihr Büro wieder betreten durften? Am Ende denken die doch, Sie selbst haben sich der Briefe bemächtigt und bezichtigen deshalb – ja, wen denn? – eine unbekannte Person, um von Ihrer eigenen Tat abzulenken. Sie sind ein fanatischer Goetheaner. Die schlagen sogar jemanden tot, um an eine handgeschriebene Zeile ihres Idols heranzukommen. Also, wie glaubwürdig ist so einer wie Sie?"
Rolf nahm den dritten Schluck aus dem Becher, denn seine Stimme war sehr belegt. Er habe gesagt, dass er sich Anrufe und Drohungen dieser Art verbitte und aufgelegt. Aber der Köder war ausgelegt.
„Ich wusste mit dem ersten Satz, dass er die Briefe tatsächlich besaß. Es spielte auch keine Rolle, ob er selbst sie gestohlen oder sie einem Dieb abgekauft hatte, um seinerseits das große Geschäft zu machen."
„Seit dem Brand sind vier Jahre vergangen. Demmler hätte sich doch gleich melden können, nachdem er in den Besitz der Briefe gelangt war", warf ich ein.
„Der Mensch ist klug genug, um zu wissen, dass man eine heiße Ware nicht gleich anfassen darf. Offensichtlich brauchte er das Geld nicht so dringend."
„Du hättest den Verlust sofort anzeigen müssen, gleich als du ihn bemerktest." Ich ließ mich auf seine Versuche, sich selbst als Opfer zu gerieren, nicht ein.
„Was sollte ich tun? Das hätte mindestens ein Disziplinarverfahren gegeben, wenn nicht gar einen Rausschmiss. Die Briefe hatten nichts in meinem Zimmer zu suchen. Im Übrigen, ich bin eine

Altlast, wie es dein Vater war. Da hätte man nicht viel Federlesens gemacht. In Unehren entlassen! Mein ganzes Leben und meine Reputation als Wissenschaftler wären dahingewesen."
„Meinen Vater lass aus dem Spiel!"
Er nickte. Der Mann meldete sich wieder. Er verlangte einhunderttausend Euro. Dafür würde ich die Briefe bekommen. Ich sagte, dass ich soviel Geld gar nicht hätte, aber er lachte. ‚Sie verdienen zwar nicht üppig', sagte er. Für diese Behauptung muss man hierzulande nicht besonders aufwendig recherchieren. ‚Aber sie gelten als Knauser', hat er behauptet.
Stimmt gar nicht. Ich schmeiße mein Geld nur nicht zum Fenster hinaus.
‚Wenn mein Geld nicht ausreiche, solle ich mir es eben besorgen. Wenn ich Sie daran erinnern darf, Herr Doktor Winter,' sagte er, als sei ich bereits sein Komplize, ‚Sie haben bereits zwei Wochen nach meinem ersten Anruf verstreichen lassen, ohne Anzeige zu erstatten. Wie wollen Sie denn das erklären, Herr Doktor?'"
Der Wurm fraß sich immer tiefer in seine Seele. Was nutzte ihm das Geld auf dem Konto, wenn das letzte Hemd eh keine Taschen hat, habe er sich gefragt. Keine Erben. Ein Hagestolz. Bei dem Wort huschte ein kleines Lächeln über sein Gesicht. Vermutlich dachte er an die Szene bei uns im Garten, als er den Kindern erklärt hatte, was ein Hagestolz ist. Das Geld wäre irgendwann dem Fiskus zugefallen. Schließlich, sagte Rolf und seufzte, als hätte es keinen anderen Weg gegeben, ließ er sich auf den Handel ein. Die Versuchung war zu groß.
Der Mann beschrieb, wie das Geschäft ablaufen solle. Er, Rolf, habe sich am späten Abend des 8. September Punkt 22.00 Uhr am Mundloch der Parkhöhle bei der Naturbrücke einzufinden. Dort wird ihn ein Mann ansprechen. Er selber sei leider an diesem Tag verhindert, erklärte der anonyme Anrufer süffisant. Sein Gewährsmann würde sagen: „Nun, Herr Geheimrat, noch so spät unterwegs?" Und er solle antworten: „Die Furcht ist mein Mantel, die Nacht mein Revier."
„Das ist nicht von Goethe!", sagte Rolf Winter. „Was lesen diese Leute!"

Darauf bekäme er den Umschlag mit den Briefen. Im Gegenzug habe er die hunderttausend Euro auszuhändigen plus weitere zehntausend Euro. Schließlich müsse der Bote für seine Mühe ebenfalls belohnt werden. Jede weitere Woche, die er hinauszögere, würde die Sache zehntausend Euro mehr kosten.

„Ich ging am Vormittag zur Bank und holte das Geld ab. Ich weiß gar nicht, warum und für wen ich es über die Jahre aufgehäuft habe. Da ist niemand, dem ich etwas vererben könnte. Ich bin doch der Hagestolz." Er lächelte erneut müde, wohl in der Hoffnung, mich weicher zu stimmen. Tatsächlich spürte ich einen Anflug von Mitleid mit dem Mörder, den ich mein Leben lang gern hatte. Ich ließ mir die Rührung nicht anmerken.

„Einhundertzehntausend Euro, wie verlangt", fuhr Rolf fort. Er war schon wieder mehr mit seinem Selbstmitleid beschäftigt als mit dem Versuch, mich gewogener zu stimmen. „Ich verschnürte das Geld in zwei unterschiedlich große Päckchen. Zur bezeichneten Stunde war ich vor Ort. Ein Mann kam. Er war es, mit dem ich mich zu treffen hatte, denn er kannte die Parole. Ein widerlicher Kerl. Am liebsten wäre ich weggelaufen und hätte doch noch alles bei der Polizei angezeigt. Aber ich blieb. Ich hielt diese Briefe in der Hand. Goethes Briefe aus Palermo! Auf einer Auktion hätten sie vielleicht das Zwanzig-, das Dreißigfache gebracht. Der Kerl steckte das Geld ein, seinen Batzen in eine gesonderte Tasche. Ich wollte schon gehen. *Es schlug mein Herz. Geschwind, zu Pferde! / Und fort, wild wie ein Held zur Schlacht*." Er konnte das Zitieren nicht lassen. „Da sagte der Verbrecher: Wir treffen uns jetzt jeden Monatsersten an dieser Stelle und du hast einen Briefumschlag mit Tausend Euro bei dir. Jeden Monat! Das musst du verstehen, hat der Unmensch gesagt und dabei widerlich gelacht, mit den paar Scheinen vom Amt komme ich bestenfalls bis zur Monatsmitte. Da begriff ich, dass ich mein Leben lang in der Hand dieses mephistophelischen Halsabschneiders und seines Komplizen war. Ich weiß gar nicht, woher ich die Kraft nahm, aber ich packte ihn, schüttelte ihn, wollte ihm das Geld wieder entreißen. Da schlug er zu. Ich habe eine empfindliche Nase. Das Blut spritzte hervor, es traf auch ihn. Ich stürzte. In meiner Angst bekam ich einen Stein zu fassen und schlug zu, als er sich zu mir herabbeugte, um mir einen weiteren Fausthieb zu versetzen. Er röchelte noch. Dann war es still."

Er hatte dem Toten die Kleider ausgezogen, an denen sich auch sein eigenes Blut befand, und schleppte ihn die wenigen Meter bis zur Ilm. Dort warf er ihn über das Brückengeländer. Wir konnten später an beiden Ufern zwischen Wehr und Brücke keine verwertbaren Spuren finden, weil es in der Nacht wieder anfing heftig zu regnen. Das aus dem Thüringer Wald kommende Hochwasser riss den Leichnam mit.

„Ich weiß nicht, wie ich in dieser Nacht nach Hause gekommen bin. Seine Kleider entsorgte ich in verschiedenen Containern, auch mein Jackett. Das Geld hatte ich ihm abgenommen. Es liegt zu Hause in meinem Schreibtisch, unterstes Fach links. Dort liegen auch die Briefe. Ich habe sie nicht ein einziges Mal angesehen. Oh, diese Briefe, das wäre es gewesen!" Nun hatte er auch den letzten Schluck von seinem Kaffee getrunken. „Wird wohl nichts mit Rotwein und Zigarre?" Er lächelte müde, als wäre ihm überhaupt nicht bewusst, was er getan hatte.

„Wie sollte das denn weitergehen?", fragte ich. „Du hattest die Briefe – aber du konntest doch gar nichts damit anfangen?"

Er sah mich mit erstaunten Augen an. „Wie meinst du das? Ich hatte die Briefe. Goethes Briefe von seiner eigenen Hand! Ich konnte sie jeden Tag sehen. Ich konnte sie lesen. Ich konnte sie anfassen. Und vielleicht haftete ihn sogar noch etwas von dem Geruch an, der im Hause Goethe allgegenwärtig war! Ach so," begriff er erst jetzt meine Frage. „Du meinst, ich hätte nie darüber schreiben können, meine Erkenntnisse aus den Briefen nie veröffentlichen dürfen?" Er lächelte milde, fast nachsichtig mit einem, der nicht weiß, was der Besitz solcher Autografe tatsächlich bedeutet. „Ich habe ein Schreiben bei meinem Notar hinterlegt, den er nach meinem Tod an euch übergeben sollte. In dem stand, wo sich die Briefe befinden sowie das Ergebnis meiner wissenschaftlichen Arbeit, die ich leider nicht zu Ende schreiben konnte. Aber versteh doch, irgendwann wäre vergessen gewesen, wie ich zu den Briefen gekommen bin.

Sie wäre ja auch nicht verloren für die Menschheit. Stell dir vor, er hätte sie an einen reichen Amerikaner oder einen russischen Oligarchen verkauft. Die Briefe wären in einem Safe für alle Ewigkeiten verschwunden. Nein, die Menschheit hat ein Recht auf diese Briefe aus Palermo. Ist es nicht so, dass ich es gewesen bin, der sie gerettet hat?"
Er redete ständig von den Briefen. Als hätte es den Mord nie gegeben. In allen späteren Publikationen würde sein Name stehen als der des Wissenschaftlers, der die Briefe dokumentiert und wissenschaftlich ausgewertet hatte. „Mein Name und der Goethes in einem Satz!" Sein Gesichtsausdruck nahm ein irreales Leuchten an.
Wie weit kann Fanatismus gehen? Mein Beruf hat es mich gelehrt: Bis zum Verbrechen, bis zum Mord. Aber noch nie hat mich ein Fall so persönlich getroffen und betroffen gemacht. Der beste Freund meines Vaters, ein guter Freund meiner Familie war aus blinder, kranker Gier zum Verbrecher geworden. „Verrat trennt alle Bande." Das war zwar von Schiller, aber auf ein Zitat von Goethe hätte ich in dem Moment nicht kommen wollen. Er lächelte maliziös. „Schiller, nun ja."
Wir saßen uns eine Weile schweigend gegenüber. Ich schaltete das Aufnahmegerät ab. Dann sah ich ihm geradewegs ins Gesicht. Er hielt meinen Blick nicht aus.
„Verzeih mir", flüsterte er. „Verzeih mir."
„Herr Doktor Winter, ich habe Ihnen nichts zu verzeihen." Ich erschrak selbst ein wenig vor der Kälte in meiner Stimme. Du hast mich verraten, Rolf Winter. Du hast meine Kinder verraten, die dich lieben. Du hast Lilli verraten, die dich wie einen richtigen Onkel mochte. Verrat trennt alle Bande!
Elke betrat das Zimmer. Sie legte mir die drei Geldbündel auf den Tisch und einen Umschlag, in dem sich die zwölf Palermobriefe Goethes befanden. „Es sind Fälschungen", sagte sie. „Relativ gut gemacht, aber Fälschungen." Dabei schüttete sie das Kuvert aus.
Rolf starrte auf die Briefe, als verstünde er nicht, was Elke Otto soeben gesagt hatte. Er nahm einen Brief und hielt ihn mit fahrigen Händen gegen das Licht der Lampe im Verhörraum. Dann schrie

er plötzlich los, schrie wie ein weidwundes Tier im Todeskampf. Der Beamte stürzte herein, Astrid und Hans kamen gelaufen. Rolf schrie und schrie und schrie, wie ich noch keinen Menschen habe schreien hören. Er schrie, weil er begriff, dass seine Tat völlig sinnlos gewesen ist. Seine Gier, Goethes Briefe zu besitzen, hatte ihn blind werden lassen gegen jede Vorsicht. Diese Erkenntnis zerstörte ihn endgültig.

Ich hätte auch schreien mögen. Vor Wut, vor Trauer, vor Verzweiflung, vor Scham. Ja, ich schämte mich für ihn. Der beste Freund meines Vaters, ein exzellenter Goethekenner, seit Kindesbeinen mein Nennonkel. Wie sollte ich das je meinen Kindern erklären können?

„Bringt ihn zurück", sagte ich zu den beiden Beamten, die an der Tür standen. „Bringt ihn zurück in seine Zelle."

Ich drehte mich weg. Ich wollte ihn nicht mehr sehen. Mir war zum Heulen zumute.

Das Urteil gegen Dr. Rolf Winter lautete: Lebenslänglich. Sein Anwalt plädierte zwar auf Notwehr, weil Demmler zuerst zugeschlagen hatte, aber der Richter ließ sich nicht darauf ein. Er verwies bei der Urteilsverkündung auf den Diebstahl unersetzlichen Kulturgutes aus niederen Beweggründen. Dieser Vorwurf, niedere Beweggründe, traf Rolf Winter vermutlich schwerer als die Verurteilung wegen der Tötung Demmlers.

Das Verfahren gegen Friedrich Demmler zog sich Monate hin, denn für jedes Möbelstück in seiner Villa, für jedes Bild und jede Vase musste geklärt werden, wie es in seinen Besitz gekommen war. Für den Mord an seinem Bruder konnte er auch nicht mittelbar zur Verantwortung gezogen werden, jedenfalls nicht juristisch. Ich hatte mir noch überlegt, ob ich zur abschließenden Verhandlung gegen ihn nach Berlin fahren sollte, aber der Mann war den Aufwand und das Interesse nicht wert.

Ich rekapitulierte die Aussagen, die Demmler zu diesem Verwirrspiel in Berlin gemacht hatte. Friedrich Demmler hatte von der

Entdeckung der sogenannten Palermobriefe Goethes gelesen. Er vermochte einzuschätzen, welche enorme Bedeutung sie besaßen, wobei er sich weniger für den geistigen als für den materiellen Wert interessierte. Diese Briefe zu besitzen und auf dem schwarzen Kunstmarkt verkaufen zu können, wurde zu einer fixen Idee für ihn.

Er hatte in den letzten Jahren zunächst unregelmäßigen, dann aber immer häufigeren Kontakt zu seinem Bruder Leo aufgenommen, der auf seinen Rat hin von Rostock nach Weimar gezogen war, um sich in dessen Umfeld einzuleben. Sollte sein Coup mit den gestohlenen Palermobriefen Goethes schiefgehen, würde immer nach einem Leo Maasrebe gesucht werden, weil ein Friedrich Demmler in Weimar gar nicht bekannt war. Allerdings wusste der falsche Baron noch nicht, wie er an die sicherlich gut verwahrten Briefe herankommen sollte. Doch er verfügte über die Ausdauer einer Katze vor dem Mauseloch. Er wartete.

Der Zufall kam ihm zu Hilfe, als die Bibliothek in Flammen aufging und er sich ausgerechnet an diesem Tag in Weimar befand. Die Briefe hatte er an sich gebracht, als er während des Brandes nicht zum Löschen ins Haus gelaufen war, sondern nur in der Absicht, etwas zu stehlen, was sich zu gutem Geld machen ließ. Scheinbar um bei der Rettung wertvollen Kulturgutes zu helfen, drang er in das Gebäude ein, mied aber die Nähe des Feuers. Er suchte gezielt nach dem Arbeitszimmer des Literaturwissenschaftlers Dr. Winter. Der, hatte in der Zeitung gestanden, sei mit der Erforschung der als Sensation beschriebenen Briefe beschäftigt. Demmler vertraute seinem Instinkt. Er fand das Zimmer, er durchwühlte systematisch den Schreibtisch Winters – und er wurde fündig. Er war nicht von der Natur, dass er in lauten Jubel hätte ausbrechen mögen, aber ein tiefes Glücksgefühl erfasste ihn doch. Er kam sich vor wie einer, der über Jahre hinweg immer wieder die gleichen Zahlen im Lotto gespielt hatte, ohne wirklich etwas zu gewinnen – und plötzlich: der Jackpot!

Demmler ließ sich Zeit. Noch war die Ware viel zu heiß. Bei aller Gier besaß er genug Verstand, um zu wissen, dass man mit den

Briefen nicht einfach auf den Markt gehen konnte. Er spann sein Netz mit Bedacht.

Dass er an jenem Donnerstag am Zeughof gestürzt war, erklärte er den Kriminalisten damit, dass er hinter der Mauer seine Notdurft verrichten wollte, dabei aber über eine Wurzel gestolpert ist, sich am Mauerwerk den Kopf aufgeschlagen und für kurze Zeit das Bewusstsein verloren hatte. Betrunken war er nicht, wie wir damals annahmen.

„Ich habe einige der Leute befragt, die den Vortrag über das Stadtschloss besucht haben", ergänzte Astrid. „Demmler hatte eine Blessur an der Stirn. Er muss aber laut Zeugenaussagen spätestens zur Mittagszeit jenes Tages in seinem Berliner Laden gewesen sein."

„Dann konnte er sich unmöglich am Montagvormittag bei uns wegen des Fotos beschweren. Also war es sein Bruder Leo aus Berlin", folgerte Elke.

„Friedrich hat ihn entsprechend instruiert, vielleicht sogar die Kopfwunde beigebracht, damit alles echt wirkte. Die Aussicht, unerwartet zu zehntausend Euro zu kommen, wird Leo den kurzen Schmerz ertragen haben lassen. Demmler wusste, dass sein Bruder am späten Abend die Briefe übergeben und das Geld übernehmen sollte", fuhr ich fort. „Er durfte nicht riskieren, dass die Polizei gründlicher nachforschen würde, was am Zeughof tatsächlich vorgefallen war. Wäre Leo Maasrebe am Montagmorgen ohne Kopfwunde bei uns erschienen, hätten wir das bemerkt. Wir sind auf diesen Trick hereingefallen, weil es gar keinen Grund gab, an seiner Aussage zu zweifeln. Außerdem gab es auch keinen besonderen Anlass, die Person weiter zu beobachten. Dass sein Bruder nicht nur ein Stück vom Kuchen haben wollte, sondern wenn schon nicht den ganzen, so doch ein wesentlich größeres Stück, das konnte Friedrich Demmler nicht ahnen. Gier kennt keine Verwandtschaft. Aber mit dem Tod seines Bruders selbst hatte er nichts zu tun."

„Die Briefe", sinnierte Hans, „die Leo Maasrebe im Auftrag seines Bruders an Winter verkaufen sollte, waren gefälscht."

„Richtig“, sagte ich. „Das hat den betrogenen Betrüger fast den Verstand verlieren lassen, wenn das nicht eigentlich schon zu dem Zeitpunkt geschehen ist, als er sich auf den Deal einließ.“
„Und wo sind die echten?“, wollte Hans wissen.
Laut Verhandlungsprotokoll behauptete Demmler, es sei vor etwa acht Wochen bei ihm im Antiquariat eingebrochen worden. Eine entsprechende Anzeige liegt vor. Ob der Einbruch nur fingiert war oder sich tatsächlich ereignet hatte, ließ sich nicht nachweisen. Angeblich seien ihm fünf wertvolle Kupferstiche und zwei Inkunabeln, Wiegendrucke aus dem 15. Jahrhundert, gestohlen worden. Und die Goethe-Briefe auch, behauptet er jetzt.
„Wahrscheinlich hat er sie an einem sicheren Ort versteckt“, vermutete Elke. „Er wird nicht lebenslänglich bekommen, vielleicht zwei, drei Jahre. Dann sind die Briefe immer noch Millionen wert. Er denkt wahrscheinlich, das sei seine Altersversicherung. Er wird noch keine fünfzig sein, wenn er entlassen wird. Vielleicht hofft er, wenn nur lange genug Gras über die Sache gewachsen ist, die Briefe doch noch ins Ausland an einen reichen Amerikaner, Russen oder Japaner verkaufen zu können –, falls das nicht schon geschehen ist; denn immerhin ist bei ihm ein prall gefüllter Geldkoffer gefunden worden.“
„Und wenn er stirbt“, warf Astrid ein, „bevor er seinen Plan abschließen oder mit den Briefen ins Ausland verschwinden kann?“
„Dann werden vielleicht spielende Kinder oder Abrissarbeiter die Briefe irgendwann in hundert Jahren finden und sie hoffentlich nicht für wertloses Geschreibsel halten, das kein Mensch lesen kann“, dachte ich die Frage weiter. „Denn so wie wir heute die alte Sütterlinschrift kaum noch entziffern können, wird es unseren Enkeln mit der heute noch üblichen Schrift und den lateinischen Buchstaben gehen. Das geht dann alles nur noch per Computer.“
„Hat eigentlich einer von euch wenigstens die gefälschten Briefe gelesen?“, erkundigte sich Astrid.
Wir sahen uns irritiert an. Keiner hatte die Palermobriefe Goethes gelesen.
„Banausen!“, sagte Astrid. „Ich übrigens auch nicht.“

„Waren ja auch nicht die Originale!", erklärte Hans mit gespieltem Ernst. „Wer interessiert sich schon für Fälschungen."

„Weißt du", sagte Lilli, als wir vier Wochen später mit den Kindern die Karolinenpromenade Richtung Tiefurt spazieren gingen, „ein Mann ohne Frau, das ist doch nur ein halber Mensch. Der wird irgendwann wunderlich und kommt auf abstruse Gedanken."

Ich wusste, von wem sie redete. „Wie ist das denn mit Frauen ohne Männer?"

„Grässlich! Noch schlimmer." Wir lachten. Die Kinder drehten sich um. Sie wollten auch mitlachen. „Nein", sagte ich, „das ist nur etwas für Erwachsene."

Ich hatte gelernt, abgeschlossene Fälle als abgeschlossene Fälle abzuhaken. Bei Rolf Winter war das schwieriger, weil ich mich persönlich involviert wusste. Immer wieder fragte ich mich bei den geringsten Anlässen, warum er das getan hatte und was in ihm vorgegangen sein muss, dass er sich auf diesen Diebstahl und diesen Handel mit den fatalen Folgen eingelassen hat – Onkel Rolf, den wir alle gemocht hatten. Ich fand keine schlüssige, keine befriedigende Erklärung.

Lilli hat ein feines Gespür für meine Empfindungen. Mit keinem Wort, mit keiner Geste erinnerte sie mich an Rolf. Die Kinder fragten gelegentlich nach ihm, den sie unter sich kichernd Onkel Hagestolz nannten. Wir mussten uns eine Ausrede zurechtlegen. Lilli kam auf die Idee, dass Onkel Rolf nach Palermo verreist ist. Das liegt sehr weit. Wann er zurückkommt, sei noch völlig ungewiss. Irgendwann werden wir es ihnen sagen müssen. Wie sagt man das Kindern?

Vor uns liefen zwei ältere Frauen. Die eine schritt ziemlich forsch aus, die andere blieb aber häufig stehen, um durchzuatmen und sich zu erholen. Kein Wunder bei der Leibesfülle, die sie mit sich trug, dachte ich. Als wir näher kamen, erkannte ich Frau Schmitt. Ich hoffte, ungesehen an ihr vorbeizukommen.

„Der Herr Kommissar! Na, guden Dach auch. Schönes Wetter heute, gelle? Das ist übrigens Waltraud“, sie zeigte auf ihre Begleitung. „Sie wissen schon, Geburtstag und so. Waltraud, das ist der Herr Kommissar aus Berlin. Von dem habe ich dir doch erzählt. Na der, der den Mörder gefangen hat, der die Briefe geklaut hatte aus der Bibliothek, die gebrannt hat. Stand doch in der Zeitung, Waltraud! Sag mal, du liest wohl bloß die Todesanzeigen?“

Waltraud blickte mich ein bisschen hilflos an. „Guten Tag, Herr Kommissar. Sehr angenehm.“

„Wir wollen in Tiefurt konditern“, erklärte Frau Schmitt. „In dem kleinen Café, wissen Sie, gleich rechts…“

„Apfelstrudel mit Schmackes“, sagte ich. Daran erinnerte ich mich plötzlich. Die Eltern kehrten immer dort ein, wenn sie nach Tiefurt spazieren gingen, mich mit mauligem Gesicht im Schlepptau.

„Sag' ich doch!“, bestätigte Frau Schmitt begeistert. „Und 'n kleinen Schnäpperchen als Nachtisch. Woher wissen Sie denn das? Ich denke, Sie sind ein Berliner?“

„Nein“, sagte Lilli, „ein echter Weimaraner, hier geboren. Ehrlich.“

„Das hätte ich aber jetzt nicht gedacht. Du, Waltraud? Na, umso besser.“

Bevor sie mir erklären konnte, wieso der Apfelstrudel im Tiefurter Café noch besser sei als der vom Bäcker in der Jakobstraße, verabschiedete ich mich mit der Begründung, dass uns die Kinder davonliefen. „Man sieht sich. Einen schönen Tag, die Damen.“

Wir hörten noch, wie Frau Schmitt zu Waltraud sagte: „Hast du mitgekriegt, wie er uns nennt? Damen! Is'n feiner Mann, der Herr Kommissar. Muss wohl doch ein Hiesiger sein. Berliner sind nicht so.“

Lilli lachte. „Du kannst Leute kennen!“

„Schade“, sagte ich. „Ich hätte gern Apfelstrudel mit Schmackes gegessen. Na, das nächste Mal. Den Weg werden wir bestimmt öfters gehen.“

„Wir alten Weimaraner!“, sagte Lilli lachend.

„Womit wir auf den Hund gekommen wären“, konstatierte ich. Leider hörten das die Kinder. Sie umtanzten und umsprangen uns plötzlich und riefen ein ums andere Mal: „Wir bekommen einen Hund! Wir bekommen einen Hund!“

„Na, prima“, sagte ich scheinbar ergeben, denn eigentlich war ich es, der einen Hund haben wollte. Ich meine, wer soll sonst das Grundstück bewachen, wenn ich nicht da bin?

„Aber nur einen kleinen“, stimmte Lilli vorsichtig zu.

„Klar, so groß ist unser Grundstück nun auch wieder nicht, dass wir einen Bernhardiner brauchen.“

„Und wie soll er heißen?“

„Herr Schmitt“, antwortete Lilli wie aus der Pistole geschossen. „Frau Schmitt kennen wir ja schon.“ Dann hakte sie sich plötzlich unter und ließ mich ihre Wärme spüren. „In Anerkennung für hervorragende Ermittlungsergebnisse bekommt Kriminalhauptkommissar Ekke Ponte seinen lange gewünschten Hund sowie einen Kuss außer der Reihe.“ Den Kuss bekam ich sofort. Lilli wusste, dass der abgeschlossene Fall für mich noch lange nicht abgelegt war. Aber wir redeten nicht mehr darüber. Es tat auch ihr weh. Sie hatte Rolf gemocht.

Manchmal sehe ich ihn vor mir sitzen im Verhörzimmer. Manchmal raucht er genüsslich seine Zigarre in unserer Bibliothek und trinkt seinen geliebten Rotwein. Ich habe kein Bild, wie er in seiner Zelle mit staksenden Schritten hin und her geht. Das will ich mir auch nicht vorstellen. Mein erster Fall in Weimar. Es mag absurd klingen, aber ausgerechnet dadurch ist mir die Stadt wieder vertraut geworden. Berlin? Nun ja, vielleicht machen wir mal ein paar Tage Urlaub dort. Nächstes Jahr. Oder übernächstes. Mal sehen. Eigentlich lebt es sich ganz gut in Weimar. Was mein Team anlangt – nun ja, der Hans, aber es hätte schlimmer kommen können, dachte ich heiter.

„Was ist eigentlich mit Hans Brandt?“, fragte Lilli , ohne ersichtlichen Grund. Kann sie in meinen Kopf hineinsehen?

„Mit Hans?“, fragte ich, um gleich zu antworten. „Was soll sein mit ihm? Nichts. Warum fragst du nach ihm?“

„Fiel mir gerade so ein“, sagte Lilli scheinbar leichthin.
Die weiß doch etwas, argwöhnte ich. Ich weiß etwas, was du nicht weißt. Ich hatte keine Lust auf dieses Spiel. Heute ist Sonntag. Und Schnaps ist Schnaps. Ich beschloss, nicht auf Lillis Frage einzugehen. Aber in meinem Kopf hatte sie sich festgehakt. Ja, was ist mit Hans Brandt?